Maxine Hong Kingston

Die Schwertkämpferin

Roman

Titel der amerikanischen Originalausgabe: »The Woman Warrior«
Ins Deutsche übertragen von Gisela Stege

Lizenzausgabe mit Genehmigung der Verlag Ullstein GmbH, Berlin
für die Deutsche Buch-Gemeinschaft
C. A. Koch's Verlag Nachf., Berlin · Darmstadt · Wien
Diese Lizenz gilt auch für:
die Bertelsmann Club GmbH, Gütersloh
die Europäische Bildungsgemeinschaft Verlags-GmbH, Stuttgart
die Buchgemeinschaft Donauland Kremayr & Scheriau, Wien
und die Buch- und Schallplattenfreunde GmbH, Zug/Schweiz
© 1982 by Verlag Ullstein GmbH, Berlin
Schutzumschlag: Wolfgang Lauter
Umschlagfoto: K. Scholz/Bavaria
Gesamtherstellung: Mohndruck Graphische Betriebe GmbH, Gütersloh
Printed in Germany · Buch-Nr. 08246 1

*Für meine Mutter und
meinen Vater*

Frau Ohnenamen

»Was ich dir jetzt erzähle, darfst du niemandem weitersagen«, begann meine Mutter. »Dein Vater hatte in China eine Schwester, die sich umbrachte. Sie sprang in den Hausbrunnen. Wir sagen immer, dein Vater hätte nur Brüder gehabt, so als wäre sie nie geboren.

Im Jahre 1924, einige Tage, nachdem in unserem Dorf siebzehn Schnelltrauungen stattgefunden hatten – um sicherzugehen, daß jeder junge Mann, der ›auf die Straße hinauszog‹, genügend Verantwortungsbewußtsein entwickeln und heimkehren würde –, gingen dein Vater und seine Brüder, dein Großvater und seine Brüder und der frischgebackene Ehemann deiner Tante nach Amerika, zum Gold Mountain, dem Goldberg. Es war die letzte Reise deines Großvaters. Jene, die das Glück gehabt hatten, Arbeitsverträge zu bekommen, winkten zum Abschied von den Decks. Sie versorgten und beschützten die blinden Passagiere und halfen ihnen in Kuba, New York, Bali oder Hawaii von Bord. ›Nächstes Jahr sehen wir uns in Kalifornien wieder‹, versprachen sie. Alle schickten sie Geld nach Hause.

Ich erinnere mich, daß ich eines Tages, als wir uns beide ankleideten, deine Tante beobachtete; bisher hatte ich noch nie bemerkt, daß sie einen so vorgewölbten Melonenbauch hatte. Aber ich dachte nicht: ›Sie ist schwanger‹; das dachte ich erst, als sie allmählich wie die anderen schwangeren Frauen auszusehen begann, als sich ihr Hemd hochschob und das weiße Oberteil ihrer schwarzen Hose sehen ließ. Denn sie konnte ja gar nicht schwanger sein – ihr Mann war schon seit Jahren fort. Niemand sagte etwas darüber. Wir sprachen nicht davon. Im Frühsommer war es dann soweit, daß das Kind kommen sollte – lange nach dem Zeitpunkt, an dem es normalerweise noch möglich gewesen wäre.

Die Dorfbewohner hatten ebenfalls gerechnet. Am Abend des Tages, an dem das Kind kommen sollte, überfielen sie unser Haus. Einige weinten. Wie eine große Säge, deren Zähne mit Lichtern besetzt waren, wanderten lange Menschenschlangen im Zickzack über unser Land und rissen die Reispflanzen heraus. Ihre Laternen verdoppelten sich in dem aufgewühlten schwarzen Wasser, das die geborstenen Dämme überflutete. Als die Dorfbewohner näher rückten, sahen wir, daß einige von ihnen, vermutlich jene Männer und Frauen, die wir gut kannten, weiße Masken trugen. Diejenigen, die lange Haare hatten, verbargen ihr Gesicht dahinter. Frauen mit kurzen Haaren hatten sich so frisiert, daß die Enden emporstanden. Manche hatten sich weiße Stoffstreifen um Stirn, Arme und Beine gewunden.

Zuerst schleuderten sie Erd- und Steinbrocken auf das Haus. Dann bewarfen sie es mit Eiern und schlachteten unser Vieh. Wir konnten die Todesschreie der Tiere hören: der Hähne, der Schweine, ein letztes, gewaltiges Brüllen des Ochsen. Wild verzerrte, vertraute Gesichter erschienen an unseren Nachtfenstern; die Dorfbewohner umzingelten uns. Einige machten kurz halt, um uns anzustarren; ihre Augen wanderten wie Suchscheinwerfer. Die Hände, flach an die Scheiben gedrückt, die Gesichter einrahmend, hinterließen rote Spuren.

Obwohl wir die Türen nicht verschlossen hatten, brachen die Dorfbewohner Vorder- und Hintertür gleichzeitig auf. Von ihren Messern tropfte das Blut unserer Tiere. Sie schmierten es an Türen und Wände. Eine Frau schwang ein Huhn, dem sie die Kehle aufgeschlitzt hatte, so daß das Blut in roten Bögen umherspritzte. Wir standen, umgeben von den Bildern und Tischen unserer Ahnen, im Mittelpunkt des Hauses, dem Familiensaal, und blickten starr geradeaus.

Zu jener Zeit bestand das Haus nur aus zwei Flügeln.

Unmittelbar nach der Rückkehr der Männer sollten zwei weitere angebaut werden, um unser Hofgeviert zu schließen, und dann ein dritter als Anfang eines zweiten Hofes. Durch beide Flügel stürmten die Dorfbewohner auf der Suche nach dem Zimmer deiner Tante, das bis zur Rückkehr der Männer auch das meine war, selbst durch die Zimmer deiner Großeltern. Von unserem Zimmer aus sollte ein neuer Flügel für eine der jüngeren Familien seinen Anfang nehmen. Sie zerrissen die Kleider und Schuhe deiner Tante, sie zerbrachen ihre Kämme, zermalmten sie mit den Absätzen. Sie rissen ihre Webarbeit vom Webstuhl. Sie zertraten das Herdfeuer und wälzten das neue Gewebe darin herum. Wir hörten, wie sie in der Küche unsere Schüsseln zerbrachen und auf unsere Töpfe einschlugen. Sie stürzten die großen, hüfthohen irdenen Krüge um; Enteneier, eingelegte Früchte und Gemüse rollten heraus und vermischten sich zu ätzenden Strömen. Die alte Frau vom Nachbarfeld fegte mit einem Besen durch die Luft und ließ die Besengeister über unseren Köpfen los. ›Schwein!‹, ›Geist!‹, ›Schwein!‹ schluchzten und schimpften sie, während sie unser Haus verwüsteten.

Als sie abzogen, nahmen sie zum Feiern Zucker und Orangen mit. Sie schnitten Fleischstücke aus den toten Tieren. Einige von ihnen nahmen die Schüsseln mit, die nicht zerbrochen, die Kleider, die nicht zerrissen waren. Hinterher fegten wir den Reis zusammen und nähten ihn wieder in Säcke ein. Doch der Geruch von den verschütteten Konserven blieb. In jener Nacht gebar deine Tante im Schweinestall ein Kind. Als ich am nächsten Morgen Wasser holen wollte, sah ich, daß sie und das Baby den Hausbrunnen verstopften.

Dein Vater darf niemals erfahren, daß ich dir dies alles erzählt habe. Er verleugnet seine Schwester. Nun, da deine Menstruation eingesetzt hat, könnte dir das, was ihr zugestoßen ist, ebenfalls zustoßen. Demütige uns nicht. Du willst sicher nicht gern vergessen werden, als wärest du nie geboren. Die Dorfbewohner sind wachsam.«

Wenn sie uns über das Leben belehren wollte, erzählte

meine Mutter uns Geschichten, die so ausgingen wie diese: Geschichten zum Erwachsenwerden. Sie erprobte unser Vermögen, die Realität zu erkennen. Jene Emigranten, die sich in der neuen Umgebung nicht behaupten und ein primitives Überleben sichern konnten, starben jung und weit von daheim entfernt. Wir, die erste amerikanische Generation, mußten einen Weg finden, die unsichtbare Welt, die von den Emigranten um unsere Kindheit herum errichtet wurde, mit den Bedingungen der neuen Heimat in Übereinstimmung zu bringen.

Die Emigranten verwirrten die Götter, indem sie deren Fluch von sich ablenkten, sie mit krummen Straßen und falschen Namen irreführten. Anscheinend versuchen sie, ihre Sprößlinge ebenso zu verwirren, da sie sich, wie ich vermute, von ihnen, die sich ständig bemühen, die Dinge zu ordnen und das Unaussprechliche beim Namen zu nennen, auf ähnliche Weise bedroht fühlen. Alle Chinesen, die ich kenne, verheimlichen ihren Namen; Neuankömmlinge nehmen einen neuen Namen an, wenn sich ihr Leben verändert, und schützen ihren richtigen, indem sie ihn verschweigen.

Ihr chinesischen Amerikaner, so ihr zu erkennen sucht, was an euch chinesisch ist: Wie unterscheidet ihr das, was kennzeichnend ist für die Kindheit, die Armut, den Wahn, eine Familie, eine Mutter, die euer Heranwachsen mit Geschichten begleitet, von dem, was chinesisch ist? Was ist chinesische Tradition – und was Kino?

Wenn ich erfahren will, wie meine Tante sich kleidete, ob herausfordernd oder unauffällig, müßte ich mit der Frage beginnen: »Erinnerst du dich an Vaters Schwester, die im Brunnen ertrunken ist?« Und diese Frage kann ich nicht stellen. Meine Mutter hat mir ein für allemal das erzählt, was für mich von Nutzen ist. Dem wird sie nie mehr etwas hinzufügen, es sei denn, die Notwendigkeit – ein Damm, der den Fluß ihres Lebens leitet – verlange es. Sie pflanzt lieber Gemüse an als Rasen; sie bringt die absonderlich geformten Tomaten vom Feld mit nach Hause und ißt Speisen, die für die Götter übriggelassen wurden.

Wann immer wir nutzlose Dinge taten, verbrauchten wir Energie; wir ließen unseren Drachen hoch hinaufsteigen. Wir Kinder machten Freudensprünge über das Eis am Stiel, das unsere Eltern mitbrachten, wenn sie von der Arbeit heimkamen, und über den amerikanischen Film am Neujahrstag – ›Oh, You Beautiful Doll‹ mit Betty Grable in dem einen, ›She Wore a Yellow Ribbon‹ mit John Wayne im nächsten Jahr. Die einzige Karussellfahrt bezahlten wir mit Schuldbewußtsein; unser müder Vater zählte auf dem dunklen Heimweg das Wechselgeld.

Ehebruch ist eine Extravaganz. Konnten Menschen, die selbst Hühner hielten, die Embryos und Köpfe als Delikatessen verspeisten und die Füße als Partyleckerbissen in Essig kochten, die nur den Harngrieß übrigließen und sogar den Mageninhalt aßen – konnten solche Menschen eine verschwenderische Tante hervorbringen? Eine Frau zu sein, in Hungerzeiten eine Tochter zu haben, war bereits Verschwendung genug. Und meine Tante konnte auch keine einsame Romantikerin gewesen sein, die für den Sex alles andere leichtsinnig aufgab. Den Frauen im alten China blieb keine Wahl. Irgendein Mann hatte ihr befohlen, sich zu ihm zu legen, seine geheime Sünde zu sein. Ich würde gern wissen, ob er sich maskiert hatte, als er sich dem Überfall auf ihre Familie anschloß.

Vielleicht begegnete sie ihm auf dem Feld oder auf dem Berg, wo die Schwiegertöchter Brennholz sammelten. Oder er sah sie auf dem Marktplatz. Ein Fremder konnte er nicht sein, denn es gab im Dorf keinen einzigen Fremden. Sie mußte auch in anderer Hinsicht mit ihm zu tun gehabt haben als nur beim Sex. Vielleicht beackerte er ein benachbartes Feld oder verkaufte ihr den Stoff für das Kleid, das sie sich nähte und dann trug. Sein Verlangen muß sie überrascht und dann in Schrecken versetzt haben. Sie gehorchte ihm; sie tat stets, was man ihr sagte.

Als die Familie einen jungen Mann aus dem Nachbardorf für sie zum Ehemann erkor, stand sie gefügig neben dem eitlen Gockel, seinem Stellvertreter, und versprach, ehe sie sich kennenlernten, auf ewig die Seine zu werden.

Sie konnte von Glück reden, daß er in ihrem Alter war und sie seine erste Frau sein würde, ein gesicherter Vorteil. An dem Abend, an dem sie ihn zum erstenmal sah, hatte er Geschlechtsverkehr mit ihr. Dann ging er nach Amerika. Sie hatte beinahe vergessen, wie er aussah. Wenn sie ihn sich vorzustellen versuchte, sah sie nur das schwarz-weiße Gesicht auf dem Gruppenfoto, das die Männer vor ihrer Abreise hatten aufnehmen lassen.

Der andere Mann unterschied sich schließlich nicht so sehr von ihrem Mann. Beide erteilten ihr Befehle – sie gehorchte. »Wenn du es deiner Familie sagst, bekommst du Prügel von mir. Ich werde dich umbringen. Komm nächste Woche wieder her.« Über Sex sprach man nicht, niemals. Und sie hätte die Vergewaltigungen vielleicht von ihrem sonstigen Leben trennen können, wenn sie nicht ihr Öl von ihm hätte kaufen oder im selben Wald hätte Holz sammeln müssen. Ich wünschte, ihre Angst hätte nur so lange gedauert wie die Vergewaltigung, so daß sie sich noch unterdrücken ließ. Keine bleibende Angst. Doch Frauen gingen beim Sex das Risiko der Schwangerschaft und somit lebenslänglicher Folgen ein. Die Angst hörte nicht auf, sie war allgegenwärtig. »Ich glaube, ich bin schwanger«, sagte sie zu dem Mann. Er organisierte den Überfall auf sie.

Des Abends, wenn meine Eltern über ihr Leben in der Heimat sprachen, erwähnten sie zuweilen einen ›Ausgestoßenentisch‹, dessen Bedeutung sie mit gedämpfter Stimme immer noch zu diskutieren schienen. Man pflegte gemeinsam zu essen, da Lebensmittel kostbar waren, aber die älteren Mitglieder, die die Macht hatten, zwangen die Missetäter, allein zu essen. Statt ihnen ein eigenes, neues Leben zu ermöglichen, wie bei den Japanern, die Samurais und Geishas werden konnten, hielten die chinesischen Familien die Sünder mit abgewandtem Gesicht, aber finstern Seitenblicken fest und setzten ihnen Reste vor. Meine Tante muß im selben Haus wie meine Eltern gelebt und an einem ›Ausgestoßenentisch‹ gegessen haben. Meine Mutter sprach von dem Überfall, als habe sie ihn miterlebt, obwohl sie und meine Tante, die Schwiegertochter eines anderen

Haushalts, gar nicht hätten zusammenleben dürfen. Schwiegertöchter leben bei den Eltern ihres Mannes und nicht allein; ein chinesisches Synonym für Heirat lautet ›eine Schwiegertochter nehmen‹. Die Eltern des Mannes hätten sie verkaufen, verpfänden, steinigen können. Aber sie hatten sie zu ihren eigenen Eltern zurückgeschickt, ein rätselhafter Entschluß, ein Hinweis auf Schandtaten, die mir verschwiegen wurden. Vielleicht hatten sie sie hinausgeworfen, um die Rächer abzulenken.

Sie war die einzige Tochter; ihre vier Brüder gingen mit ihrem Vater, ihrem Mann und ihren Onkeln ›auf die Straße hinaus‹ und wurden einige Jahre lang Westmänner. Als der Besitz der Familie aufgeteilt wurde, nahmen drei der Brüder Land, während der jüngste, mein Vater, eine Ausbildung wählte. Nachdem meine Großeltern ihre Tochter der Familie ihres Mannes übergeben hatten, hatten sie allen Spekulationen und allem Besitz entsagt. Sie erwarteten von ihr, daß sie allein die Tradition aufrechterhalten werde, die ihre Brüder, nunmehr unter den Barbaren, vernachlässigen konnten, ohne daß es bemerkt wurde. Die traditionsverhafteten Frauen mußten die Vergangenheit vor der Flut des Neuen bewahren, die Heimkehr sichern. Unsere Familie jedoch war vom Drang nach Westen beseelt, und so überschritt meine Tante Grenzen in eine neue, unbekannte Welt.

Die Pflicht des Bewahrens verlangt, daß die Gefühle, die einen im Innersten bewegen, nicht in die Tat umgesetzt werden. Man läßt sie dahinwelken wie Kirschblüten. Vielleicht aber ließ meine Tante, meine Vorläuferin, in einem langweiligen Leben gefangen, Träume wachsen, die wieder verblaßten, und hielt sich, nachdem Monate oder Jahre vergangen waren, an das, was blieb. Angst vor der Ungeheuerlichkeit des Verbotenen ließ ihre Sehnsüchte schwach bleiben, wie Draht und Knochen. Sie sah einen Mann an, weil es ihr gefiel, wie er sich die Haare hinter die Ohren zurückgestrichen hatte, oder weil ihr die gekrümmte Silhouette seines langen Oberkörpers gefiel. Für freundliche Augen oder eine sanfte Stimme oder einen gemächlichen Gang –

mehr nicht –, für ein paar Haare, eine Linie, ein Strahlen, ein Geräusch, für den Gang gab sie ihre Familie auf. Sie opferte uns für eine Verzauberung, die vor lauter Müdigkeit dahinschwand, für einen Zopf, der nicht mehr schwang, wenn der Wind erstarb. Ja, die falsche Beleuchtung konnte das Teuerste an ihm auslöschen.

Es konnte aber durchaus auch so gewesen sein, daß meiner Tante ein Liebhaber nicht ausreichte, daß sie eine zügellose Frau war, die ausgelassene Gesellschaft liebte. Diese Vorstellung vom freien Sex aber paßt einfach nicht zu ihr. Ich kenne keine solchen Frauen, und auch solche Männer kenne ich nicht. Wenn ich ihr Leben nicht in das meine münden sehe, kann sie mir keine Ahnenhilfe geben.

In ihrer Verliebtheit verbrachte sie viel Zeit vor dem Spiegel, probierte Farben und Formen aus, die ihm gefallen mochten, wechselte sie häufig, bis sie die richtige Zusammenstellung fand. Sie wollte, daß er sich nach ihr umdrehte.

Auf einem Bauernhof geriet eine Frau, die Wert auf ihr Äußeres legte, in den Ruf, exzentrisch zu sein. Die verheirateten Frauen trugen die Haare in Ohrenhöhe kurz geschnitten oder zu einem Knoten geschlungen. Praktisch und nüchtern. Keine dieser beiden Frisuren konnte vom Wind aufreizend zerzaust werden. Und bei der Hochzeit zeigten sie sich zum letztenmal mit langem Haar. »Es reichte mir bis an die Kniekehlen«, erzählt mir meine Mutter immer. »Selbst wenn es geflochten war, reichte es mir bis an die Kniekehlen.«

Vor dem Spiegel frisierte sich meine Tante Individualität in den Bubikopf. Einen Knoten konnte man so schlingen, daß sich schwarze Haarsträhnen lösten und im Wind wehten oder locker das Gesicht umrahmten, doch in unserem Fotoalbum tragen nur die älteren Frauen Knoten. Sie bürstete sich die Haare aus der Stirn und schob lose Strähnen hinter die Ohren. Sie knotete einen Faden zur Schlinge, nahm sie zwischen Zeigefinger und Daumen beider Hände und zog den Doppelfaden über ihre Stirn. Wenn sie die Finger schloß, als wolle sie zwei Schattenspielgänse zubeißen lassen, drehte sich der Faden zusammen und erfaßte die kleinen Härchen. Dann zog sie den Faden mit einem Ruck von der Haut und riß sich dabei die Härchen aus, daß ihr vor Schmerz die Augen naß wurden. Sie spreizte die Finger, reinigte den Faden und zog ihn sodann am Haaransatz und an der Oberkante der Brauen entlang. Dasselbe tat meine Mutter bei mir, meinen Schwestern und sich selbst. Besonders weh tat es an den Schläfen, doch meine Mutter behauptete, wir könnten von Glück sagen, daß man uns nicht mit sieben Jahren die Füße abgebunden habe. Schwestern hätten weinend zusammen auf dem Bett gesessen, erzählte sie, während die Mutter oder die Sklavinnen jeden Abend für einige Minuten die Bandagen entfernten, damit das Blut wieder in die Adern schoß. Ich hoffe, der Mann, den meine Tante liebte, wußte eine glatte Stirn zu schätzen und war nicht nur ein Busen-und-Po-Fanatiker.

Einmal entdeckte meine Tante eine Sommersprosse an ihrem Kinn – an einer Stelle, die sie, wie der Almanach erklärte, zum Unglück prädestinierte. Sie brannte sie mit einer heißen Nadel aus und wusch die Wunde mit Wasserstoffsuperoxyd.

Mehr Pflege ihres Äußeren als dieses Haarauszupfen und Hautfleckenentfernen hätte bei den Dorfbewohnern nur Klatsch ausgelöst. Sie besaßen Arbeitskleidung und Kleider für Festtage, und die guten Kleider trugen sie zur Feier der neuen Jahreszeiten. Doch da eine Frau, die sich die Haare frisiert, Neuerungen heraufbeschwört, fand meine Tante nur selten Gelegenheit, sich schönzumachen. Die Frauen sahen aus wie große Uferschnecken: die Säuglinge, Reisig- und Wäschebündel, die sie trugen, waren die Häuser auf ihrem Rücken. Die Chinesen hegten keine Bewunderung für einen gebeugten Rücken; Göttinnen und Krieger standen aufrecht. Dennoch muß es eine wundersame Freisetzung von Schönheit gewesen sein, wenn eine Arbeiterin sich ihrer Last entledigte, sich reckte und streckte.

Solche alltägliche Schönheit war meiner Tante jedoch nicht genug. Sie träumte von einem Liebhaber für die fünfzehn Neujahrstage, die Zeit, in der die Familien sich gegenseitig Besuche abstatteten, Geld und Lebensmittel tauschten. Sie benutzte ihren geheimen Kamm. Und brachte Fluch über das Jahr, die Familie, das Dorf und sich selbst.

So, wie ihr Haar ihren zukünftigen Liebhaber anlockte, blickten ihr auch viele andere Männer nach. Sogar die Onkel, Vettern und Brüder hätten ihr nachgeblickt, wären sie inzwischen nach Hause gekommen. Vielleicht hatten sie ihre Neugier bereits zügeln müssen und waren davongezogen, voll Angst, ihre Blicke würden, wie ein Feld nistender Vögel, aufgescheucht und eingefangen. Armut tat weh, das war der Hauptgrund für ihre Reise. Ein anderer, letzter Anlaß dafür, daß sie das enge Haus verließen, blieb jedoch ungesagt.

Sie mag mehr als andere Kinder geliebt worden sein, die kostbare einzige Tochter, verwöhnt und eitel durch die Zuneigung, die ihr die Familie in reichem Maße entgegenbrachte. Als ihr Mann China verließ, ergriffen sie freudig die Gelegenheit, sie von den Schwiegereltern zurückzuholen; so konnte sie noch eine Weile länger als die kleine Tochter bei ihnen leben. Es kursierten Gerüchte, mein Großvater sei anders gewesen als die anderen, ›verrückt seit damals, als der kleine Japs ihn mit dem Bajonett am Kopf verletzte‹. Lachend pflegte er seinen entblößten Penis auf den Eßtisch zu legen. Und eines Tages brachte er ein Baby mit nach Hause, ein kleines Mädchen, in eine braune Cowboy-Joppe gewickelt. Er hatte es gegen einen seiner Söhne, vermutlich meinen Vater, den jüngsten, eingetauscht. Meine Großmutter zwang ihn, den Tausch rückgängig zu machen. Und als er endlich eine eigene Tochter bekam, war er völlig vernarrt in sie. Alle müssen sie geliebt haben, ausgenommen vielleicht mein Vater, der einzige Bruder, der niemals nach China zurückkehrte, weil er einst gegen ein Mädchen eingetauscht worden war.

Brüder und Schwestern, gerade Männer und Frauen geworden, mußten ihre Geschlechtsmerkmale verbergen und eine nichtssagende Miene aufsetzen. Lockende Haare und Augen, ein außergewöhnliches Lächeln bedrohten wie nichts anderes das Ideal von fünf Generationen, die unter einem Dach zusammenlebten. Um Unklares deutlich zu machen, schrien die Menschen, wenn sie sich gegenübersaßen, brüllten sie von einem Zimmer zum anderen. Alle Einwanderer, die ich kenne, haben laute Stimmen, sind nach Jahren der Trennung von ihrem Dorf, wo sie sich über die Felder hinweg Grüße zugerufen hatten, noch nicht auf amerikanische Lautstärke eingestimmt. Es ist mir niemals möglich gewesen, das Geschrei meiner Mutter in öffentlichen Bibliotheken oder am Telefon zu dämpfen. Indem ich aufrecht ging (Knie durchgedrückt, Zehen geradeaus, statt auf chinesische Art einwärts gerichtet) und mit fast unhörbarer Stimme sprach, suchte ich zur Amerikanerin zu werden. Die Kommunikation der Chinesen fand laut, öffentlich statt. Nur Kranke mußten flüstern. Am Eßtisch jedoch, wo sich die Familienmitglieder am nächsten kamen, durfte niemand sprechen, weder die Ausgestoßenen noch die Speisenden. Jedes Wort, das aus dem Mund fällt, ist eine verlorene Münze. Schweigend gaben und nahmen sie die Speisen mit beiden Händen. Ein zerstreutes Kind, das seine Schale mit einer Hand hielt, wurde mahnend angesehen. Jedem steht ein Augenblick absoluter Aufmerksamkeit zu. Kinder und Liebende bilden hier keine Ausnahme, doch meine Tante folgte einer geheimen Stimme, einer ganz privaten Zuwendung.

Sie behielt den Namen des Mannes während der gesamten Zeit ihrer Wehen und ihres Sterbens für sich; sie klagte ihn nicht an, auf daß er zusammen mit ihr bestraft werde. Um den Namen des Vaters ihres Kindes zu schützen, gebar sie stumm.

Er kann Mitglied ihres eigenen Haushalts gewesen sein, doch Geschlechtsverkehr mit einem Mann außerhalb der Familie wäre nicht weniger empörend gewesen. Alle Dorfbewohner waren miteinander verwandt, und die mit lauten Bauernstimmen gerufenen Verwandtschaftsgrade ließen diese Familienbande niemals in Vergessenheit geraten. Jeder Mann in der näheren Umgebung wäre als Liebhaber neutralisiert worden: ›Bruder‹, ›jüngerer Bruder‹, ›älterer

Bruder‹ – hundertfünfzehn Verwandtschaftsgrade. Eltern studierten die Geburtstabellen nicht so sehr wegen Glück verheißender Konstellationen als vielmehr, um in einer Bevölkerung, die lediglich einhundert verschiedene Nachnamen aufweist, Inzest zu vermeiden. Jeder einzelne hat acht Millionen Verwandte. Wie sinnlos also sexuelle Eigenwilligkeit, und wie gefährlich!

Wie aus einem Atavismus heraus, der tiefer saß als die Angst, pflegte ich im stillen den Namen der Jungen das Wort ›Bruder‹ hinzuzufügen. Das entzauberte die Jungen, die mich zum Tanz aufforderten oder auch nicht, und machte sie weniger beunruhigend, vielmehr vertraut und meiner Freundschaft so würdig wie die Mädchen.

Doch damit legte ich mich natürlich selbst in Ketten: keine Verabredungen. Ich hätte aufstehen, beide Arme schwenken und durch die ganze Bibliothek rufen sollen: »He, du! Lieb mich doch auch!« Aber ich hatte keine Ahnung, wie man seine Attraktivität herausstellt, in welche Richtung man zielt und in welchem Ausmaß. Wenn ich mich amerikanisch hübsch machte, damit die fünf bis sechs chinesischen Jungen meiner Klasse sich in mich verliebten, würden es auch alle anderen tun, Weiße, Neger und Japaner. Schwesterlichkeit, würdevoll und höchst ehrbar, war also weitaus vernünftiger.

Sexuelle Anziehungskraft entzieht sich so hartnäckig der Kontrolle, daß ganze Gesellschaften, dazu bestimmt, die Beziehungen der Menschen zueinander zu organisieren, die Ordnung nicht wahren können, nicht einmal, wenn sie die Menschen von Kindheit an zusammen aufwachsen lassen. Bei den ganz Armen wie bei den Reichen heirateten Brüder, wie Tauben, ihre Adoptivschwestern. Unsere Familie duldete sogar ein bißchen Romantik, bezahlte den Preis für erwachsene Bräute und gab Mitgift, damit die Söhne und Töchter Fremde heiraten konnten. Die Ehe verspricht, Fremde in freundlich gesonnene Verwandte zu verwandeln – ein Volk von Verwandten.

In der dörflichen Gemeinschaft mischten sich Geister unter die Lebenden, im Gleichgewicht gehalten von Zeit und Land. Ein einziger Mensch jedoch, der in Gewalttätigkeit ausbrach, konnte ein schwarzes Loch aufreißen, einen Mahlstrom, der den Himmel einsog. Die verängstigten Dorfbewohner, die sich aufeinander verlassen mußten, wenn sie an der Realität festhalten wollten, gingen zu meiner Tante, um ihr persönlich, physisch den Bruch zu demonstrieren, den sie in der ›Rundheit‹ verursacht hatte. Falsche Paarungen zerrissen das Band der Zukunft, das durch legale Nachkommen verkörpert wurde. Die Dorfbewohner bestraften sie dafür, daß sie geglaubt hatte, sie könne ein eigenes Leben führen, heimlich und abseits von der Dorfgemeinschaft.

Hätte meine Tante die Familie zu einer Zeit hintergangen, da es reichliche Ernten gab und Frieden herrschte, da viele Söhne geboren und an viele Häuser neue Flügel angebaut wurden, wäre sie vielleicht dieser schweren Strafe entgangen. Aber die Männer – hungrig, gierig, des Beackerns der ausgedörrten Erde müde, zum Hahnrei gemacht – hatten das Dorf verlassen müssen, um Geld zum Lebensunterhalt heimsenden zu können. Es gab Geisterplagen, Banditenplagen, Krieg mit den Japanern, Hochwasser. Mein chinesischer Bruder, meine chinesische Schwester waren an einer unbekannten Krankheit gestorben. Ehebruch, in guten Zeiten vielleicht nur ein Fehltritt, wurde zum Verbrechen, wenn das Dorf Hunger litt.

Runde Mondplätzchen, runde Eingänge, die runden Tische verschiedenster Größe, eine Rundheit, die in die andere paßte, runde Fenster und runde Reisschalen – diese Talismane hatten ihre Kraft, die Familie an das Gesetz zu mahnen, verloren: Eine Familie muß vollständig sein, getreu die Generationslinie einhalten, das heißt, Söhne haben, die die Alten und die Toten speisen, die wiederum für die Familie sorgen. Die Dorfbewohner kamen, um meiner Tante und ihrem heimlichen Liebhaber ein zerstörtes Haus vor Augen zu führen. Die Dorfbewohner beschleunigten den Kreislauf der Ereignisse; sie selbst war zu kurzsichtig, um zu erkennen, daß ihre Treulosigkeit dem Dorf bereits Schaden zugefügt hatte, daß die Wogen der Konsequenzen auf unberechenbare Art und Weise wiederkehren würden, zuweilen – wie diesmal – maskiert, um ihr zu schaden. Diese Rundheit mußte zu Münzengröße reduziert werden, damit sie ihren ganzen Umfang erkannte: Man strafte sie bei der Geburt ihres Kindes. Ließ sie das Unabwendbare erkennen. Menschen, die den Fatalismus ablehnten, weil sie kleine Auswege erfinden konnten, pochten auf ihre Schuldhaftigkeit. Leugneten den Zufall und rangen den Sternen Verschulden ab.

Nachdem die Dorfbewohner verschwunden, nachdem ihre Laternen in alle Himmelsrichtungen heimwärts davongezogen waren, brach die Familie das Schweigen und verfluchte sie. »Aiaa, wir werden sterben. Der Tod kommt. Der Tod kommt. Sieh an, was du getan hast! Du hast uns getötet. Geist! Toter Geist! Geist! Du bist nie geboren!« Sie lief auf die Felder hinaus, bis sie die Stimmen nicht mehr hören konnte, und preßte sich an die Erde, die ihr eigen nicht mehr war. Als sie die Geburt nahen fühlte, meinte sie, daß sie verletzt sei. Ihr Körper verkrampfte sich. »Sie haben mich zu schwer verletzt«, dachte sie. »Es ist die Bitterkeit, die mich töten wird.« Stirn und Knie auf den Erdboden gedrückt, verkrampfte sich ihr Körper und löste sich dann, so daß sie sich auf den Rücken legen konnte. Die schwarze Kuppel des Himmels mit ihren Sternen wich weiter und weiter und weiter zurück; ihr Körper, ihre komplexe Persönlichkeit schienen sich aufzulösen. Sie war eins mit den Sternen, ein leuchtender Punkt in der Schwärze, ohne Heim, ohne Beistand, in ewiger Kälte und Lautlosigkeit. Platzangst stieg in ihr auf, höher und höher, immer mächtiger; sie würde sie nicht mehr unterdrücken können; die Angst würde kein Ende nehmen.

Geschunden, ungeschützt vor dem leeren Raum, fühlte sie den Schmerz zurückkehren, ihren Körper zum Mittelpunkt machen. Der Schmerz ließ sie frösteln – ein eiskalter, gleichmäßiger, oberflächlicher Schmerz. Und in ihrem Inneren löste der andere Schmerz, der Schmerz durch das Kind, spasmodische Hitzewellen aus. Stundenlang lag sie auf der Erde, abwechselnd Körper und leerer Raum. Zuweilen löschte eine Vision normaler Häuslichkeit die Realität aus: Sie sah, wie die Familie sich des Abends um den Eßtisch versammelte, wie die Jungen den Älteren den Rücken massierten. Sie sah, wie sie einander an dem Morgen, als die Reisschößlinge aus dem Boden kamen, voller Freude gratulierten. Sobald diese Bilder sich auflösten, rückten die Sterne noch weiter auseinander. Ein schwarzer leerer Raum öffnete sich.

Sie richtete sich auf, um besser kämpfen zu können, und dann fiel ihr ein, daß abergläubische Frauen ihre Kinder im Schweinestall zur Welt brachten, um die eifersüchtigen, Schmerz austeilenden Götter, die keine Ferkel rauben, irrezuführen. Bevor die nächste Wehe sie packen konnte, lief sie, jeder Schritt ein Sturz ins Leere, zum Schweinekoben. Sie kletterte über den Zaun und kniete sich in den Schlamm. Es war gut, einen Zaun um sich zu wissen, wenn man als Herdenmensch allein war.

Unter Wehen stieß die Frau, die ihr Kind als fremdes Wesen getragen hatte, das sie an jedem einzelnen Tag elend machte, dieses Kind endlich aus. Sie langte hinab, zu der warmen, feuchten, sich bewegenden Masse, eindeutig kleiner als alles, was menschlich war, und fühlte, daß es doch menschlich sein mußte: Finger, Zehen, Nägel, Nase. Sie zog dieses Wesen auf ihren Bauch herauf, und dort lag es, zusammengerollt, mit dem Hinterteil nach oben, ein Fuß unter den anderen gezogen. Sie öffnete ihr weites Hemd und knöpfte das Kind hinein. Als es ausgeruht war, bewegte es sich, strampelte, und sie drückte es an ihre Brust. Es warf den Kopf hin und her, bis es die Brustwarze fand. Dort gab es kleine, schniefende Laute von sich. Sie biß die Zähne zusammen, so bezaubernd war es in seiner Art – wie ein junges Kalb, ein Ferkel, ein Welpe.

In den Schweinekoben ist sie vielleicht in einem letzten Anfall von Verantwortungsbewußtsein gegangen: Sie wollte dieses Kind beschützen, wie sie seinen Vater geschützt hatte. Es würde für ihre Seele sorgen, auf ihrem Grab Speisen niederlegen. Doch wie sollte dieses winzige Kind ohne Familie ihr Grab finden, wo es doch nirgends eine Gedenktafel für sie geben würde, weder auf der Erde noch im Ahnensaal? Niemand würde ihr einen Namen im Familiensaal geben. Sie hatte das Kind in die Einöde mitgenommen. Bei seiner Geburt hatten sie alle beide den harten Trennungsschmerz empfunden, eine Wunde, die nur die fest zusammenhaltende Familie heilen konnte. Ein Kind ohne Ahnentafel würde ihr Leben niemals erleichtern, sondern wie ein Geist hinter ihr herschleichen, sie bitten, ihm einen Lebenssinn zu geben. Und im Morgengrauen würden die Dorfbewohner auf dem Weg zu den Feldern um den Zaun herumstehen und starren.

Satt von der Milch, begann der kleine Geist zu schlafen. Als er aufwachte, verhärtete sie ihre Brüste gegen die Milch, die vom Weinen einschießt. Gegen Morgen nahm sie das Kind und ging zum Brunnen.

Daß sie das Kind zum Brunnen getragen hat, beweist ihre Liebe. Sie hätte es verlassen, es mit dem Gesicht in den Schlamm drücken können. Mütter, die ihre Kinder lieben, nehmen sie mit. Vermutlich war es ein kleines Mädchen; für Jungen gibt es eine gewisse Hoffnung auf Vergebung.

»Sag niemandem, daß du eine Tante hattest. Dein Vater will ihren Namen nicht hören. Sie ist niemals geboren.« Ich habe immer geglaubt, daß Sex etwas ist, worüber man nicht spricht, und daß Wörter so kraftvoll, Väter so schwach sind, daß ›Tante‹ meinem Vater auf geheimnisvolle Weise schaden würde. Ich habe geglaubt, daß meine Familie, nachdem sie sich inmitten von Einwanderern niedergelassen hatte, die im Land unserer Vorfahren ebenfalls ihre Nachbarn waren, ihren Namen reinigen mußte und daß ein falsches Wort die Verwandten selbst hier aufwiegeln würde. Aber es steckt noch mehr hinter diesem Schweigen: Sie wollen, daß ich an der Bestrafung teilnehme. Und ich habe es getan.

In den zwanzig Jahren, die vergangen sind, seit ich diese Geschichte hörte, habe ich weder nach Einzelheiten gefragt noch den Namen meiner Tante ausgesprochen; ich kenne ihn nicht. Menschen, welche die Toten trösten können,

können sie auch verfolgen, um ihnen noch mehr Schmerz zuzufügen – ein umgekehrter Ahnenkult. Die eigentliche Bestrafung war nicht der von den Dörflern spontan inszenierte Überfall, sondern das bewußte Vergessen durch die Familie. Der Verrat meiner Tante machte sie so wütend, daß sie dafür sorgten, daß sie auf ewig leiden mußte, selbst noch nach ihrem Tod. Immer hungrig, immer bedürftig, würde sie sich von anderen Geistern Speisen erbetteln, sie von jenen stehlen und nehmen müssen, deren lebende Nachkommen ihnen Geschenke brachten. Sie würde an Kreuzwegen mit den sich dort zuhauf versammelnden Geistern um die Brosamen kämpfen müssen, die vorsorgliche Bürger hinlegten, um sie vom Dorf und von ihrem Heim fernzuhalten, damit ihre Ahnengeister ungehindert speisen konnten. In Ruhe gelassen, konnten sie sich wie Götter und nicht wie Geister verhalten, da ihre Nachkommen sie bis in alle Ewigkeit mit Papieranzügen und -kleidern, mit Geistergeld, Papierhäusern, Papierautos, Hühnern, Fleisch und Reis versorgten – Essenzen, dargebracht in Rauch und Flammen, Dampf und Weihrauch, die aus jeder Reisschale aufstiegen. Um die Chinesen zu veranlassen, sich auch um Menschen außerhalb ihrer Familie zu kümmern, rief uns der Vorsitzende Mao auf, unsere Papiernachbildungen den Geistern verdienter Soldaten und Arbeiter zu weihen, ohne Rücksicht darauf, wessen Vorfahren sie sind. Meine Tante wird ewig hungern müssen. Der Besitz ist auch unter den Toten nicht gleichmäßig verteilt.

Meine Tante verfolgt mich; ihr Geist fühlt sich zu mir hingezogen, weil ich allein ihr nach fünfzig Jahren der Vernachlässigung mehrere Bogen Papier widme, obwohl diese nicht zu Häusern und Kleidern gefaltet sind. Ich glaube nicht, daß sie mir immer Gutes will. Ich gebe ihre Geschichte preis, und sie hat ihren Selbstmord in böser Absicht begangen: Sie hat sich im Trinkwasserbrunnen ertränkt. Die Chinesen fürchten sich stets sehr vor den Ertrunkenen, deren weinender Geist mit nassem, hängendem Haar und aufgedunsener Haut schweigend neben dem Wasser wartet, um einen Stellvertreter hinabzuziehen.

Weiße Tiger

Wenn wir Chinesenmädchen zuhörten, wie die Erwachsenen Geschichten erzählten, lernten wir daraus, daß wir unseren Lebenszweck verfehlten, wenn wir nur Ehefrauen oder Sklavinnen wurden. Wir konnten nämlich Heldinnen werden, Schwertkämpferinnen. Eine Schwertkämpferin rechnete mit jedem ab, der ihrer Familie Schaden zufügte, und wenn sie dazu durch ganz China stürmen mußte. Vielleicht waren die Frauen einst so gefährlich gewesen, daß man ihnen die Füße bandagieren mußte. Es war eine Frau, die erst vor zweihundert Jahren das Weißkranichboxen erfunden hatte. Als Tochter eines Lehrers, ausgebildet im Shao-Lin-Tempel, wo ein Orden kriegerischer Mönche lebte, war sie bereits eine perfekte Stabfechterin. Als sie sich eines Morgens frisierte, ließ sich ein weißer Kranich vor ihrem Fenster nieder. Sie neckte ihn mit ihrem Stab, den er jedoch mit sanftem Flügelschlag beiseite schob. Verwundert lief sie hinaus und versuchte, den Kranich von seinem Platz zu verscheuchen. Er brach den Stab entzwei. Da sie erkannte, daß hier eine große Macht im Spiel sein mußte, fragte sie den Geist des weißen Kranichs, ob er sie das Boxen lehren wolle. Er antwortete mit einem Schrei, den heute die Weißkranichboxer imitieren. Später kehrte der Vogel als alter Mann zurück und leitete viele Jahre lang ihr Boxtraining. So schenkte sie der Welt eine neue Kampfkunst.

Dies war eine der harmloseren, moderneren Geschichten, nichts weiter als eine Einleitung. Andere, die meine Mutter erzählte, begleiteten die Schwertkämpferinnen jahrelang durch Wälder und Paläste. Abend für Abend erzählte meine Mutter Geschichten, bis wir einschliefen. Ich könnte nicht sagen, wo die Geschichten aufhörten und die Träume begannen, wann ihre Stimme zur Stimme der Heldinnen in meinem Schlaf wurde. Und am Sonntag, von Mittag bis Mitternacht, gingen wir ins Kino der Konfuziuskirche. Wir sahen Schwertkämpferinnen aus dem Stand über Häuser springen; sie benötigten nicht einmal einen Anlauf.

Schließlich merkte ich, daß auch ich mich in der Nähe einer großen Macht befunden hatte: meiner Geschichten erzählenden Mutter. Als ich größer war, hörte ich das Lied von Fa Mu Lan, dem Mädchen, das den Platz ihres Vaters in der Schlacht eingenommen hatte. Sofort fiel mir ein, daß ich als Kind meiner Mutter im Haus überallhin gefolgt war, während wir beide davon sangen, wie Fa Mu Lan siegreich gekämpft hatte und heil aus dem Krieg zurückgekehrt war, um sich im Dorf niederzulassen. Ich hatte vergessen, daß dieses Lied einst mein Eigentum gewesen war, mir geschenkt von meiner Mutter, die dessen Erinnerungsmacht nicht erkannt haben mochte. Sie erklärte, ich werde zur Ehefrau und Sklavin heranwachsen, lehrte mich aber den Gesang der Kriegerin Fa Mu Lan. Ich würde zur Kriegerin heranwachsen müssen.

Der Ruf würde von einem Vogel kommen, der über unser Dach hinwegflöge. Auf den Tuschzeichnungen sieht er aus wie das Schriftzeichen für ›menschlich‹: zwei schwarze Schwingen. Der Vogel würde vor der Sonne einherfliegen und sich in die Berge hinaufschwingen (die wie das Schriftzeichen für ›Berg‹ aussahen), wo er flüchtig den Dunst teilen würde, der sich sofort wieder zur Undurchsichtigkeit zusammenzöge. Ich würde sieben Jahre alt sein, wenn ich dem Vogel in die Berge folgte. Die Brombeersträucher würden mir die Schuhe zerreißen, die Steine tief in Füße und Finger schneiden, aber ich würde weiterklettern, den Blick fest auf den Vogel gerichtet. Immer wieder rund um den höchsten Berg herum, immer weiter hinauf. Ich würde aus dem Fluß trinken, dem wir immer wieder begegneten. So hoch würden wir gelangen, daß sich die Pflanzen veränderten und der Fluß, der am Dorf vorbeifließt, zum Wasserfall würde. Ganz oben, wo der Vogel verschwände, würden die Wolken die ganze Welt wie Tintenlauge verfinstern.

Selbst wenn ich mich an das Grau gewöhnte, würden mir die Bergspitzen nur wie mit Bleistift schattiert erscheinen, die Felsen wie Kohlezeichnungen, alles trüb. Lediglich zwei schwarze Striche würde es geben – den Vogel. Inmitten der Wolken – im Atem des Drachen – würde ich nicht wissen, wie viele Stunden oder Tage vergingen. Plötzlich, geräuschlos, würde ich in eine gelbe, warme Welt durchbrechen. Neue Bäume würden sich mir auf dem Bergabhang entgegenneigen, doch wenn ich mich nach dem Dorf umsähe, wäre es unter den Wolken verschwunden.

Der Vogel, nunmehr – der Sonne so nahe – goldfarben geworden, würde angeflogen kommen und auf dem Strohdach einer Hütte rasten, die, bis die Füße des Vogels sie berührten, wie ein Teil der Felswand gewirkt hatte.

Die Tür ging auf, ein alter Mann und eine alte Frau kamen heraus; in den Händen hielten sie Schalen mit Reis und Suppe und einen belaubten Zweig mit Pfirsichen.

»Hast du heute schon Reis gegessen, Kind?« begrüßten sie mich.

»Ja, danke«, antwortete ich aus Höflichkeit.

(»Nein, noch nicht«, hätte ich im wahren Leben gesagt, voll Zorn auf die Chinesen, die so oft logen. »Ich bin halb verhungert. Habt ihr Gebäck? Am liebsten mag ich Schokoladenplätzchen.«)

»Wir wollten uns gerade zum Essen setzen«, erklärte die Frau. »Möchtest du mit uns speisen?«

Zufällig hatten sie drei Reisschalen und drei Paar Silberstäbchen auf dem Brettertisch unter den Fichten bereitgelegt. Sie gaben mir ein Ei, als hätte ich Geburtstag, und Tee, obwohl sie älter waren als ich, aber ich bediente sie. Die Teekanne und der Reistopf schienen unerschöpflich zu sein, aber vielleicht auch nicht; das alte Paar aß außer den Pfirsichen sehr wenig.

Als die Berge und Fichten sich in blaue Ochsen, blaue

Hunde und blaue, aufrecht stehende Menschen verwandelt hatten, baten die Alten mich, die Nacht in ihrer Hütte zu verbringen. Ich dachte an den langen Rückweg in der unheimlichen Dunkelheit und stimmte zu. Das Innere der Hütte schien ebenso groß zu sein wie die Umgebung draußen. Ein dichter Fichtennadelteppich bedeckte den Fußboden; jemand hatte die gelben, grünen und braunen Nadeln je nach Alter sorgfältig zu Mustern angeordnet. Als ich ihn achtlos betrat und ein Muster durcheinanderbrachte, ergaben sich neue Farbschattierungen. Der alte Mann und die alte Frau jedoch schritten so leicht, daß ihre Füße die Muster niemals auch nur um eine Nadel verschoben.

In der Mitte des Hauses ragte ein Felsblock aus dem Boden; das war der Tisch. Als Bänke dienten umgestürzte Bäume. Farne und Schattenblumen wuchsen an einer Wand, der Bergwand selbst. Das alte Paar legte mich in ein Bett, nicht breiter als ich selbst. »Atme gleichmäßig, sonst verlierst du die Balance und fällst hinaus«, ermahnte mich die Frau, während sie mich mit einem Seidensack voll Federn und Kräuter zudeckte. »Opernsänger, die ihre Ausbildung mit fünf Jahren beginnen, schlafen auch in solchen Betten.« Dann gingen die beiden hinaus, und ich sah durchs Fenster, wie sie an einem Strick zogen, der über einen Ast geschlungen war. Der Strick war oben am Dach befestigt, und das Dach öffnete sich wie ein Korbdeckel. Ich würde unter dem Mond und den Sternen schlafen. Ob die Alten auch schliefen, sah ich nicht mehr, so schnell fiel ich in Schlummer, aber am nächsten Morgen würden sie dasein und mich mit dem fertigen Frühstück wecken.

»Du hast jetzt fast einen Tag und eine Nacht bei uns verbracht, Kind«, begann die Alte. Im Morgenlicht sah ich, daß Gold ihre Ohrläppchen zierte. »Meinst du, daß du es ertragen könntest, fünfzehn Jahre bei uns zu bleiben? Wir könnten dich zur Kriegerin ausbilden.«

»Was ist aber mit meinen Eltern?« erkundigte ich mich.

Der alte Mann nahm die Kürbisflasche, die auf seinem Rücken hing. Er hob den Deckel hoch und suchte nach etwas im Wasser. »Ah ja, da!« sagte er.

Zuerst sah ich nur Wasser, so klar, daß es die Fasern im Innern des Kürbisses vergrößerte. Auf der Oberfläche entdeckte ich nichts als mein eigenes rundes Spiegelbild. Der alte Mann umfaßte den Kürbishals mit Daumen und Zeigefinger und schüttelte. Das Wasser bewegte sich, beruhigte sich wieder, Farben und Lichter ordneten sich schimmernd zu einem Bild, das etwas spiegelte, was in meiner Umgebung nicht vorhanden war. Dort, auf dem Boden der Kürbisflasche, standen meine Eltern und suchten den Himmel ab, in dem ich mich befand. »Es ist also bereits geschehen«, hörte ich meine Mutter sagen. »So früh hatte ich es nicht erwartet.« »Du wußtest seit ihrer Geburt, daß sie uns genommen werden würde«, antwortete mein Vater. »In diesem Jahr werden wir die Kartoffeln ohne ihre Hilfe ernten müssen«, sagte meine Mutter. Dann wandten sie sich, Strohkörbe in den Armen, den Feldern zu. Das Wasser bewegte sich und wurde wieder einfach zu Wasser. »Mama! Papa!« rief ich laut, aber sie waren unten im Tal und konnten mich nicht hören.

»Was willst du nun?« fragte der Alte. »Wenn es dir lieber ist, kannst du sofort wieder umkehren. Du kannst hingehen und Süßkartoffeln ernten, du kannst aber auch bei uns bleiben und lernen, wie man gegen Barbaren und Banditen kämpft.«

»Du kannst dein Dorf rächen«, ergänzte die alte Frau. »Du kannst die Ernten zurückholen, die von den Dieben gestohlen wurden. Den Han-Menschen kannst du durch deine Pflichterfüllung unvergeßlich bleiben.«

»Ich bleibe«, entschied ich mich.

So wurde die Hütte zu meiner Heimat, und ich entdeckte, daß die alte Frau die Fichtennadeln nicht mit der Hand ordnete. Sie öffnete das Dach, ein Herbstwind erhob sich, und die Nadeln fielen in Zopfmustern nieder – braune Flechten, grüne Flechten, gelbe Flechten. Die alte Frau bewegte die Arme wie ein Dirigent; sie blies behutsam mit gespitzten Lippen. »Die Natur wirkt in den Bergen wahrlich anders als im Tal«, dachte ich.

»Zuerst mußt du lernen, dich still zu verhalten«, erklärte

mir die alte Frau. Sie ließ mich bei den Bächen zurück, wo ich die Tiere beobachten sollte. »Wenn du laut bist, ist es deine Schuld, wenn das Wild dürsten muß.«

Als ich den ganzen Tag knien konnte, ohne daß sich meine Beine verkrampften, als mein Atem gleichmäßig wurde, vergruben die Eichhörnchen ihr Hamstergut neben dem Saum meines Hemdes und bogen dann die Schwänze in feierlichem Tanz. Bei Nacht betrachteten mich die Mäuse und Kröten, ihre Augen flinke oder träge Sterne. Doch kein einziges Mal sah ich eine dreibeinige Kröte; um die zu ködern, braucht man Schnüre mit Münzen.

Die beiden Alten gaben mir Übungen auf, die im Morgengrauen begannen und bei Sonnenuntergang endeten, so daß ich unsere Schatten, fest verwurzelt in der Erde, wachsen, schrumpfen und wieder wachsen sah. Ich lernte Finger, Hände, Füße, den Kopf und den gesamten Körper in Kreisen zu bewegen. Ich schritt einher, die Hacken zuerst aufgesetzt, die Fußspitzen um dreißig bis vierzig Grad nach außen gekehrt, um das Schriftzeichen für ›acht‹, das Schriftzeichen ›menschlich‹ zu bilden. Mit gebeugten Knien vollführte ich jenen langsamen rhythymischen Schritt, mit dem man kraftvoll in die Schlacht marschiert. Nach fünf Jahren wurde mein Körper so stark, daß ich sogar die Erweiterung der Pupillen in meiner Iris kontrollieren konnte. Ich konnte Eulen und Fledermäuse imitieren. Nach sechs Jahren ließen die Hirsche mich neben sich herlaufen. Ich konnte aus dem Stand sechs Meter hoch springen, wie ein Affe über die Hütte hüpfen. Jedes Lebewesen besitzt eine Fähigkeit, sich zu verstecken, eine Fähigkeit, zu kämpfen, die man sich als Krieger zunutze machen kann. Wenn sich Vögel auf meine Handfläche setzten, vermochte ich meine Muskeln unter ihren Füßen so zu entspannen, daß sie keine Grundlage mehr hatten, von der sie auffliegen konnten.

Aber ich konnte nicht fliegen wie der Vogel, der mich hergebracht hatte – es sei denn, in weiten, freien Träumen.

Im siebenten Jahr (ich wurde vierzehn) führten mich die beiden Alten mit verbundenen Augen zu den Bergen der weißen Tiger. Sie hielten mich bei den Ellbogen und schrien mir in die Ohren: »Lauf! Lauf! Lauf!« Ich lief, und als ich weder in einen vor meinen Fußspitzen befindlichen Abgrund stürzte noch mit der Stirn gegen eine Felswand stieß, lief ich schneller. Ein Wind trug mich über Wurzeln, Felsen, kleine Hügel. Im Handumdrehen erreichten wir das Reich der Tiger – eine Bergspitze, einen Meter unter dem Himmel. Wir mußten uns bücken.

Die beiden Alten winkten mir noch einmal zu und verschwanden hinter einem Baum. Die alte Frau, geschickt mit Pfeil und Bogen, nahm beides mit; der alte Mann trug seine Kürbisflasche voll Wasser. Ich mußte mich mit leeren Händen durchschlagen. Schnee bedeckte den Boden, und Schnee fiel in lockeren Flocken – eine andere Art, wie der Drache atmet. Ich marschierte in die Richtung, aus der wir gekommen waren, und als ich die Baumgrenze erreichte, sammelte ich Zweige, die vom Kirschbaum, der Pfingstrose und dem Walnußbaum, dem Baum des Lebens, abgebrochen waren. Feuer, hatten mich die Alten gelehrt, verbirgt sich in Bäumen, die im Frühling rote Blüten oder rote Beeren tragen oder deren Laub sich im Herbst rot färbt. Ich las Zweige vom Unterholz auf und wickelte sie in meinen Schal, um sie trockenzuhalten. Ich grub dort, wo Eichhörnchen gewesen sein mochten, und stahl aus jedem Versteck ein bis zwei Nüsse. Die wickelte ich ebenfalls in meinen Schal. Ein Mensch, hatten die beiden Alten gesagt, kann sich fünfzig Tage lang nur mit Wasser am Leben halten. Die Wurzeln und Nüsse wollte ich für die steilen Kletterpartien aufbewahren, für die Stellen, wo nichts wuchs, für den Notfall, daß ich die Hütte nicht wiederfand. Diesmal würde es keinen Vogel geben, dem ich folgen konnte.

In der ersten Nacht machte ich mir aus der Hälfte des Holzes ein Feuer und schlief zusammengerollt, an den Berg geschmiegt. Jenseits des Feuers hörte ich die weißen Tiger schleichen, konnte sie aber nicht von den Schneewehen unterscheiden. Der Morgen dämmerte herauf. Ich eilte weiter, sammelte abermals Holz und Eßbares. Ich aß nichts, trank nur den Schnee, den das Feuer zum Schmelzen brachte.

Die beiden ersten Tage waren ein Geschenk, das Fasten mühelos und ich so selbstgefällig in meiner Kraft, daß ich mich am dritten Tag, dem schwersten, dabei ertappte, wie ich auf dem Boden saß, den Schal öffnete und die Nüsse und trockenen Wurzeln anstarrte. Statt stetig weiterzumarschieren oder sogar zu essen, versank ich in Träume von den Fleischspeisen, die meine Mutter zu kochen pflegte, vergaß die mönchische Enthaltsamkeit. In jener Nacht verbrauchte ich den größten Teil des Holzes, das ich gesammelt hatte, angesichts des Todes – wenn nicht hier, so irgendwo – unfähig zu schlafen. Die Mondtiere, die nicht Winterschlaf hielten, kamen hervor, um zu jagen, aber ich hatte die Eßgewohnheiten eines Fleischfressers aufgegeben, seit ich bei den Alten lebte. Ich würde die Maus, die direkt vor meiner Nase tanzte, oder die Eulen, die sich dicht neben das Feuer fallen ließen, nicht fangen.

Am vierten und fünften Tag – meine Augen waren durch den Hunger geschärft – sah ich Rehwild und folgte seiner Fährte, wenn unsere Wege in dieselbe Richtung liefen. Wo das Wild nagte, sammelte ich den Pilzschwamm, den Pilz der Unsterblichkeit.

Am Mittag des zehnten Tages packte ich den Schnee, weiß wie Reis, in die ausgewaschene Mitte eines Felsblocks, den mir ein Eisfinger zeigte, und machte rings um den Stein ein schönes Feuer. In das sich erwärmende Wasser gab ich Wurzeln, Nüsse und den Pilz der Unsterblichkeit. Um Abwechslung zu haben, aß ich ein Viertel der Nüsse und Wurzeln roh. Ach, dieses plötzliche herrliche Gefühl in meinem Mund, meinem Kopf, meinem Magen, meinen Zehen, meiner Seele – die beste Mahlzeit meines Lebens!

Eines Tages stellte ich fest, daß ich große Entfernungen ohne Behinderung zurücklegte, mein Bündel wog leicht. Nahrung war so rar geworden, daß ich mir nicht mehr die Mühe machte, etwas zu suchen. Ich befand mich in totem Land. Hier hörte sogar der Schneefall auf. Ich kehrte nicht in die fruchtbaren Gegenden zurück, wo ich ohnehin nicht bleiben konnte, sondern beschloß zu fasten, bis ich halbwegs den nächsten Wald erreicht hatte, und machte mich auf, quer über den dürren, kahlen Fels. Da mich das Holz auf meinem Rücken behinderte, die Zweige mich schmerzhaft stachen, hatte ich nahezu all mein Brennmaterial verbraucht, um meine Kraft nicht mit der Schlepperei zu vergeuden.

Irgendwo in dem toten Land hörte ich auf, die Tage zu zählen. Mir schien, als sei ich ewig so gewandert, als sei das Leben nie anders gewesen. Ein alter Mann und eine alte Frau waren eine Hilfe, die ich mir lediglich gewünscht hatte. Ich war vierzehn Jahre alt und hatte mich außerhalb des Dorfes verlaufen. Ich ging im Kreis. War ich von den Alten nicht schon gefunden worden? Oder kam das noch? Ich sehnte mich nach Mutter und Vater. Der alte Mann und die alte Frau waren nur Teil dieser Verlorenheit, dieses Hungers.

Bei Anbruch der Nacht aß ich den Rest meiner Vorräte, hatte aber genug Reisig für ein schönes Feuer. Ich starrte in die Flammen, die mich daran erinnerten, wie ich meiner Mutter beim Kochen geholfen hatte. Das brachte mich zum Weinen. Es war sehr merkwürdig, mit tränenfeuchten Augen ins Feuer zu blicken und meine Mutter wiederzusehen. Ich nickte, rosig von der Wärme.

Ein weißes Kaninchen kam zu mir gehoppelt; sekundenlang dachte ich, es sei ein vom Himmel gefallener Schneeklumpen. Das Kaninchen und ich musterten einander. Kaninchen schmecken wie Huhn. Meine Eltern hatten mich gelehrt, wie man einem Kaninchen mit dem Weinkrug einen Schlag auf den Kopf versetzt und es dann sauber für eine Pelzweste häutet. »Es ist eine kalte Nacht für Tiere«, sagte ich. »Du möchtest dich ein bißchen wärmen, nicht wahr? Dann laß mich noch einen Ast auflegen.« Ich würde ihm keinen Schlag mit dem Ast versetzen. Von den Kaninchen hatte ich gelernt, nach hinten auszutreten. Vielleicht war dieses sogar krank, denn normalerweise mögen Tiere Feuer nicht. Das Kaninchen wirkte jedoch offensichtlich munter und hüpfte, mich durchdringend ansehend, näher ans Feuer. Aber als es den äußeren Rand erreichte, hielt es nicht inne, sondern wandte mir den Kopf zu und sprang in die Flammen.

Das Feuer duckte sich einen Moment überrascht, dann schossen die Flammen höher hinauf als zuvor. Und als sich das Feuer wieder beruhigte, sah ich, daß das Kaninchen sich in einen knusprigen Braten verwandelt hatte. Ich aß es und wußte, daß es sich für mich geopfert hatte. Es hatte mir ein Fleischgeschenk dargebracht.

Wenn man Stunden um Stunden durch einen Wald marschiert ist – nach dem toten Land hatte ich endlich den Wald erreicht –, verdecken die Äste alles andere, nirgends Erleichterung, wohin man den Blick auch wendet, bis das Auge anfängt, neue Auswege zu erfinden. Auch der Hunger verändert die Welt – wenn das Essen nicht Gewohnheit sein kann, kann auch das Sehen keine sein. Ich sah zwei Menschen aus Gold die Tänze der Erde tanzen. Sie drehten sich so perfekt, daß sie zusammen die Achse der Erdumdrehung bildeten. Sie waren Licht; sie waren geschmolzenes, changierendes Gold – chinesische Löwentänzer, afrikanische Löwentänzer mitten in der Bewegung. Ich hörte helle javanische Glocken sich in dunkel klingende indische Glocken verwandeln, in Hindu-Glocken, indianische Glocken. Vor meinen Augen barsten goldene Glocken zu goldenen Quasten, die sich zu zwei königlichen Capes ausbreiteten und in seidenweiche Löwenfelle verwandelten. Mähnen wurden zu Federn, die leuchteten und zu Lichtstrahlen wurden. Dann tanzten die Tänzer die Zukunft – eine von Maschinen beherrschte Zukunft – in Kleidern, wie ich sie noch nie gesehen hatte. Ich sehe die Jahrhunderte in Sekunden vorüberziehen, weil ich plötzlich die Zeit begreife, die sich dreht und feststeht wie der Polarstern. Und ich begreife, warum Arbeiten und Hacken Tanz ist; warum Bauernkleider golden sind wie die Kleider der Könige; warum einer der Tänzer immer ein Mann und der andere eine Frau ist.

Der Mann und die Frau werden immer größer. Strahlend. Ganz aus Licht. Sie sind hochgewachsene Engel in zwei Reihen. Sie haben große weiße Flügel auf dem Rükken. Vielleicht sind sie unendliche Engel; vielleicht sehe ich zwei Engel in ihren aufeinanderfolgenden Augenblikken. Ich kann das Leuchten nicht ertragen und bedecke meine Augen, die schmerzen, weil ich sie, ohne zu blinzeln, so weit aufgerissen habe. Als ich meine Hände wieder herabnehme, erkenne ich den alten braunen Mann und die alte graue Frau, die aus dem Fichtenwald auf mich zukommen.

Es könnte scheinen, als sei dieser kleine Spalt im Mysterium nicht so sehr durch die Magie der Alten als durch den Hunger geöffnet worden. Hinterher konnte ich, wann immer ich lange nichts gegessen hatte, etwa während einer Hungersnot oder in der Schlacht, ganz gewöhnliche Menschen anstarren und sie in Licht und Gold sehen. Ich sah sie tanzen. Wenn ich ganz hungrig werde, sind Töten und Fallenstellen ebenfalls Tanz.

Die Alten gaben mir heiße Gemüsesuppe. Dann baten sie mich, ihnen zu berichten, was in den Bergen der weißen Tiger geschehen war. Ich erzählte ihnen, daß sich die weißen Tiger durch den Schnee an mich herangeschlichen hätten, daß ich sie aber mit brennenden Ästen abwehrte und daß meine Urgroßeltern gekommen seien, mich sicher durch den Wald zu geleiten. Daß ich einem Kaninchen begegnet sei, das mich die Selbstaufopferung gelehrt habe und wie man die Seelenwanderung beschleunige: Man müsse nicht zuerst ein Wurm werden, sondern könne sich direkt in ein menschliches Wesen verwandeln – wie wir in unserer Menschlichkeit soeben Schalen von Gemüsesuppe in Menschen verwandelt hätten. Da mußten sie lachen. »Du erzählst gute Geschichten«, lobten sie. »Und jetzt geh schlafen. Morgen werden wir mit deinen Drachenlektionen beginnen.«

»Eines noch«, wollte ich sagen. »Ich sah euch und auch, wie alt ihr wirklich seid.« Doch da lag ich bereits im Schlaf, und es kam nur ein Gemurmel heraus. Ich wollte ihnen von jenem letzten Augenblick meiner Wanderung erzählen; aber es war nur ein Moment der Wochen, die ich fort gewesen war, und das Erzählen hatte bis morgen Zeit. Außerdem wußten es die beiden wahrscheinlich schon. Wenn ich in den folgenden Jahren unverhofft auf sie stieß oder wenn ich sie aus den Augenwinkeln sah, erschien er mir als hübscher Jüngling, hochgewachsen, mit langem schwarzen Haar, und sie als schöne junge Frau, die nacktbeinig durch die Wälder lief. Im Frühling kleidete sie sich wie eine Braut; sie trug Wacholderblätter im Haar und eine schwarze bestickte Jacke. Ich lernte treffsicher schießen, weil meine Lehrer die Zielscheiben hielten. Oft, wenn ich an einem Pfeil entlangvisierte, wurde kurz der Jüngling oder die junge Frau sichtbar, doch wenn ich direkt hinsah, waren sie wieder alt. Inzwischen hatte ich aus ihrem geschlechtslosen Verhalten geschlossen, daß die Alte nicht die Ehefrau des alten Mannes, sondern seine Schwester oder Freundin sein mußte.

Nachdem ich von meiner Überlebensprüfung zurückgekehrt war, unterrichteten mich die beiden Alten über die Drachen, was abermals acht Jahre dauerte. Die Tiger zu imitieren, ihre Geschicklichkeit beim Anschleichen und ihre Wut, war ein wildes, blutrünstiges Vergnügen gewesen. Tiger sind leicht zu erkennen, um aber über die Drachen Bescheid zu wissen, brauchte man die Weisheit der Erwachsenen. »Von dem Drachen mußt du dir deine Vorstellung machen nach den Teilen, die du sehen und berühren kannst«, pflegten die beiden Alten zu sagen. Drachen sind, im Gegensatz zu Tigern, so riesig, daß ich niemals einen als Ganzes sehen würde. Aber ich konnte die Berge erkunden, die seine Schädeldecke sind. »Diese Berge *gleichen* außerdem den Köpfen *anderer* Drachen«, erklärten mir die beiden Alten. Wenn ich die Abhänge erkletterte, begriff ich, daß ich ein Käfer war, der auf der Stirn eines Drachen saß, während dieser durch den Raum jagte, mit einer Geschwindigkeit, die sich so sehr von meiner Geschwindigkeit unterschied, daß mir der Drache fest und unbeweglich vorkam. In den Steinbrüchen konnte ich die Gewebeschichten, die Adern und Muskeln des Drachen sehen; die Mineralien waren seine Zähne und Knochen. Ich konnte die Steine berühren, die die alte Frau trug – sein Knochenmark. Ich hatte den Boden bearbeitet, der sein Fleisch ist, ich hatte die Pflanzen geerntet, die Bäume erklettert, die seine Haare sind. Im Donner konnte ich seiner Stimme lauschen, im Wind seinen Atem spüren, in den Wolken seinen Atem sehen. Seine Zunge ist der Blitz. Und das Rot, das der Blitz der Welt schenkt, ist stark und glückbringend – im Blut, im Mohn, in Rosen, Rubinen, den roten Federn der Vögel, im roten Karpfen, im Kirschbaum, in der Pfingstrose, in der Linie am Auge der Schildkröte und der Wildente. Im Frühling, wenn der Drache erwacht, beobachtete ich seine Windungen in den Flüssen.

Am nächsten kam ich der Begegnung mit einem ganzen Drachen, als die Alten an einer Fichte, die über dreitausend Jahre alt war, einen schmalen Streifen Borke abschnitten. Das Harz darunter fließt in den wirbelnden Formen der Drachen. »Wenn du im Alter wünschen solltest, noch weitere fünfhundert Jahre zu leben, komm hierher und trinke zehn Liter von diesem Saft«, belehrten sie mich. »Aber tu's jetzt noch nicht. Du bist noch zu jung, um zu entscheiden, ob du ewig leben möchtest.« Die Alten schickten mich in die Gewitter hinaus, um das Rotewolkekraut zu pflücken, das nur dann wachsen kann: ein Produkt aus dem Feuer des Drachen und dem Regen des Drachen. Ich brachte die Blätter dem alten Mann und der alten Frau, und sie aßen sie um der Unsterblichkeit willen.

Ich lernte, meinen Geist weit zu öffnen, denn das Universum ist groß, so daß es Raum für Paradoxien gibt. Perlen sind Knochenmark; Perlen kommen aus den Austern. Der Drache wohnt im Himmel, im Meer, in den Sümpfen und in den Bergen; und die Berge sind auch sein Schädel. Seine Stimme donnert und klirrt wie Kupferkessel. Er atmet Feuer und Wasser; manchmal ist der Drache nur einer, ein anderes Mal viele.

Ich arbeitete jeden Tag. Wenn es regnete, übte ich im Wolkenbruch, dankbar dafür, daß ich nicht Süßkartoffeln ausbuddeln mußte. Ich bewegte mich wie die Bäume im Wind. Ich war dankbar, daß ich nicht im Hühnerdreck herumtrampeln mußte und daß die Alpträume davon verschwanden.

Jeweils am Neujahrsmorgen ließ mich der alte Mann in seine Kürbisflasche schauen, damit ich meine Familie sah. Sie aßen die üppigste Mahlzeit des ganzen Jahres, und ich vermißte sie sehr. Ich hatte ihre Liebe gefühlt, die Liebe, die ihren Fingern entströmte, wenn die Erwachsenen uns rotes Geld in die Taschen steckten. Meine beiden Alten schenkten mir kein Geld, sondern fünfzehn Jahre lang in jedem Jahr eine Perle. Nachdem ich das rote Papier entfernt und die Perle zwischen Daumen und Zeigefinger gerollt hatte, nahmen sie sie mir wieder weg, um sie für mich aufzubewahren. Wie gewöhnlich aßen wir Mönchsessen.

Durch den Blick in die Kürbisflasche vermochte ich den Männern zu folgen, die ich später hinrichten mußte. Ohne zu wissen, daß ich zusah, aßen dicke Männer Fleisch, tranken dicke Männer Wein aus Reis, saßen dicke Männer auf nackten kleinen Mädchen. Ich sah zu, wie mächtige Männer ihr Geld zählten und Verhungernde das ihre. Wenn Banditen ihren Anteil an der Beute eines Überfalls heimbrachten, wartete ich, bis sie ihre Masken abnahmen, damit ich wußte, welche Dorfbewohner ihre Nachbarn bestahlen. Ich studierte die Gesichter der Generäle, deren Rangabzeichen – Federkiele – an ihren Hinterköpfen schwankten. Ich prägte mir auch die Gesichter der Rebellen ein, deren Stirne von zornigen Schwüren umwölkt waren.

Der alte Mann wies mich auf Stärken und Schwächen hin, wann immer sich Helden in klassischen Schlachten trafen, doch der Krieg läßt die schönen, langsamen alten Kämpfe zu wildem Getümmel ausarten. Ich sah einen jungen Krieger seinen Gegner grüßen – und fünf Bauern überfielen ihn von hinten mit Sicheln und Hämmern. Sein Gegner hatte ihn nicht gewarnt.

»Betrüger!« schrie ich. »Wie soll ich über solche Betrüger siegen?«

»Keine Angst«, sagte der alte Mann. »Du wirst niemals in eine Falle tappen wie dieser erbärmliche Amateur. Du kannst hinter dich sehen wie eine Fledermaus. Halte die Bauern mit einer Hand zurück und töte den Krieger mit der anderen.«

Auch die Menstruation unterbrach meine Ausbildung nicht; ich war so stark wie an allen anderen Tagen. »Du bist jetzt erwachsen«, erklärte mir die alte Frau, als mich die erste Blutung während meines Aufenthalts auf dem Berg überraschte. »Du kannst Kinder bekommen.« Ich hatte gedacht, ich hätte mich beim Sprung über meine Schwerter verletzt, von denen das eine aus Stahl, das andere aus einem einzigen Stück Jade geschnitten war. »Aber«, setzte sie hinzu, »wir bitten dich, mit den Kindern noch ein paar Jahre zu warten.«

»Dann kann ich die Körperbeherrschung, die ihr mich gelehrt habt, anwenden, um diese Blutung zu unterbinden?«

»Nein. Man hört auch nicht auf zu scheißen und zu pissen«, entgegnete sie. »Genauso ist es mit dem Blut. Laß es laufen.« (»Laß es gehen«, auf chinesisch.)

Zum Trost dafür, daß ich an diesem Tag nicht bei meiner Familie war, ließen sie mich in den Kürbis schauen. Meine ganze Familie besuchte Freunde am anderen Flußufer. Alle hatten die guten Kleider an und schenkten sich gegenseitig Kuchen. Es war eine Hochzeit. Meine Mutter sagte zu den Gastgebern: »Vielen Dank, daß ihr unsere Tochter nehmt. Wo immer sie ist, sie muß jetzt sehr glücklich sein. Wenn sie lebt, wird sie sicherlich zurückkehren, und wenn sie ein Geist ist, habt ihr ihr eine Abstammungslinie gegeben. Wir sind euch sehr dankbar.«

Ja, ich würde glücklich sein. Wie erfüllt würde ich sein von all ihrer Liebe zu mir! Zum Ehemann würde ich meinen Spielkameraden haben, mir lieb seit der Kindheit, den Spielkameraden, der mich so sehr liebte, daß er um meinetwillen bereit war, der Bräutigam eines Geistes zu werden. Wie glücklich werden wir sein, wenn ich, gesund und kräftig und keineswegs ein Geist, nach Hause ins Tal zurückkehren werde!

Das Wasser zeigte mir groß das wunderschöne Gesicht meines Mannes – und ich beobachtete, wie er plötzlich schneeweiß wurde, als auf einmal, klappernd und klirrend, bewaffnete Männer zu Pferde auftauchten. Meine Leute griffen sich Eisenpfannen, kochende Suppe, Messer, Hämmer, Scheren, was immer ihnen in die Hände geriet, aber mein Vater wehrte ab: »Es sind zu viele«, und sie legten die Waffen nieder und warteten ruhig an der Tür, die geöffnet war wie für willkommene Gäste. Ein Heer von Reitern hielt vor unserem Haus; die Fußtruppen in der Ferne rückten näher. Ein Reiter in einem in der Sonne feurig glitzernden Schuppenpanzer las mit lauter Stimme aus einer Schriftrolle in seinen Händen vor; die Wörter öffneten ein rotes Loch in seinem Bart. »Euer Baron hat sich für fünfzig Mann aus diesem Bezirk verbürgt, einen aus jeder Familie«, verkündete er. Dann verlas er die Familiennamen.

»Nein!« schrie ich in den Kürbis hinein.

»Ich werde gehen«, sagten mein jungvermählter Ehemann und mein jüngster Bruder zu ihren Vätern.

»Nein«, erwiderte mein Vater, »ich werde selbst gehen.« Aber die Frauen hielten ihn zurück, bis die Fußtruppen vorbeimarschierten und meinen Mann und meinen Bruder mitnahmen.

Wie durch den Marschtritt aufgestört, begann das Wasser heftig zu schäumen; und als es wieder ruhig war (»Wartet!« schrie ich. »Wartet!«), waren da Fremde. Der Baron und seine Familie – seine gesamte Familie – berührten angesichts ihrer Ahnen mit der Stirn den Fußboden und dankten laut den Göttern dafür, daß sie sie vor der Zwangsaushebung bewahrt hatten. Ich sah den Baron mit seinem Schweinsgesicht, wie er offenen Mundes auf dem Fleisch des Opferschweins kaute. Ich versenkte meine Hand in den Kürbis, griff nach seinem dicken Hals, und er zerbrach in Stücke, bespritzte mein Gesicht und meine Kleider mit Wasser. Ich drehte den Kürbis um, damit er sich leerte, doch keine kleinen Menschen fielen heraus.

»Warum kann ich nicht zu ihnen gehen und ihnen helfen?« rief ich. »Ich werde mit den beiden Jungen fliehen, und wir werden uns in den Höhlen verstecken.«

»Nein«, sagte der Alte, »du bist noch nicht soweit. Du bist erst vierzehn. Du könntest verletzt werden, und das für nichts.«

»Warte, bis du zweiundzwanzig bist«, sagte die Alte. »Dann bist du groß und auch geschickter. Dann wird dich keine Armee daran hindern können zu tun, was du willst. Wenn du jetzt gehst, wird man dich töten, und du hättest siebeneinhalb Jahre unserer Zeit vergeudet. Du würdest deine Leute einer Heldin berauben.«

»Ich bin jetzt schon gut genug, um die beiden Jungen zu retten.«

»Wir haben nicht so schwer gearbeitet, um lediglich zwei Jungen zu retten, sondern ganze Familien.«

Natürlich.

»Glaubt ihr wirklich, daß ich das fertigbringe – ein ganzes Heer zu besiegen?«

»Selbst wenn du gegen Soldaten kämpfst, die so ausgebildet sind wie du, werden die meisten von ihnen doch Männer sein, schwerfällig und ungeschlacht. Du wirst ihnen überlegen sein. Sei also nicht ungeduldig.«

»Von Zeit zu Zeit darfst du in den Kürbis schauen und deinen Mann und deinen Bruder sehen«, versprach mir der Alte.

Aber ich hatte meiner Angst um sie bereits ein Ende gemacht. Ich spürte, wie in mir eine hölzerne Tür ins Schloß fiel. Auf unserem Hof hatte ich gelernt, daß ich aufhören konnte, Tiere zu lieben, die zum Schlachten bestimmt waren. Und sie sofort wieder lieben konnte, wenn jemand sagte: »Dies ist ein Haustier«, mich damit befreite und die Tür öffnete. Wir hatten schon oft Männer verloren, Vettern und Onkel, die in die Armee gepreßt oder als Lehrlinge versklavt wurden, denn Lehrlinge sind beinahe so niedrig wie Sklavinnen.

Ich blutete und dachte an die Menschen, die getötet werden mußten; ich blutete und dachte an die Menschen, die geboren werden sollten.

Während all der Jahre auf dem Berg sprach ich mit niemandem als den beiden Alten, aber sie schienen mir viele Menschen zu sein. Die ganze Welt lebte im Kürbis, die Erde eine grünblaue Perle wie die, mit der der Drache spielt.

Als ich gen Himmel deuten und bewirken konnte, daß ein Schwert erschien, ein silberner Blitz im Sonnenlicht, als ich seinen Hieb mit meinen Gedanken lenken konnte, sagten die Alten, ich sei zum Aufbruch bereit. Zum letztenmal öffnete der alte Mann den Kürbis. Ich sah, wie der Bote des Barons unser Haus verließ und mein Vater sagte: »Diesmal muß ich in den Kampf ziehen.« Ich wollte den Berg hinabeilen und seinen Platz einnehmen. Die Alten gaben mir die fünfzehn Perlen, die ich benutzen sollte, wenn ich in große Gefahr geriet. Sie gaben mir Männerkleider und eine Rüstung. Wir verneigten uns voreinander. Der Vogel flog über mir den Berg hinab, und einige Meilen weit sah ich, wann immer ich mich nach ihnen umdrehte, die beiden Alten mir nachwinken. Ich sah sie durch den Dunst; ich sah sie in den Wolken; ich sah sie groß auf dem Berggipfel, als die Entfernung die Fichten hatte schrumpfen lassen. Vermutlich hatten sie Abbilder von sich zurückgelassen, denen ich zuwinken konnte, und waren an ihre Arbeit gegangen.

Als ich mein Dorf erreichte, waren meine Eltern so alt geworden wie die beiden, deren Gestalten ich nun nicht mehr sehen konnte. Ich half meinen Eltern ihre Gerätschaften tragen; hoch aufgerichtet gingen sie vor mir her, jeder mit einem Korb oder einer Hacke beladen, um mir die Last zu erleichtern. Insgeheim vergossen sie Tränen. Meine Familie umgab mich mit soviel Liebe, daß ich fast jene vergaß, die nicht hier waren. Ich lobte die neugeborenen Kinder.

»Manche Leute hier behaupten, die Acht Weisen hätten dich mitgenommen, um dich die Zauberei zu lehren«, sagte eine kleine Kusine. »Sie sagen, sie hätten dich in einen Vogel verwandelt, und du wärst mit ihnen geflogen.«

»Manche sagen, du wärst in die Stadt gegangen und Prostituierte geworden«, kicherte eine andere Kusine.

»Du kannst ihnen sagen, daß ich Lehrer gehabt habe, die bereit waren, mich Wissenschaften zu lehren«, sagte ich.

»Man hat mich zum Heer gepreßt«, sagte mein Vater.

»Nein, Vater«, entgegnete ich ihm. »Ich werde deinen Platz einnehmen.«

Meine Eltern schlachteten ein Huhn und kochten es ganz, als hießen sie einen Sohn daheim willkommen, doch ich hatte mir das Fleischessen abgewöhnt. Nachdem ich Reis und Gemüse gegessen hatte, schlief ich zur Vorbereitung auf die vor mir liegende Aufgabe ausgiebig.

Am nächsten Morgen weckten mich meine Eltern und baten mich, mit ihnen in den Familiensaal zu kommen. »Bleib in deinem Nachtgewand«, bat mich meine Mutter. »Zieh dich noch nicht an.« Sie trug eine Schüssel, ein Handtuch und einen Kessel mit heißem Wasser. Mein Vater trug eine Flasche Wein, einen Tintenstein und Federn sowie Messer in den verschiedensten Größen. »Komm mit«, forderte er mich auf. Die Tränen, mit denen sie mich begrüßt hatten, waren getrocknet. Ahnungsvoll witterte ich einen Geruch – metallisch, den Eisengeruch von Blut, wie wenn eine Frau ein Kind gebiert oder wenn ein großes Tier geopfert wird, wenn ich menstruierte und rote Träume hatte.

Meine Mutter legte vor den Ahnen ein Kissen auf den Boden. »Knie nieder«, forderte sie mich auf. »Und zieh dein Hemd aus.« Ich kniete nieder – mit dem Rücken zu den Eltern, damit keiner von uns in Verlegenheit geriet. Meine Mutter wusch mir den Rücken, als wäre ich nur einen Tag fort gewesen und wäre noch ihr kleines Kind. »Wir werden dir Rache auf den Rücken schreiben«, erklärte mir mein Vater. »Wir werden Flüche und Namen hineinritzen.«

»Wohin du auch gehst, was immer dir geschieht, die Menschen werden unser Opfer erkennen«, sagte meine Mutter. »Und auch du wirst es niemals vergessen.« Sie meinte, selbst wenn man mich tötete, könnten die Leute meine Leiche als Waffe benutzen, aber wir sprechen nicht gern vom Sterben.

Zuerst malte mein Vater die Zeichen mit Tinte auf; Schriftzeichen um Schriftzeichen flatterten die Wörter meinen Rücken hinab. Dann begann er sie einzuritzen; für die dünnen Striche und Punkte benutzte er feine Klingen, für die breiten Striche stärkere.

Meine Mutter fing das Blut auf und wusch die Schnitte mit einem kalten, in Wein getauchten Handtuch aus. Es schmerzte furchtbar: die Schnitte scharf, die Luft brennend, der Alkohol erst kalt, dann heiß – ein so vielfältiger Schmerz! Ich umklammerte meine Knie. Ich ließ sie los. Weder Anspannung noch Entspannung halfen. Ich hätte am liebsten laut geweint. Ohne die fünfzehn Jahre Ausbildung hätte ich mich auf dem Fußboden gewälzt, hätte man mich niederhalten müssen. Länger und länger wurde die Liste der Leiden. Sollte ein Feind mir die Haut abziehen, würde das Licht hindurchscheinen wie durch einen Spitzenvorhang.

Als das letzte Zeichen eingeritzt war, fiel ich vornüber. Gemeinsam rezitierten meine Eltern, was sie geschrieben hatten, dann ließen sie mich ruhen. Meine Mutter fächelte mir den Rücken. »Wir werden dich bei uns behalten, bis dein Rücken geheilt ist«, erklärte sie.

Als ich mich aufrichten konnte, brachte meine Mutter mir zwei Spiegel, und ich sah, daß mein Rücken von oben bis unten mit Zeichen bedeckt war, in roten und schwarzen Reihen, wie ein Heer, wie mein Heer. Meine Eltern pflegten mich, als wäre ich nach vielen Siegen in der Schlacht verwundet worden. Nicht lange, und ich war wieder bei Kräften.

Ein weißes Pferd kam in den Hof getrabt, wo ich meine Rüstung polierte. Obwohl die Tore fest verschlossen waren, betrat es den Hof durch das Mondtor – ein edler Schimmel. Es trug einen Sattel und Zaumzeug mit tanzenden roten, goldenen und schwarzen Quasten. Der Sattel war wie für mich gefertigt, mit eingeprägten Tigern und Drachen. Der Schimmel scharrte ungeduldig. Auf den Hufen der einen Seite, vorn und hinten, stand das Schriftzeichen für ›fliegen‹.

Auf ein solches Zeichen hatten meine Eltern und ich gewartet. Wir nahmen dem Pferd die schönen Satteltaschen ab und füllten sie mit Salben und Kräutern, Blaugras zum Haarewaschen, Hemden zum Wechseln, getrockneten Pfirsichen. Sie ließen mich zwischen Stäbchen aus Elfenbein und Silber wählen. Ich nahm die silbernen, weil sie leichter wogen. Es war, als bekäme ich Hochzeitsgeschenke. Die Kusinen und die Dorfbewohner brachten mir gelbleuchtende Orangenmarmelade, Seidenkleider, silberne Stickscheren. Sie brachten blau-weiße, mit Wasser und Karpfen gefüllte Porzellanschüsseln – die Schüsseln mit Karpfen bemalt, mit Flossen wie orangegelbes Feuer. Ich nahm die Geschenke entgegen – die Tische, die irdenen Krüge –, obwohl ich alles unmöglich mitnehmen konnte, und wählte für die Reise lediglich eine kleine kupferne Kochschüssel. Darin konnte ich kochen, daraus konnte ich essen, so daß ich nicht erst nach schüsselförmigen Steinen oder Schildkrötenpanzern suchen mußte.

Ich legte Männerkleider und Rüstung an und band mir das Haar nach Männerart. »Wie schön du aussiehst!« staunten die Leute. »Wie schön sie aussieht!«

Ein junger Mann löste sich aus der Menge. Er kam mir bekannt vor, als wäre er der Sohn des alten Mannes oder der alte Mann selbst, wenn man ihn aus den Augenwinkeln betrachtete.

»Ich möchte mit dir gehen«, sagte er.

»Du bist der erste Soldat in meiner Armee«, antwortete ich.

Ich sprang auf mein Pferd und staunte über die Macht und Größe, die es mir verlieh. In diesem Augenblick kam aus dem Nichts ein Reiter auf einem schwarzen Pferd auf mich zu galoppiert. Die Dorfbewohner flohen alle, bis auf meinen einzigen Soldaten, der gelassen neben mir stehenblieb. Ich zog mein Schwert. »Halt!« rief der Reiter und hob die waffenlosen Hände. »Halt! Ich komme von weit her, um mit dir zu ziehen.«

Nun brachten mir die Dorfbewohner ihre eigentlichen Geschenke dar – ihre Söhne. Familien, die ihre Knaben während der letzten Aushebung versteckt hatten, brachten sie mir nun freiwillig. Ich nahm jene, die die Familien entbehren konnten, und jene mit Heldenfeuer in den Augen, nicht aber die jungen Väter und nicht jene, die anderen die Herzen brachen, wenn sie fortzogen.

Wir waren besser ausgerüstet als viele Begründer von Dynastien, die nordwärts zogen, um einen Kaiser zu entthronen; sie waren Bauern gewesen wie wir. Millionen von uns hatten die Hacken auf den dürren Boden gelegt und waren gen Norden marschiert. Wir saßen auf den Feldern, denen der Drache die Feuchtigkeit entzogen hatte, und schärften unsere Hacken. Dann marschierten wir zum Palast, und mochte er zehntausend Meilen entfernt sein. Wir wollten dem Kaiser Bericht erstatten. Der Kaiser, der nach Süden gewandt saß, muß sich sehr gefürchtet haben – überall Bauern, die Tag und Nacht der Hauptstadt zuströmten, Peiping. Aber die letzten Kaiser der Dynastien konnten nicht in die richtige Richtung geschaut haben, denn sonst hätten sie uns gesehen und uns nicht so sehr hungern lassen. Wir hätten unsere Leiden nicht hinauszuschreien brauchen. Die Bauern wollten einen Bauern zum Kaiser krönen, weil der die Erde kannte, oder einen Bettler, weil der etwas vom Hunger verstand.

»Danke, Mutter. Danke, Vater«, sagte ich, ehe ich aufbrach. Sie hatten ihren Namen und ihre Adresse in mich hineingeschrieben; ich würde zurückkehren.

Oft ging ich neben meinem Pferd her, um an der Seite meiner Armee zu marschieren. Wenn wir dagegen andere Armeen beeindrucken mußten – Marodeure, ganze Heerscharen von Flüchtlingen, die hin und her zogen, Jugendbanden mit ihren kriegskundigen Lehrern –, saß ich auf und ritt vor meinen Männern einher. Jene Soldaten, die Pferde und Waffen besaßen, posierten wild blickend zu meiner Linken und Rechten. Die kleineren Banden schlossen sich uns an, zuweilen aber stellten sich uns Armeen von gleicher oder größerer Stärke zum Kampf. Dann stürzte ich mich mit mächtigem Feldgeschrei, beide Schwerter über dem Kopf schwingend, auf ihre Führer; ich setzte meine blutrünstige Armee und mein ungeduldiges Streitroß in Marsch. Ich lenkte das Pferd mit den Schenkeln allein, um beide Hände zum Schwertführen frei zu haben, und wirbelte einen grünsilbernen Kreis um mich herum.

Ich inspirierte meine Armee, ich ernährte sie. Bei Nacht

sang ich den Männern glorreiche Lieder vor, die aus dem Himmel in meinen Kopf fielen. Wenn ich den Mund öffnete, strömten die Lieder heraus, so laut, daß es das ganze Lager hörte; meine Armee erstreckte sich über eine ganze Meile. Wir nähten rote Flaggen und banden uns rote Fetzen um Arme, Beine, Pferdeschwänze. Wir trugen unsere roten Kleider, damit wir, wenn wir ein Dorf aufsuchten, fröhlich aussahen wie am Neujahrstag. Dann schlossen sich uns die Leute auch freudig an. Meine Armee vergewaltigte nicht und nahm nur dann Nahrung, wenn reichlich davon vorhanden war. Wohin wir auch kamen – wir brachten Ordnung.

Als ich eine beträchtliche Anzahl von Kriegern um mich geschart hatte, baute ich meine Armee so auf, daß sie Lehnsreiche angreifen und die Feinde verfolgen konnte, die ich im Kürbis gesehen hatte.

Mein erster Gegner war, wie sich herausstellte, ein Riese, viel größer als jener Spielzeuggeneral, den ich so oft betrachtet hatte. Während des Angriffs suchte ich mir den Anführer heraus, der, als er auf mich losstürmte, immer größer wurde. Mit den Blicken hielten wir einander fest, bis seine Größe mich zwang, den Kopf in den Nacken zu legen und meine Kehle dem Messer so ungeschützt darzubieten, daß mein Blick auf die geheimen Todespunkte an seinem überdimensionalen Körper gerichtet war. Zuerst schlug ich ihm mit einem Schwertstreich das Bein ab, wie Chen Luan-feng dem Donnergott das Bein abgeschlagen hatte. Als der Riese auf mich zustapfte, schlug ich ihm den Kopf ab. Sofort verwandelte er sich in seine wahre Gestalt, eine Schlange, und glitt zischend davon. Die Krieger um mich herum hielten inne, rissen verblüfft Augen und Mund auf. Nun, da der Bann des Riesen gebrochen war, gelobten seine Soldaten, die sahen, daß sie einer Schlange gedient hatten, mir die Treue.

Während der Ruhe nach der Schlacht blickte ich zu den Berggipfeln empor; vielleicht beobachteten mich der alte Mann und die alte Frau und freuten sich, daß ich von ihrer Gegenwart wußte. Sie würden lachen, wenn sie entdeckten, daß ihnen vom Grund des Flaschenkürbisses ein Wesen zuwinkte. Auf einem grünen Hügel oberhalb des Schlachtfeldes sah ich jedoch die Frauen des Riesen weinen. Sie waren aus ihren Sänften gestiegen, um ihren Mann mit mir kämpfen zu sehen, und nun umarmten sie einander schluchzend. Es waren zwei Schwestern, zwei winzige Feen vor dem weiten Himmel, von nun an Witwen. Ihre langen Unterärmel, die sie herausgezogen hatten, um sich die Tränen abzuwischen, wehten weiße Trauer in den Bergwind. Nach einiger Zeit stiegen sie wieder in ihre Sänften, und die Diener trugen sie fort.

Ich führte meine Armee, fast ohne Umwege machen zu müssen, nach Norden; der Kaiser selbst schickte die Feinde, die ich verfolgte, hinter mir her. Manchmal griffen sie uns von zwei oder drei Seiten an; manchmal lauerten sie mir auf, wenn ich vorausritt. Aber wir siegten immer, ich und Kuan Kung, der Gott des Krieges und der Literatur, der vor mir einherritt. Auch von mir würden Legenden berichten. Ich hörte ein paar Soldaten sagen – es gab jetzt viele, die mich noch nie gesehen hatten –, daß ich, wann immer wir Gefahr liefen zu unterliegen, nur eine Wurfbewegung zu machen brauchte, und die gegnerische Armee würde fallen, über das ganze Schlachtfeld verstreut. Hagelkörner, so groß wie Köpfe, kämen vom Himmel herabgeschossen, und der Blitz stäche zu wie zahllose Schwerter, doch niemals gegen jene auf meiner Seite. »Auf *seiner* Seite«, sagten sie. Ich hatte ihnen niemals die Wahrheit verraten. Bei den Chinesen wurden Frauen, die sich als Soldaten oder Studenten verkleideten, so tapfer sie auch gekämpft, so gut sie auch ihr Examen bestanden haben mochten, unweigerlich hingerichtet.

Eines Frühlingsmorgens, als ich in meinem Zelt saß und meine Ausrüstung reparierte, meine Kleider flickte und Karten studierte, sagte eine Stimme: »General, darf ich dich in deinem Zelt besuchen?« Als wäre es mein eigenes Heim, erlaubte ich niemals einem Fremden, mein Zelt zu betreten. Und da ich keine Familie bei mir hatte, kam niemand zu mir herein. Flußufer, Hügelhänge, der kühle

Schatten unter den Fichten – China bietet seinen Soldaten mehr als genug Plätze für Zusammenkünfte. Ich öffnete den Zeltvorhang. Und dort, im Sonnenschein, stand mein Mann, beide Arme voller Wildblumen für mich. »Du bist schön«, sagte er und meinte es aufrichtig. »Ich habe überall nach dir gesucht. Ich habe nach dir gesucht seit dem Tag, als der Vogel mit dir davonflog.« Welche Freude hatten wir aneinander, ich und der endlich wiedergefundene Kindheitsgefährte, auf geheimnisvolle Weise den Kindheitstagen entwachsen! »Ich bin dir gefolgt, aber du huschtest über die Felsen, bis ich dich aus den Augen verlor.«

»Ich habe dich ebenfalls gesucht«, erwiderte ich. Das Zelt umgab uns so warm wie unsere geheime Hütte, damals, als wir noch Kinder gewesen waren. »Jedesmal, wenn ich von einem tapferen Krieger hörte, ging ich hin, um zu sehen, ob du es wärst«, sagte ich. »Ich sah, wie du mich heiratetest. Ich bin so froh, daß du mich geheiratet hast!«

Als er mir das Hemd auszog und die Narbeninschrift auf meinem Rücken sah, begann er zu weinen. Er löste mein Haar und bedeckte damit die Schrift. Ich drehte mich um, berührte sein Gesicht, liebte diesen mir so vertrauten Menschen.

Und so hatte ich eine Zeitlang einen Gefährten – mein Mann und ich, beide Soldaten, genau wie damals, als wir als Kinder im Dorf Soldaten spielten. Seite an Seite ritten wir in die Schlacht. Als ich schwanger wurde, änderte ich für die letzten vier Monate meine Rüstung so, daß ich wie ein starker, kräftiger Mann wirkte. Um die Schwangerschaft nicht zu gefährden, marschierte ich mit der Fußtruppe. Wenn ich nackt war, bot ich wahrhaftig einen seltsamen Anblick: auf dem Rücken Schriftzeichen eingeritzt, der Bauch vorne groß und dick mit dem Kind.

Ein einziges Mal nur verbarg ich mich während der Schlacht: Als ich unserem Sohn das Leben schenkte. In dunklen und silbrigen Träumen hatte ich ihn vom Himmel fallen sehen, jede Nacht der Erde näher, seine Seele ein funkelnder Stern. Kurz bevor die Wehen einsetzten, senkten sich die letzten Sternenstrahlen in meinen Bauch. Mein Mann wollte mir Mut zusprechen und nicht hinausgehen, obwohl ich ihm riet, aufs Schlachtfeld zurückzukehren. Er fing das Kind auf und legte es mir an die Brust. »Was tun wir damit?« fragte er, jenes Stück Nabelschnur emporhaltend, das mich mit dem Kind verbunden hatte.

»Wir binden es an den Fahnenschaft, bis es getrocknet ist«, antwortete ich. Wir hatten beide die Kästen gesehen, in denen unsere Eltern die getrockneten Nabelschnüre ihrer Kinder aufbewahrten. »Diese hier ist von dir, und diese war deine«, pflegte meine Mutter zu uns Geschwistern zu sagen, und wir staunten, daß sie sich so genau erinnerte.

Für das Baby machten wir innerhalb meiner weiten Rüstung eine Schlinge; dann ritten wir ins dichteste Kampfgetümmel zurück. Die Nabelschnur flatterte mit der roten Flagge, und wir mußten lachen. Bei Nacht, in unserem Zelt, trug ich das Baby auf dem Rücken. Die Schlinge hatte ich aus rotem Satin und purpurner Seide genäht; die vier Halteriemen, die über meine Brust und um meine Taille liefen, endeten in Beuteltaschen, bestückt mit einer Münze, einem Samenkorn, einer Nuß und einem Wacholderblatt. Hinten hatte ich ein winziges wattiertes Dreieck auf die Schlinge genäht, rot in der Mitte, auf zwei verschiedenen Grünschattierungen; ein Glückszeichen im Nacken des Babys. Ich ging gebeugt, und das Baby wärmte sich an mir, atmete im gleichen Rhythmus mit mir, sein Herz schlug wie mein eigenes.

Als das Baby einen Monat alt war, gaben wir ihm einen Namen und rasierten ihm den Kopf. Für die Zeremonie hatte mein Mann zwei Eier gesucht, die wir rot einfärbten, indem wir sie mit einem Flaggentuch zusammen kochten. Eines schälte ich und rollte es dem Kind über den Kopf, über die Augen, die Lippen, die stumpfe Nasenspitze, die Wangen, den lieben, kahlen Schädel, die Fontanelle. In der Satteltasche hatte ich getrocknete Grapefruitschalen mitgebracht, die kochten wir jetzt ebenfalls. Wir wuschen uns Kopf und Hände mit dem Grapefruitwasser und betupften dem Kind Stirn und Hände damit. Ich reichte meinem

Mann den Knaben und wies ihn an, ihn zu seiner Familie zu bringen; dann gab ich ihm all das Geld, das wir bei den Überfällen erbeutet hatten, damit er es meiner Familie brachte. »Geh jetzt«, sagte ich zu ihm, »ehe er alt genug ist, mich wiederzuerkennen.« Während sein Blick noch verschwommen ist und die kleinen Fäuste fest geschlossen sind wie Knospen, werde ich meinen Baby-Sohn fortschicken. Ich änderte meine Kleider und wurde wieder zum schlanken jungen Mann. Nur fühlte ich mich in dem leeren Zelt jetzt manchmal so einsam, daß ich lieber im Freien schlief.

Mein Schimmel stülpte Eimer um und tanzte auf ihnen; er hob mit den Zähnen volle Weinbecher. Die starken Soldaten stellten das Pferd in eine hölzerne Wanne, wo es zum Klang der Steintrommeln und Flötenmusik tänzelte. Ich spielte mit den Soldaten, warf Pfeile in einen Bronzekrug. Aber ich fand keine dieser Vergnügungen so lustig wie damals, ganz am Anfang meines Kriegszuges.

Während dieser einsamen Zeit, in der ein lauter Schrei genügte, um die Milch aus meinen Brüsten spritzen zu lassen, wurde ich unvorsichtig. Wildblumen lenkten meine Aufmerksamkeit ab, und ich folgte ihnen, brach hier eine, dort eine andere und war plötzlich allein im Wald. Da kamen hinter den Bäumen hervor, von den Ästen herab die Feinde auf mich zugesprungen, ihr Anführer drohend aufgerichtet wie ein Geist aus der Kürbisflasche. Ich stürzte mich mit Fäusten und Füßen auf sie, aber es waren ihrer so viele, daß sie mich zu Boden warfen und festhielten, während ihr Anführer das Schwert zog. Meine Angst schoß vorwärts – ein flinkes, zuckendes Schwert, das wilde Hiebe, silbrige Blitze, schnelle Streiche austeilte, wo immer meine Konzentration es hinlenkte. Der Anführer starrte auf dieses Schwert, das ganz von selbst seine Männer angriff, dann begann er laut zu lachen. Und wie von seinem Lachen herbeigerufen, erschienen zwei weitere Schwerter in der Luft. Klirrend kreuzten sie sich mit dem meinen, und ich spürte in meinem Gehirn das Vibrieren des Metalls. Mein Wille zwang das Schwert zurückzuschlagen, den Kopf anzugreifen, der die anderen Schwerter beherrschte. Aber der Mann kämpfte gut, fügte meinem Gehirn Schmerzen zu. Die Schwerter öffneten und schlossen sich wie Scheren, Metall schlug auf Metall. Da ich mein Himmelsschwert nicht sich selbst überlassen konnte, sah ich zu, wie sich die Schwerter marionettengleich bewegten, bis plötzlich der Geist mich bei den Haaren packte, meinen Kopf in den Nacken riß und mir den Dolch an die Kehle setzte. »Aha!« sagte er. »Was haben wir da?« Er zog den Perlenbeutel aus meinem Hemd und zerschnitt die Schnur. Ich packte seinen Arm, doch eines seiner Schwerter fuhr auf mich zu, und ich rollte mich aus dem Weg. Ein Pferd kam herbeigaloppiert, er sprang auf und entkam in den Wald; die Perlen hielt er in seiner Faust. Seine Schwerter kämpften weiter, bis ich ihn von fern rufen hörte: »Hier bin ich!« Da flogen sie an seine Seite. So hatte ich denn mit dem Fürsten gekämpft, der das Blut seiner beiden Söhne unter das Metall gemischt hatte, aus dem er seine Schwerter schmiedete.

Ich lief zu meinen Soldaten zurück und wählte die schnellsten Reiter für die Verfolgung. Unsere Pferde jagten dahin wie die kleinen weißen Wasserpferdchen der Brandung. Am anderen Ende einer Ebene sahen wir den Feind, eine Staubwolke, die dem Horizont zuraste. Da ich mehr sehen wollte, schärfte ich den Blick meiner Augen, wie es der Adler mich gelehrt hatte, und da war der Geist, schüttelte eine Perle aus dem Beutel und schleuderte sie uns entgegen. Nichts geschah. Kein Donner, kein Erdbeben, das den Boden aufriß, keine Hagelkörner, so groß wie Kindsköpfe.

»Halt!« befahl ich meinen Reitern. »Unsere Pferde sind erschöpft, und ich will ihn nicht weiter nach Süden verfolgen.« Die übrigen Siege wollte ich mir selbst erkämpfen, langsam und ohne Abkürzungen.

Ich stand auf dem Gipfel des letzten Berges vor Peiping und sah die Straßen unter mir dahinfließen wie lebendige Flüsse. Die Wälder und Ebenen zwischen den Straßen waren ebenfalls in Bewegung; das Land wimmelte von Menschen – das Han-Volk, das Volk der einhundert Nachnamen, marschierte, eins im Herzen, in Lumpen gehüllt. Das Ausmaß der Freude war mir wohlbekannt: die chinesische Bevölkerung. Nach vielen Entbehrungen hatten ein paar von unseren Millionen gemeinsam die Hauptstadt erreicht. Wir traten vor den Kaiser persönlich. Wir köpften ihn, säuberten den Palast und setzten einen Bauern auf den Thron, der die neue Ordnung bringen würde. In seinen Lumpen saß er, nach Süden blickend, auf dem Thron, und wir, eine große rote Menge, verneigten uns dreimal vor ihm. Er belobigte einige von uns, die seine ersten Generäle waren. Ich sagte den Leuten, die mit mir gekommen waren, nun wären sie frei und könnten nach Hause zurückkehren. Da aber die Große Mauer so nahe sei, wollte ich sie gerne sehen. Sie könnten mich begleiten, wenn sie wollten. So erreichten wir die nördliche Grenze der Welt, dabei Mongolen jagend, die unseren Weg kreuzten.

Ich berührte die Große Mauer mit eigener Hand, fuhr mit den Fingern zwischen die Steine, zog die Ritzen nach, die von den Händen der Erbauer stammten. Stirn und Wangen legten wir an die Große Mauer und weinten wie die Frauen, die hierhergekommen waren, um ihre Männer zu suchen, die so lange daran bauten. Meinen Bruder hatte ich auf meinen Reisen nach Norden nicht gefunden.

Mit der Nachricht vom neuen Kaiser ritt ich nach Hause, wo mich noch eine letzte Schlacht erwartete. Der Baron, der meinen Bruder ausgehoben hatte, besaß zweifellos noch die Gewalt über unser Dorf. Nachdem ich meine Soldaten an Wegkreuzungen und Brücken postiert hatte, näherte ich mich der Festung des Barons allein. Ich setzte über die doppelten Mauern und landete mit gezogenen Schwertern und federnden Knien, zum Sprung bereit. Als niemand mich angriff, schob ich die Schwerter in die Scheide und schlenderte umher wie ein Gast des Hauses, bis ich den Baron entdeckte. Er zählte sein Geld, die fetten, beringten Finger tanzten auf der Rechenmaschine.

»Wer bist du? Was willst du hier?« fragte er, seinen Gewinn mit beiden Armen schützend. Breit und dick wie ein Gott saß er da.

»Dein Leben als Preis für deine Verbrechen gegen die Dorfbewohner.«

»Aber ich habe euch nichts getan. Das alles hier ist mein. Ich habe es verdient. Ich habe es euch nicht gestohlen. Ich habe dich noch nie gesehen. Wer bist du?«

»Ein Rächer der Frauen.«

Nun versuchte er, charmant zu sein, mich von Mann zu Mann für sich einzunehmen. »Ach, geh! Jeder nimmt sich die Mädchen, wo er kann. Die Familien sind froh, wenn sie sie loswerden. ›Mädchen sind Maden im Reis.‹ ›Gänse züchten ist lohnender als Töchter aufziehen.‹« Er zitierte die verhaßten Sprichwörter.

»Bereue deine Taten, bevor ich dich töte«, forderte ich.

»Ich habe nichts getan, was andere Männer – sogar du – an meiner Stelle nicht auch getan hätten.«

»Du hast mir den Bruder genommen.«

»Ich gebe meine Lehrlinge frei.«

»Er war kein Lehrling.«

»In Kriegszeiten braucht China Soldaten.«

»Du hast mir die Kindheit genommen.«

»Du weißt nicht, was du redest. Ich habe dich nie zuvor gesehen. Ich habe dir nichts getan.«

»Dieses hier hast du getan!« Ich riß mir das Hemd herunter, um ihm meinen Rücken zu zeigen. »Daran trägst du die Schuld.« Als ich sah, daß er verblüfft meine Brüste anstarrte, zog ich ihm das Schwert übers Gesicht und hieb ihm mit dem zweiten Schlag den Kopf ab.

Ich zog mir das Hemd wieder an und ließ die Dorfbewohner herein. Die Angehörigen und Diener des Barons versteckten sich in Schränken und unter Betten. Die Dörfler zerrten sie auf den Hof hinaus, wo sie ihnen neben der Köpfmaschine den Prozeß machten. »Hast du meine Ernte gestohlen, so daß meine Kinder Gras essen mußten?« fragte ein weinender Bauer.

»Ich habe gesehen, wie er Saatgetreide stahl«, bezeugte ein anderer.

»Meine Familie war unter dem Stroh des Daches versteckt, als die Banditen unser Haus ausraubten, und wir sahen, wie dieser hier seine Maske abnahm.« Jene, die so aussahen, als wären sie zur Besserung fähig, wurden verschont. Alle anderen wurden geköpft. Sie wurden mit dem Hals in die Köpfmaschine geklemmt, die sich immer enger um sie schloß. Bei einem Leibwächter gab es im letzten Moment einen Aufschub, da ein Zeuge sich meldete, als die Schraube bereits Blut herausquetschte. Der Wächter war erst vor kurzem im Austausch gegen eine Kindergeisel ins Haus gekommen. Ein langsamer Tod gibt dem Verbrecher Gelegenheit, seine Taten zu bereuen und nach den richtigen Worten zu suchen, um seine Besserung zu beweisen.

Ich durchsuchte das ganze Haus, stöberte die Leute für den Prozeß aus ihren Verstecken auf. Dabei stieß ich auf einen verschlossenen Raum. Als ich die Tür aufbrach, fand ich Frauen, verängstigte, wimmernde Frauen. Ich hörte schrille Angstschreie und eiliges Huschen. Sie sahen mich zaghaft blinzelnd an wie Fasane, die wegen des zarten Fleisches im Dunkeln gehalten werden. Die Dienerinnen, die den Frauen beim Gehen zu helfen pflegten, hatten sie im Stich gelassen, und nun konnten sie auf ihren kleinen verkrüppelten Füßen nicht fliehen. Einige krochen vor mir davon, zogen sich mit den Ellbogen weiter. Diese Frauen taugten zu nichts mehr. Ich rief die Dorfbewohner herbei, damit sie eventuell Töchter identifizieren konnten, um sie nach Hause mitzunehmen, aber niemand erhob Anspruch auf eine der Frauen. Ich gab jeder einen Sack Reis, auf den sie sich setzten. Sie rollten die Säcke zur Straße hinaus. Sie machten sich davon wie Geister. Später, so hieß es, taten sie sich zu einer Bande von Schwertkämpferinnen zusammen, die ein Söldnerheer bildeten. Sie trugen keine Männerkleider wie ich, sondern ritten als Frauen, in schwarz-roten Kleidern. Sie kauften weibliche Säuglinge, so daß viele Familien ihren Besuch willkommen hießen. Wenn Sklavinnen und Schwiegertöchter davonliefen, behaupteten die Leute, sie schlössen sich diesen Hexenamazonen an. Männer und Knaben wurden von ihnen getötet. Ich selbst bin solchen Frauen niemals begegnet und kann mich für die Wahrheit dieser Behauptungen nicht verbürgen.

Nach den Prozessen rissen wir die Ahnentafeln herunter. »Den großen Saal werden wir für Dorfversammlungen benutzen«, verkündete ich. »Hier werden wir Opern aufführen; wir werden zusammen singen und Geschichten erzählen.« Wir scheuerten den Hof; wir trieben mit Rauch und rotem Papier die bösen Geister aus dem Hof. »Dies ist ein ganz neues Jahr«, erklärte ich den Leuten. »Das Jahr Eins.«

Dann ging ich nach Hause zu meinen Schwiegereltern, meinem Mann und meinem Sohn. Mein Sohn starrte mich an, tief beeindruckt von dem General, den er bei der Parade gesehen hatte, sein Vater aber klärte ihn auf: »Es ist deine Mutter. Geh zu deiner Mutter.« Mein Sohn war entzückt, daß dieser strahlende General gleichzeitig seine Mutter war. Sie ließ ihn ihren Helm tragen und ihre Schwerter halten.

In meinem schwarz bestickten Hochzeitsmantel kniete ich vor meinen Schwiegereltern, wie ich es als Braut getan hätte. »Nun, da meine Pflichten dem Volk gegenüber erfüllt sind«, sagte ich, »will ich bei euch bleiben, will ich Feld- und Hausarbeit verrichten und euch weitere Söhne schenken.«

»Geh und besuch zuerst deine Eltern«, sagte meine Schwiegermutter, eine sehr großzügige Frau. »Sie wollen dich willkommen heißen.«

Meine Eltern und die gesamte Familie würden bequem von dem Geld leben können, das ich ihnen geschickt hatte. Meine Eltern hatten sich ihren Sarg gekauft. Zur Feier meiner Heimkehr würden sie den Göttern ein Schwein opfern. Aus dem Schwur auf meinem Rücken und wie er erfüllt wurde, würden die Dorfbewohner eine Legende über meine vollkommene Kindestreue machen.

Mein amerikanisches Leben ist eine große Enttäuschung.
»Ich habe lauter Einser, Mama.«
»Ich werde dir eine wahre Geschichte erzählen. Von einem Mädchen, das sein Dorf rettete.«
Was mein Dorf war, konnte ich mir nicht vorstellen. Und

ich mußte unbedingt etwas Großes, Edles tun, sonst würden meine Eltern mich verkaufen, wenn wir nach China zurückkehrten. In China wußte man, was man mit kleinen Mädchen anfing, die nur unnütze Esser waren und Wutanfälle bekamen. Einser kann man nun mal nicht essen.

Wenn meine Mutter oder mein Vater oder die anderen Emigranten des Dorfes sagten: »Mädchen füttern ist wie Kuhstare füttern«, warf ich mich auf den Boden und schrie so heftig, daß ich nicht mehr sprechen konnte. Ich konnte nicht aufhören.

»Was hat sie nur?«

»Ich weiß es nicht. Schlimm. Du weißt doch, wie Mädchen sind. ›Mädchen großziehen bringt nichts ein. Gänse züchten ist lohnender als Mädchen großziehen.‹«

»Wenn das meine wär, ich würde sie verprügeln. Aber es hat keinen Sinn, soviel Erziehung an ein Mädchen zu verschwenden. ›Zieht man ein Mädchen groß, zieht man Kinder für Fremde groß.‹«

»Hör auf zu weinen!« schrie meine Mutter. »Wenn du nicht aufhörst, kriegst du Prügel. Böses Mädchen! Hör auf!« Ich werde meine Kinder niemals schlagen oder schelten, wenn sie weinen, nahm ich mir vor, denn dann weinen sie nur noch mehr.

»Ich bin kein böses Mädchen!« schrie ich. »Ich bin kein böses Mädchen! Ich bin kein böses Mädchen!« Genauso gut hätte ich sagen können: »Ich bin kein Mädchen.«

»Als du klein warst, brauchtest du nur zu sagen: ›Ich bin kein böses Mädchen‹, und schon fingst du an zu weinen«, sagt meine Mutter, wenn sie Geschichten aus meiner Kindheit erzählt.

Ich haßte es, wenn die Emigranten des Dorfes über mich und meine Schwester den Kopf schüttelten. »Ein Mädchen – noch ein Mädchen«, sagten sie, so daß unsere Eltern sich schämten, mit uns beiden gemeinsam auszugehen. Das Gute daran, daß meine Brüder geboren wurden, war, daß die Leute endlich nicht mehr sagten: »Nur Mädchen«, aber ich lernte neues Leid kennen. »Hast du *mir* ein Ei übers Gesicht gerollt, als *ich* geboren wurde?« »Habt ihr für *mich* ein Monatsfest gegeben?« »Habt ihr alle Lichter angezündet?« »Habt ihr Großmutter *mein* Foto geschickt?« »Warum denn nicht? Weil ich ein Mädchen bin? Habt ihr es deswegen nicht getan?« »Warum habt ihr mich nicht Englisch gelehrt?« »Du hast es gern, wenn ich in der Schule verprügelt werde, nicht wahr?«

»Sie ist sehr ungezogen«, pflegten die Emigranten-Dorfbewohner zu sagen.

»Kommt, Kinder. Schnell! Schnell! Wer möchte mit dem Großonkel ausgehen?« Am Samstagvormittag erledigte mein Großonkel, der ehemalige Flußpirat, die Einkäufe. »Holt eure Mäntel – alle, die mitkommen wollen.«

»Ich komme! Ich komme! Wartet auf mich!«

Als er Mädchenstimmen hörte, drehte er sich zu uns um, brüllte: »Keine Mädchen!« Und ließ meine Schwestern und mich allein zurück. Wir hängten unsere Mäntel wieder auf, wagten es nicht, uns anzusehen. Die Jungen kamen mit Schokolade und neuen Spielsachen heim. Als sie durch Chinatown gingen, mußten die Leute gesagt haben: »Ein Junge – und noch ein Junge – und noch ein Junge!« Bei der Beerdigung meines Großonkels war ich insgeheim froh darüber, daß er tot war – seine ganze, einsachtzig große, bärenstarke Männlichkeit.

Ich ging aufs College – Berkeley, in den sechziger Jahren –, ich studierte und marschierte, weil ich die Welt verändern wollte, aber ich verwandelte mich nicht in einen Jungen. Ich wäre gern als Junge zurückgekommen, damit meine Eltern mich mit Hühnern und Schweinen willkommen hießen. Doch das blieb meinem Bruder vorbehalten, der gesund aus Vietnam heimkehrte.

Wenn ich nach Vietnam ginge, würde ich nicht zurückkehren; Mädchen verlassen ihre Familie. Es hieß: »Frauen haben eine Tendenz nach draußen«, und das bedeutete, daß ich die Einser nicht zum Wohle meiner eigenen, sondern zum Wohle der Familie meines zukünftigen Mannes bekam. Aber ich hatte nicht vor, mir jemals einen Mann zu nehmen. Ich würde meinen Eltern und diesen naseweisen Emigranten-Dorfbewohnern zeigen, daß Mädchen keine

Tendenz nach draußen haben. Ich hörte auf, Einser zu bekommen.

Und ständig mußte ich mich in ein amerikanisches Mädchen verwandeln, oder es gab keine Verabredungen.

Es gibt ein chinesisches Sprichwort für das weibliche ›ich‹ – und das heißt ›Sklavin‹. Vernichtet die Frauen mit ihrer eigenen Zunge.

Ich lehnte es ab zu kochen. Wenn ich Geschirr spülen mußte, zerbrach ich einen oder zwei Teller. »Böses Mädchen!« schrie meine Mutter, und manchmal freute ich mich darüber, statt zu weinen. Ist nicht ein böses Mädchen schon fast ein Junge?

»Was willst du werden, wenn du groß bist, Kleine?«
»Holzfäller in Oregon.«

Selbst jetzt noch lasse ich das Essen anbrennen, wenn ich nicht wirklich glücklich bin. Ich koche nicht für andere. Ich lasse das schmutzige Geschirr stehen. Ich esse zwar an anderer Leute Tisch, lade sie aber niemals an meinen eigenen, wo das Geschirr vor sich hingammelt.

Wenn ich nichts esse, könnte ich mich vielleicht in einen Krieger verwandeln wie die Schwertkämpferin, die mich verfolgt. Sobald das Baby da ist, werde ich – muß ich – aufstehen und den Acker pflügen.

Wenn ich zum Haus hinausgehe – welcher Vogel würde mich rufen, auf welchem Roß könnte ich davonreiten? Ehe und Niederkunft kräftigen die Schwertkämpferin, die keine Jungfrau von Orleans ist. Verrichte die Arbeit der Frauen und noch viel mehr Arbeit dazu. Ich werde nie einen Ehemann haben, der sagen kann: »Ich hätte Schlagzeuger werden können, aber ich mußte auf Frau und Kinder Rücksicht nehmen. Ihr wißt ja, wie das so ist.« Niemand versorgt mich unter Verzicht auf eigenen Vorteil. Dann werde ich bitter: Niemand versorgt mich; ich werde nicht genug geliebt, um versorgt zu werden. Daß ich niemandem zur Last falle, muß mich über den traurigen Neid hinwegtrösten, den ich empfinde, wenn ich Frauen sehe, die genug geliebt werden, um versorgt zu sein. Selbst jetzt noch wickelt China doppelte Bandagen um meine Füße.

Als die Stadtsanierung die Wäscherei meiner Eltern abriß und unseren Slum planierte und zum Parkplatz machte, habe ich mich nur phantastischen Vorstellungen von Kanonen und Messern hingegeben, anstatt etwas Nützliches zu tun.

Aus den Märchen habe ich gelernt, wer die Feinde sind. Ich erkenne sie mühelos: als moderne amerikanische Manager getarnt im grauen Straßenanzug, jeder Boß einen halben Meter größer als ich, so daß man ihm nicht in die Augen blicken kann.

Einmal arbeitete ich in einem Geschäft für Künstlerbedarf, wo Farben für Maler verkauft wurden. »Bestellen Sie noch mehr von diesem Niggergelb!« befahl mir mein Boß. »Schön leuchtend, nicht wahr, dieses Niggergelb?«

»Ich mag das Wort nicht«, mußte ich mit meiner kleinen, elenden Stimme sagen, die keine Wirkung zeitigt. Der Boß würdigte mich keiner Antwort.

Ich arbeitete auch bei einem Bodenerschließungsverband. Die Bauindustrie plante ein Bankett für Bauunternehmer, Immobilienmakler und Fachjournalisten. »Wissen Sie, daß vor dem Restaurant, in dem Sie das Bankett geben wollen, Anhänger von CORE und der NAACP demonstrieren?« piepste ich.

»Selbstverständlich weiß ich das.« Der Boß lachte. »Deswegen habe ich es ja gewählt.«

»Ich weigere mich, diese Einladungen zu schreiben«, flüsterte ich mit meiner schwachen Stimme.

Er lehnte sich in seinem Ledersessel zurück, sein bossiger Bauch dick vorgewölbt. Er nahm seinen Kalender zur Hand und malte langsam einen Kringel um ein Datum. »Bis zu diesem Tag bekommen Sie Ihr Gehalt«, sagte er. »Wir werden Ihnen den Scheck per Post schicken.«

Nähme ich das Schwert, das mein Haß aus der Luft geschmiedet haben muß, und schnitte ihm die Eingeweide heraus, würde sein Hemd von meiner Hand Farbe und Falten bekommen.

Aber es sind nicht nur die beschränkten Rassisten, gegen die ich etwas unternehmen muß, sondern auch die Tyrannen, die meiner Familie aus irgendwelchen Gründen Nahrung und Arbeit verweigern können.

Um meine Familie zu rächen, müßte ich quer durch China stürmen und den Kommunisten unseren Hof wegnehmen; ich müßte quer durch die Vereinigten Staaten rasen und die Wäscherei in New York, die Wäscherei in Kalifornien zurückerobern. Niemand aber hat bisher sowohl Nordamerika als auch Asien erobert und vereinigt. Als Abkömmling von achtzig Stabfechtern müßte ich in der Lage sein, sofort, ohne Zögern, voll Zuversicht aufzubrechen und geradewegs unsere Straße entlangzumarschieren. Es gibt viel zu tun, viel zu erreichen. Gewiß werden die achtzig Stabfechter, wie es der Brauch der Ahnen ist, mir – unsichtbar – folgen, mich leiten und mich beschützen.

Vielleicht aber pflegen sie in China zufrieden der Ruhe, sind ihre Gesichter unter den echten Chinesen verstreut, versetzen sie mir mit ihren Stäben keineswegs sanfte Stöße. Ich darf mich nicht grämen darüber, daß ich mich nicht so bewähren konnte wie die Schwertkämpferin; denn schließlich hat mich kein Vogel gerufen, haben mich keine alten Leute unterrichtet. Ich habe keine Zauberperlen, keinen Flaschenkürbis zum Hineinschauen, kein Kaninchen, das ins Feuer springt, wenn ich hungrig bin. Und ich hasse Soldaten.

Ich habe Ausschau gehalten nach dem Vogel. Ich habe Wolken gesehen, die spitze Engelsflügel bildeten und an der untergehenden Sonne vorbeizogen, aber sie lösten sich auf zu Wolken. Einmal, am Strand, nach einem langen Spaziergang, sah ich eine Möwe, nicht größer als ein Insekt. Doch als ich aufsprang, um zu berichten, was für ein Wunder ich gesehen hätte, begriff ich, ehe ich noch ein Wort herausbrachte, daß dieser Vogel nur deshalb insektengroß war, weil er sich in weiter Ferne befand. Mein Verstand hatte vorübergehend das Wahrnehmungsvermögen für Entfernungen verloren. So groß war mein Wunsch, einen außergewöhnlichen Vogel zu finden.

Die Nachrichten aus China sind verwirrend. Sie hatten auch etwas mit Vögeln zu tun. Ich war neun Jahre alt, als die Briefe meine Eltern, sonst immer wie Felsen in der Brandung, zum Weinen brachten. Mein Vater schrie im Schlaf. Meine Mutter weinte und zerknüllte die Briefe. Seite um Seite verbrannte sie im Aschenbecher, aber fast jeden Tag kamen neue. Die einzigen Briefe, die sie ohne Angst öffneten, waren jene mit rotem Rand, Urlaubsbriefe, die keine schlechten Nachrichten enthalten dürfen. Alle anderen Briefe berichteten, daß meine Onkel gezwungen wurden, bei ihrem Prozeß auf Glasscherben zu knien, und gestanden hatten, Grundbesitzer zu sein. Sie wurden alle hingerichtet, und die Tante, der man die Daumen ausgerissen hatte, ging ins Wasser. Andere Tanten, Schwiegermütter und Kusinen verschwanden; manche schrieben uns plötzlich wieder aus Kommunen oder aus Hongkong. Immer wieder baten sie uns um Geld. Die in den Kommunen bekamen vier Unzen Fett und eine Tasse Öl pro Woche, berichteten sie, und mußten von vier Uhr früh bis abends neun arbeiten. Sie mußten tanzen lernen und dabei rote Tücher schwenken; sie mußten unsinnige Silben singen. Die Kommunisten gaben den alten Frauen Äxte und sagten: »Geht, bringt euch um. Ihr taugt zu nichts mehr.« Wenn wir Übersee-Chinesen Geld an die Kommunistenbank überwiesen, schrieben unsere Verwandten, würden sie möglicherweise einen Prozentsatz davon bekommen. Die Tanten in Hongkong baten, rasch Geld zu schicken; ihre Kinder bettelten auf den Straßen, und böse Menschen legten ihnen Dreck in die Bettelschalen.

Wenn ich träume, daß ich Draht ohne Fleisch bin, ist da ein Brief auf blauem Luftpostpapier, der zwischen Amerika und China hoch über dem nächtlichen Ozean flattert. Er muß heil und sicher ankommen, sonst werde ich meine Großmutter aus den Augen verlieren.

Meine Eltern hatten ein schlechtes Gewissen, ob sie nun Geld schickten oder nicht. Manchmal ärgerten sie sich über die Forderungen ihrer Geschwister. Und die bettelten nicht einfach nur, sondern mußten auch noch Geschichten erzählen. Die Revolutionäre hatten Vierter Tante und Viertem Onkel Geschäft, Haus und Grundbesitz genommen.

Sie überfielen das Haus und töteten den Großvater und die älteste Tochter. Die Großmutter entkam mit dem Bargeld und kehrte nicht wieder zurück, um ihnen zu helfen. Vierte Tante nahm ihre Söhne und versteckte sich im Schweinestall, wo sie die Nacht verbrachten. Am nächsten Tag fand sie ihren Mann wieder, der ebenfalls auf wunderbare Weise entkommen war. Die beiden sammelten Holz und Yamswurzeln, die sie verkauften, während die Kinder bettelten. An jedem Morgen banden sie sich gegenseitig die Reisigbündel auf den Rücken. Niemand kaufte ihnen etwas ab. Sie aßen die Yamswurzeln und ein wenig vom Reis der Kinder. Schließlich erkannte Vierte Tante, was sie falsch machten. »Wir müssen rufen: ›Kauft Brennholz‹ und ›Kauft Süßkartoffeln‹«, sagte sie. »Wir können nicht einfach unauffällig die Straße auf und ab marschieren.« »Du hast recht«, sagte mein Onkel, doch da er schüchtern war, ging er schweigend hinter ihr her. »Ruf doch!« forderte ihn meine Tante auf, aber er brachte es einfach nicht fertig. »Die glauben, wir tragen das Reisig für unser eigenes Feuer nach Hause«, sagte sie. »Ruf!« Bedrückt, schweigend wanderten sie bis zum Sonnenuntergang weiter, keiner von ihnen fähig, ihre Ware anzupreisen. Vierte Tante, seit ihrem zehnten Lebensjahr verwaist, kleinlich wie meine Mutter, warf ihm ihr Bündel vor die Füße und beschimpfte Vierten Onkel. »Verhungern! Seine Frau und seine Kinder müssen verhungern, nur weil er, verdammt noch mal, zu schüchtern ist, seine Stimme zu erheben!« Sie ließ ihn stehen, und er fürchtete sich, mit leeren Händen zu ihr zurückzukehren. Er setzte sich unter einen Baum, um nachzudenken, da entdeckte er ein Paar nistende Tauben. Er warf den Sack mit den Yamswurzeln hin, kletterte hinauf und fing die Vögel. In diesem Augenblick erwischten ihn die Kommunisten da oben im Baum. Sie klagten ihn an, selbstsüchtig gewesen zu sein und Essen für die eigene Familie gestohlen zu haben, dann töteten sie ihn und ließen seine Leiche zur Abschreckung im Baum. Die Vögel brachten sie zu einer Kommuneküche, damit alle etwas davon hatten.

Es ist verwirrend, daß meine Familie nicht zu den Armen

zählte, die bevorzugt behandelt wurden. Sie wurden hingerichtet wie die Barone in den Geschichten, obwohl sie gar keine Barone waren. Es ist verwirrend, daß Vögel uns reinlegten.

Was ich selbst an Kämpfen und Töten gesehen habe, war nicht ruhmreich, sondern schäbig. Am häufigsten mußte ich in der Junior High School kämpfen, und jedesmal weinte ich dabei. Kämpfe – Prügeleien – lassen nicht klar erkennen, wer gesiegt hat. Die Leichen, die ich sah, waren ausgeraubt worden, bedauernswerte kleine, schmutzige Leichen unter khakibraunen Polizeidecken. Meine Mutter schloß uns Kinder im Haus ein, damit wir die toten Slumbewohner nicht sahen. Doch bei der Nachricht von einem Toten gelangte ich stets durch ein Schlupfloch hinaus; wenn ich Schwertkämpferin werden wollte, mußte ich alles über das Sterben erfahren. Einmal wurde nebenan ein Asiate erstochen, an seine Leiche war ein Stoffetzen mit ein paar Worten darauf geheftet. Als die Polizei erschien, um Fragen zu stellen, sagte mein Vater: »Ich nicht lesen Japanisch. Japanische Wörter. Ich Chinese.«

Ich habe mich auch nach alten Leuten umgesehen, die vielleicht meine Gurus werden konnten. Ein Medium mit roten Haaren erklärte mir, ich werde von einem Mädchen verfolgt, das in einem fernen Land gestorben sei. Dieser Geist könne mir helfen, wenn ich ihn akzeptiere, sagte sie; ich hätte das mystische Kreuz. Ich könne selber ein Medium werden. Ich will aber kein Medium werden. Ich will kein exzentrisches Wesen sein, auf einem Weidentablett ›Opfergaben‹ von verängstigten Kunden entgegennehmen, die, einer nach dem anderen, die Geister fragen, wie sie das Mietgeld aufbringen, wie sie Husten und Hautkrankheiten heilen und wie sie einen Job finden sollen. Und Kriegskunst ist etwas für unsichere kleine Jungen, die unter Flutlicht Bälle treten.

Dort, wo ich jetzt wohne, gibt es Chinesen und Japaner, aber keine Emigranten aus meinem Dorf, die mich ansehen, als hätte ich sie im Stich gelassen. Inmitten der Emigranten aus dem eigenen Dorf zu leben kann einem guten

Chinesen, fern von China, zu Ruhm und einem sicheren Platz verhelfen. »Dieser alte Kellner ist wirklich ein Schwertkämpfer«, flüstern wir uns zu, wenn er vorbeigeht. »Er ist ein Schwertkämpfer, der fünfzig Männer getötet hat. Er hat eine Tong-Axt im Schrank.« Ich aber bin nutzlos, eins von den Mädchen, die nicht verkauft werden konnten. Wenn ich jetzt meine Familie besuche, hülle ich mich in meine amerikanischen Erfolge wie in einen Schal; ich *bin* es wert, ihre Speisen zu essen. Aus der Ferne kann ich daran glauben, daß meine Familie mich im Grunde doch liebt. Sie sagen: »Wenn du im Hochwasser nach Schätzen angelst, sieh zu, daß du kein Mädchen an Land ziehst« – aber sie sagen es nur, weil man so etwas eben von Töchtern sagt. Immerhin hörte ich solche Worte aus dem Mund meiner eigenen Eltern kommen; ich sah ihre Tuschezeichnung von armen Leuten, die mit langen Hochwasserhaken das Treibgut des Nachbarn an Land ziehen und die weiblichen Säuglinge den Fluß hinabstoßen. In einem anthropologischen Buch las ich, daß die Chinesen sagen: ›Auch Mädchen sind notwendig‹; von den Chinesen, die ich kenne, habe ich nie eine derartige Konzession gehört. Vielleicht stammte das Sprichwort aus einem anderen Dorf. Ich weigere mich, schüchtern durch unser Chinatown zu schleichen, das mich mit alten Sprichwörtern und Geschichten belastet.

Die Schwertkämpferin und ich, wir beide sind uns gar nicht so unähnlich. Hoffentlich begreifen meine Leute diese Ähnlichkeit bald, damit ich zu ihnen heimkehren kann. Was wir gemeinsam haben, ist die Inschrift auf unserem Rücken. Die Schriftzeichen für ›Rache‹ sind ›ein Verbrechen melden‹ und ›Meldung an fünf Familien‹. Diese Botschaft ist die Rache – nicht das Köpfen, nicht das Ausrauben, sondern die Wörter. Und ich habe so viele Wörter – auch ›Chink‹-Wörter und ›Gook‹-Wörter –, daß sie gar nicht alle auf meiner Haut Platz haben.

Schamane

Manchmal, ganz selten, für mich bisher viermal, holt meine Mutter die Metallröhre hervor, in der sie ihr medizinisches Diplom aufbewahrt. Die Röhre ist mit goldenen Kreisen bemalt, die von je sieben roten Strichen durchkreuzt werden – abstrakte Schriftzeichen für ›Freude‹. Und mit Blümchen, die aussehen wie das Getriebe einer goldenen Maschine. Reste von Aufklebern mit chinesischen und amerikanischen Adressen, Briefmarken und Poststempeln zeigen, daß die Familie den Behälter im Jahre 1950 per Luftpost von Hongkong abgeschickt hat. In der Mitte ist er eingedrückt, und jemand, der versucht hat, die Aufkleber abzuziehen, unterließ es dann offenbar doch, weil auch die rote und goldene Farbe sich löste und silbrige rostende Kratzer hinterließ. Irgend jemand muß versucht haben, das Ende abzuschrauben, bevor er entdeckte, daß man die Röhre auseinanderziehen kann. Wenn ich sie öffne, entweicht ihr der Geruch Chinas, eine tausendjährige Fledermaus, die schwerfällig aus den chinesischen Höhlen auftaucht, in denen die Fledermäuse weiß wie Staub sind, ein Geruch, der aus Urzeiten stammt, aus den Tiefen der Erinnerung. Auch Kisten aus Kanton, Hongkong, Singapur und Taiwan haben diesen Geruch an sich, nur stärker, weil sie erst in jüngerer Zeit von den Chinesen herübergekommen sind.

Die Röhre enthält drei Schriftrollen, eine in die andere geschoben. Auf der größten steht, die To-Keung-Hebammenschule habe meiner Mutter im dreiundzwanzigsten Jahr der Republik nach zweijährigem Studium mit Krankenhauspraxis dieses Diplom zuerkannt, nachdem sie in einer mündlichen und einer schriftlichen Prüfung ihre

Kenntnisse unter Beweis gestellt habe, und zwar in Geburtshilfe, Pädiatrie, Gynäkologie, ›Allgemeinmedizin‹, ›Chirurgie‹, Therapeutik, Augenheilkunde, Bakteriologie, Dermatologie, Krankenpflege und Wundversorgung. Das Dokument trägt acht Stempel: einen mit dem englischen und dem chinesischen Namen der Schule, beide zusammen in einem Kreis; einen mit einem Storch und einem dicken Baby in lavendelblauer Tusche; das chinesische Siegel der Schule; einen in Form einer orangefarbenen, auf das Randmuster geklebten Papiermarke; das rote Siegel von Dr. Wu Pak-liang, M. D., Lyon, Berlin, Präsident und ›Ex-assistant étranger à la clinique chirurgicale et d'accouchement de l'université de Lyon‹; das rote Siegel des Dekans Woo Yin-kam, M. D.; das Siegel meiner Mutter, größer als das des Präsidenten und des Dekans; und einen, die Zahl 1279, auf der Rückseite. Auf Dekan Woos Unterschrift folgt ein ›(Hackett)‹. In einem Geschichtsbuch las ich, das Hackett Medical College for Women in Kanton sei im neunzehnten Jahrhundert von europäischen Frauenärzten gegründet worden.

   Das Schulsiegel wurde auf ein Foto meiner Mutter im Alter von siebenunddreißig Jahren gestempelt. Auf dem Diplom ist ihr Alter mit siebenundzwanzig angegeben. Sie wirkt jünger als ich, ihre Brauen sind dichter, die Lippen voller. Ihr natürlich gelocktes Haar ist links gescheitelt, eine Strähne hat sich gelöst und fällt nach rechts hinüber. Sie trägt den weißen Kittel der Studenten und denkt nicht an ihr Aussehen. Sie blickt starr geradeaus, als könne sie mich und an mir vorbei ihre Enkel und die Enkel ihrer Enkel sehen. Sie hat einen raumgreifenden Blick wie alle, die in jüngster Zeit aus Asien gekommen sind. Ihr Blick richtet sich nicht auf die Kamera. Meine Mutter lächelt nicht; Chinesen lächeln niemals auf Fotos. Ihre Gesichter geben den Verwandten im Ausland – ›Schickt Geld‹ – und in der Nachwelt – ›Stellt Speisen vor dieses Bild‹ – immerwährend Befehle. Meine Mutter hat kein Verständnis für chino-amerikanische Schnappschüsse. »Worüber lachst du?« fragt sie stets.

Die zweite Rolle besteht aus einer langen, schmalen Fotografie ihrer Abschlußklasse mit den Lehrern vorn in der ersten Reihe. Ich erkannte meine Mutter sofort. Ihr Gesicht sieht genauso aus, wie ich es kenne, nur um vierzig Jahre jünger. Sie ist mir so vertraut, daß ich nur sagen kann, ob sie hübsch, glücklich oder klug ist, wenn ich sie mit den anderen Mädchen vergleiche. Für dieses offizielle Gruppenbild hatte sie sich das Haar mit Öl geglättet, damit sie es, wie die anderen, zum kinnlangen Bubikopf frisieren konnte. Bei den anderen Mädchen, Fremden, entdeckte ich hier und da eine mit verächtlich geschürzten Lippen, einem scheelen Blick, hochgezogenen Schultern. Meine Mutter ist nicht weich; das Mädchen mit der kleinen Nase und dem Grübchen in der Unterlippe ist weich. Meine Mutter ist nicht lustig, nicht wie das Mädchen ganz am Ende, das spöttisch das Kinn hebt, um als Examens-Königin zu posieren. Meine Mutter hat keine lächelnden Augen; die alte Lehrerin (Dekan Woo?) vor ihr grinst faltig-glücklich, und das einzige Mitglied des Lehrkörpers, das einen westlichen Anzug trägt, lächelt westlich. Die meisten Schülerinnen sind junge Mädchen, deren Gesichter noch unausgeprägt sind; das Gesicht meiner Mutter wird sich nicht mehr verändern, nur noch altern. Sie ist intelligent, wach, hübsch. Ob sie glücklich ist, kann ich nicht sagen.

Die Prüflinge scheinen weggeschaut zu haben, als sie sich ihre Rose, Zinnie, Chrysantheme an die adretten schwarzen Kleider steckten. Ein mageres Mädchen trägt ihre Blume mitten auf der Brust. Andere über der linken oder rechten Brustspitze. Meine Mutter hat ihre Chrysantheme unterhalb der linken Brust befestigt. Chinesische Kleider hatten zu jener Zeit keine Abnäher, sie waren geschnitten, als hätten Frauen keinen Busen; diese jungen Ärztinnen, an schmückendes Beiwerk nicht gewöhnt, mögen ihre Brust als schwarze Fläche gesehen haben, ohne einen Anlaß für Blumenschmuck. Vielleicht konnten sie ihren fernen Blick, der nur noch wenige Jahre erhalten bleibt, wenn ein Chinese emigriert, nicht verkürzen. Auch auf diesem Bild sind die Augen meiner Mutter geweitet von dem, was sie gesehen haben – ausgedehnte Meere hinter China, Land jenseits der Meere. Die meisten Emigranten nehmen die Direktheit der Barbaren an – lernen, intensiv und unhöflich den Gesprächspartner anzustarren, als wollten sie ihn beim Lügen ertappen. In Amerika hat meine Mutter Augen, kraftvoll wie Felsblöcke, nie löst sich ihr Blick von einem Gesicht; doch Schmuck anzulegen oder Grammophonnadeln aufzusetzen hat sie nicht gelernt, und sie hat auch nicht aufgehört, das Land jenseits der Meere zu sehen. Jetzt bezieht ihr Blick die Verwandten in China ein, wie er einst meinen Vater einbezogen hat, ewig lächelnd in seinen zahlreichen westlichen Anzügen, auf jedem Foto, das er aus Amerika schickte, ein anderer.

Er und seine Freunde fotografierten einander im Badeanzug am Strand von Coney Island, wo ihnen der salzige Wind vom Atlantik her die Haare zerzauste. Er ist der Mann in der Mitte, der seinen Freunden die Arme um den Hals gelegt hat. Sie posieren im Cockpit eines Doppeldekkers, auf einem Motorrad und auf einem Rasen neben der Tafel ›Betreten verboten‹. Und immer lachen sie. Mein Vater, die weißen Hemdsärmel aufgerollt, lächelt vor einer Wanne voll sauberer Wäsche. Im Frühjahr trägt er einen neuen, keck wie Fred Astaire aufgesetzten Strohhut. Er will ausgehen, tänzelt die Treppe hinunter, einen Fuß vorangestellt, eine Hand in der Tasche. Er schrieb ihr von dem amerikanischen Brauch, bei Herbstanfang die Strohhüte zu zertreten. »Wenn du einen Hut ins nächste Jahr retten willst«, berichtete er, »mußt du ihn zeitig wegpacken, sonst kann ihn dir in der Subway oder auf der Fifth Avenue jeder Fremde vom Kopf reißen und zertreten.« So wird hier der Wechsel der Jahreszeiten gefeiert. Im Winter trägt er einen grauen Filzhut zu seinem grauen Mantel. Er sitzt auf einem Felsbrocken im Central Park. Auf einem Schnappschuß lächelt er nicht; jemand hat ihn beim Lernen fotografiert, unscharf im Schein der Schreibtischlampe.

Von meiner Mutter gibt es keine Schnappschüsse. Auf zwei kleinen Porträtaufnahmen ist jedoch ein schwarzer Daumenabdruck über ihrer Stirn zu erkennen, als hätte jemand Ponys aufgemalt, als hätte jemand sie mit einem Zeichen versehen.

»Mutter, kamen damals, nachdem du das Bild hast machen lassen, gerade Ponys in Mode?« Einmal antwortete sie mit ja. Ein anderes Mal, als ich sie fragte: »Warum hast du Fingerabdrücke auf der Stirn?«, antwortete sie: »Das hat dein Erster Onkel getan.« Die Unsicherheit in ihrer Stimme gefiel mir nicht.

Die letzte Rolle enthält Reihen von chinesischen Wörtern. Auf englisch steht da nur ›Department of Health, Canton‹ quer über dem Gesicht meiner Mutter, das gleiche Foto wie auf dem Diplom. Ich versuche festzustellen, ob sie Angst hatte. Jahr um Jahr kehrte mein Vater nicht heim und ließ sie auch nicht nachkommen. Ihre beiden Kinder waren bereits zehn Jahre tot. Wenn er nicht bald zurückkehrte, würde es keine weiteren Kinder mehr geben. (»Sie waren drei und zwei Jahre alt, ein Junge und ein Mädchen. Sie konnten schon sprechen.«) Mein Vater schickte jedoch regelmäßig Geld; sie hatte niemanden, für den sie es ausgeben konnte, als sich selbst. Sie kaufte sich gute Kleider und Schuhe. Dann beschloß sie, mit dem Geld Ärztin zu werden. Sie brach jedoch nicht sofort nach dem Tod der Kinder nach Kanton auf. In China hatte man Zeit, seine Gefühle reifen zu lassen. Genau wie mein Vater verließ auch meine Mutter das Dorf zu Schiff. Auf das Schiff war ein Meeresvogel gemalt, um es vor Untergang und Wind zu beschützen. Sie hatte Glück. Das nächste Schiff wurde von Flußpiraten überfallen, die alle Passagiere entführten, sogar die alten Frauen. »Sechzig Dollar für eine alte Frau«, pflegten die Banditen zu sagen. »Ich bin allein in die Hauptstadt der Provinz gefahren«, berichtet sie. Mit einem braunen Lederkoffer und zwei Steppdecken in einem Seesack.

Im Studentenheim wies die Lehrerin sie in ein Zimmer mit fünf anderen Mädchen ein, die schon auspackten, als sie hereinkam. Die Mädchen begrüßten sie, aber keine wollte Freundschaft schließen, bevor nicht das Auspacken erledigt, jeder Gegenstand sorgfältig an seinen Platz gestellt war, um so ihren Bereich abzugrenzen. Meine Mutter entdeckte den Namen, den sie auf ihrer Bewerbung angegeben hatte, an einem Kopfteil, und der Ärger, den sie empfunden hatte, weil sie zu spät gekommen war, um die Wahl zu haben, legte sich. Die Schlösser an ihrem Koffer sprangen mit einem Klicken auf; abermals genoß sie es, wie ordentlich ihre Habseligkeiten auf das grüne Futter gebettet waren. Sie faltete die Kleidungsstücke von neuem, ehe sie sie in die einzige Schublade legte, die ihr gehörte. Dann holte sie Federn und Tintenschachtel heraus, einen Weltatlas, Teegeschirr und Teedose, Nähschachtel, ihr Lineal mit den echten Goldmarkierungen, Briefpapier, Umschläge mit dicken roten Streifen, die ankündigten, daß es sich um keine schlechte Nachricht handelte, Eßschale und Silberstäbchen. All das legte sie eins nach dem anderen aufs Regal. Sie breitete die beiden Steppdecken übers Bett und stellte ihre Hausschuhe, säuberlich nebeneinander, darunter. Sie besaß zwar noch mehr Sachen – Möbel, Hochzeitsschmuck, Stoffe, Fotos –, aber diese beschwerlichen Wertgegenstände hatte sie in der Obhut ihrer Familie zurückgelassen. Sie bekam nicht alles wieder.

Die Mädchen, die früher gekommen waren, boten ihr nicht an, ihr beim Auspacken zu helfen, da sie ihr nicht das Vergnügen verderben und in ihre Privatsphäre eindringen wollten. Nicht viele konnten den Traum aller Frauen verwirklichen – ein Zimmer, ja sogar nur eine Zimmerecke für sich zu haben, wo nur Unordnung herrschte, wenn man sie selber verursachte. Das Buch blieb genau an der Stelle aufgeschlagen, wo man es mit der Hand markiert hatte, und niemand beschwerte sich, daß der Acker nicht gepflügt sei oder das Dach ein Loch habe. Sie säuberte ihre Eßschale und ihren kleinen begrenzten Bereich; sie brauchte nur eine einzige Schublade aufzuräumen, ein einziges Bett zu machen.

Am Ende eines Arbeitstages, der sich nicht bis in die späten Abendstunden hinzieht, die Tür hinter sich zumachen. Bücher wegwerfen, wenn man sie gelesen hat, damit man sie nicht abzustauben braucht. Am Neujahrsabend Schachteln sortieren und die Hälfte des Inhalts wegwerfen. Manchmal, als besonderen Luxus, einen Blumenstrauß für den einzigen Tisch pflücken. Nicht nur ich, auch andere Frauen müssen diesen Traum von einem sorgenlosen Leben geträumt haben. Ich habe Bilder der Kommunisten gesehen, auf denen eine Frau zufrieden auf ihrer Schlafstelle sitzt und näht. Über ihr, ihr einziger Besitz, eine Schachtel auf dem Regal. Das Zeichen darauf bedeutet ›Zerbrechlich‹, heißt wörtlich aber ›Mach es mit Herz‹. Die Frau sieht froh aus. Die Revolution hat der Prostitution ein Ende gemacht, indem sie den Frauen das gab, was sie sich wünschten: Arbeit und ein eigenes Zimmer.

Von der Familie befreit, würde meine Mutter zwei Jahre lang ohne Sklaverei leben können. Sie brauchte nicht mehr die tyrannische Mutter meines Vaters zu versorgen, die noch bandagierte Füße hatte, oder für die alten Frauen die Nähnadeln einzufädeln; es gab aber auch keine Sklavinnen und Nichten mehr, die sie bedienten. Und heißes Wasser würde sie nur bekommen, wenn sie die Hausverwalterin bestach. Als ich ins College abreiste, ermahnte mich meine Mutter: »Schenk der Hausverwalterin Orangen.«

Zwei Mitbewohnerinnen meiner Mutter, die ihre Ecken nach ihrem Geschmack eingerichtet hatten, bereiteten Tee und deckten einen kleinen Tisch mit den Resten ihres Reiseproviants. »Haben Sie etwas gegessen, Studentin?« luden sie meine Mutter ein. »Kommen Sie Tee trinken, Studentin«, sagten sie zu jeder einzelnen von den anderen. »Bringen Sie Ihre Tasse mit.« Diese Großzügigkeit rührte meine Mutter – Tee, ein Akt der Demut. Sie holte Fleisch heraus und Feigen, die sie zu Hause eingemacht hatte. Alle lobten den guten Geschmack. Die Mädchen erzählten, aus welchen Dörfern sie stammten, und nannten die Namen, die sie angegeben hatten. Meine Mutter verschwieg, daß sie bereits zwei Kinder gehabt hatte und daß einige von diesen Mädchen jung genug waren, um ihre Töchter zu sein.

Dann begaben sich alle in die Aula, um zwei Stunden lang den Ansprachen der Lehrer zu lauschen. Diese erklärten ihren Studentinnen, daß sie mit einem Lehrstoff beginnen würden, der so alt sei wie die Han-Dynastie, als das Rezept für Unsterblichkeit noch nicht verlorengegangen war. Chang Chung-ching, der Vater der Medizin, hatte beschrieben, wie die beiden großen Winde, Yang und Yin, durch den menschlichen Körper bliesen. Die eifrigen Studentinnen täten gut daran, noch heute abend mit dem Auswendiglernen seines Buches über Erkältungen und Fieber zu beginnen. Wenn sie dann die uralten Heilmittel beherrschten, die stets halfen, würden sie auch die modernsten westlichen Entdeckungen kennenlernen. Und wenn die Studentinnen das Abschlußexamen bestanden – jene, die bis dahin nicht aufgegeben hatten –, würde ihr Wissensbereich breiter sein als der jedes anderen Arztes in der Geschichte. Seit ungefähr fünfzig Jahren praktizierten Frauen jetzt als Mediziner, sagte eine Lehrerin, die die Mädchen beglückwünschte, weil sie zur Vergrößerung dieser Gruppe beitrugen und weil sie eine Schule besuchten, die moderne Medizin lehrte. »Sie werden die Wissenschaft in die Dörfer tragen.« Am Schluß der Veranstaltung wandten die Lehrer dem Auditorium den Rücken, und alle verbeugten sich dreimal vor dem Bild Doktor Sun Yat-sens, der, ehe er zum Revolutionär wurde, als westlicher Chirurg praktiziert hatte. Dann gingen sie zum Essen in den Speisesaal. Gleich nach dem Abendbrot begann meine Mutter ihre Bücher auswendig zu lernen.

Es gab zwei Plätze, wo eine Studentin lernen konnte: den Speisesaal, dessen Tische zum Arbeiten abgeräumt wurden und wo sie alle bei den gemeinsamen Lernsitzungen im Chor den Text memorierten, und den Tisch in ihrem eigenen Zimmer. Die meisten Studentinnen gingen in den Speisesaal, weil sie dort Gesellschaft hatten. Meine Mutter blieb gewöhnlich in ihrem Zimmer oder ging, wenn eine Mitbewohnerin sich ebenfalls dorthin zurückziehen wollte, in ein Versteck, das sie während der ersten Schulwoche ausfindig gemacht hatte. Dann und wann setzte sie sich auch mit in den Speisesaal, deklamierte eine Weile mit der fortgeschrittensten Gruppe, ohne eine Silbe auszulassen, gähnte frühzeitig und sagte gute Nacht. So hatte sie sich rasch den Ruf erworben, eine brillante, begabte Studentin zu sein, die nur einen Blick in ein Buch zu werfen brauchte, um es auswendig zu können.

»Die anderen Studentinnen stritten sich, wer bei den Prüfungen neben mir sitzen durfte«, erzählt meine Mutter. »Ein Blick auf mein Blatt, wenn sie steckenblieben, und sie konnten wieder weiter.«

»Hast du nicht zu verhindern versucht, daß sie von dir abschrieben?«

»Natürlich nicht! Sie brauchten doch höchstens ein Wort oder zwei zu sehen, dann fiel ihnen der Rest wieder ein. Das ist nicht Abschreiben. Eine richtige Diagnose ist viel aufschlußreicher. Die Patienten reden endlos über ihre Beschwerden. Ich fühlte ihnen den Puls, der unter meinen Fingerspitzen klopfte – viel deutlicher als die Abbildungen in den Lehrbüchern. Ich zählte die Symptome auf, und diese wenigen Worte holten dann ein ganzes Kapitel von Heilmöglichkeiten aus mir heraus. Die meisten Menschen haben nicht die richtige Intelligenz dafür.« Sie deutete auf das Foto der siebenunddreißig Prüflinge. »Einhundertzwölf Studentinnen haben den Kurs gleichzeitig mit mir begonnen.«

Sie argwöhnte, selber auch nicht den nötigen Verstand dafür zu haben, ist doch mein Vater derjenige, der ganze Gedichte auswendig hersagen kann. Um diesen Mangel auszugleichen, lernte sie heimlich. Außerdem hatte sie zwanzig Jahre Altersvorsprung vor den jungen Mädchen, obgleich sie nur zehn Jahre eingestand, aber auch die zwangen sie bereits, sich zum Lernen anzutreiben. Von älteren Menschen erwartete man, klüger zu sein; sie sind den Göttern näher. Sie wollte nicht, daß die Kameradinnen oder Lehrer sagten: »Sie muß ganz außerordentlich dumm sein, denn sie weiß nicht mehr als alle anderen, obwohl sie eine Generation älter ist. Sie ist so dumm, daß sie Tag und Nacht lernen muß.«

»Ich habe das Pensum weit vorausgelernt«, erzählt meine Mutter. »Ich lernte auch noch dann, wenn alle anderen schon tief und gleichmäßig schliefen. Am Abend vor den Prüfungen, wenn die anderen Mädchen wach blieben, ging ich früh zu Bett. Sie fragten mich: ›Willst du nicht lernen?‹ Und ich antwortete: ›Nein, ich muß noch etwas nähen‹, oder: ›Ich möchte heute abend Briefe schreiben.‹ Bei den Prüfungen ließ ich sie abwechselnd neben mir sitzen.« Den Schweiß harter Arbeit stellt man nicht zur Schau. Es ist viel eleganter, zu tun, als werde man von den Göttern bevorzugt.

Vielleicht war der Geheimplatz meiner Mutter das Zimmer des Heims, in dem es spukte. Obwohl sie sich in den anderen Zimmern eng zusammendrängen mußten, wollte keines der jungen Mädchen darin schlafen. Gewohnt, sich mit Geschwistern und Omas in ein Bett zu teilen, waren sie eher bereit, ihre Privatsphäre einzuschränken, als das Spukzimmer zum bewohnbaren Raum zu machen. Mindestens seit fünf Jahren hatte niemand mehr darin gewohnt, seit eine Reihe von Spukerscheinungen bei den Bewohnern eine Gespensterangst ausgelöst hatte, die sie stark verunsicherte. Die von Gespenstern Verfolgten stießen hohe Entsetzensschreie aus und deuteten in die Luft, die auch tatsächlich dunstig wurde. Dann machten sie unvermittelt kehrt und eilten den Weg zurück, den sie gekommen waren. Wenn sie um eine Ecke bogen, preßten sie sich fest ans Haus, um das, was ihnen folgte, zu überraschen. Ein Mädchen zerriß die Fotos, die sie in jenem Zimmer von Freundinnen gemacht hatte. Die Fremde, die mit hängenden Armen im Hintergrund des Bildes an der Wand stand, war ein Gespenst. Das Mädchen behauptete, als sie das Foto schoß, sei niemand dort gewesen. »Das war ein Fotogeist«, sagte meine Mutter, als die Kameradinnen ihr das berichteten. »Sie hätte keine Angst zu haben brauchen. Die meisten Gespenster sind nur Alpträume. Irgend jemand hätte sie festhalten und am Ohrläppchen zupfen müssen, um sie aufzuwecken.«

Meine Mutter genoß diese Gruselorgien. Sie war gut im Namengeben – Wandgeist, Froschgespenst (Frösche sind ›himmlische Hühner‹), Eßgeselle. In uralten Schriften fand sie Beschreibungen von Phänomenen – die Geschichten vom Grünen Phoenix, ›Die sieben seltsamen Geschichten der Goldenen Flasche‹, ›Wovon Konfuzius nicht sprach‹. Sie konnte Geistererscheinungen deuten.

»Aber Gespenster können nicht einfach nur Alpträume sein«, protestierte eine, die solche Geschichten erzählte. »Sie kommen direkt ins Zimmer. Einmal sah unsere ganze Familie, wie sich Weinbecher drehten und Räucherstäbchen durch die Luft tanzten. Wir holten den Zaubermönch, der die ganze Nacht Wache halten mußte. Er sah auch, wie die Spitzen der Räucherstäbchen orangefarbene Striche ins Dunkel malten – Schriftzeichen, wie er uns erklärte. Er übertrug die leuchtenden Muster mit seinem Pinsel auf rotes Papier. Und da stand es, eine Botschaft von unserem Großvater. Wir sollten größere Portionen und einen Ford vor seine Tafel stellen. Als wir das taten, hörte der Spuk sofort auf.«

»Ich stelle mir lieber vor, unsere Ahnen hätten Besseres zu tun«, sagte meine Mutter. »Oder sie hätten mehr Ruhe. Ja, wahrscheinlich haben sie mehr Ruhe. Vielleicht war es ein Tiergeist, der euch heimgesucht hat, und dein Großvater hat etwas damit zu tun, daß er verjagt wurde.« Nach einer, wie sie meinte, taktvollen Pause setzte sie noch hinzu: »Woher wißt ihr, daß Gespenster die Fortsetzung von Verstorbenen sind? Könnten Gespenster nicht eine völlig andere Spezies von Lebewesen sein? Vielleicht sterben die Menschen einfach, und damit Schluß. Ich glaube nicht, daß mir das viel ausmachen würde. Was wäret ihr lieber? Ein Geist, der ständig gespeist werden will? Oder gar nichts?«

Hätten die anderen Geschichtenerzählerinnen einander mit wissenschaftlichen Erklärungen beruhigt, hätte meine Mutter Geschichten wie Fledermäuse in die lauschende Nacht hinausgeschickt. Als praktische Frau konnte sie keine Geschichten erfinden, nur wahre Begebenheiten erzählen. An diesem Abend aber saßen die jüngeren Mädchen eng zusammengedrängt unter ihren Steppdecken, denn das Gespensterzimmer mit der offenen Tür war nur wenige Schritte von ihnen entfernt.

»Habt ihr das gehört?« flüsterte jemand. Und tatsächlich, jedesmal, wenn alle zugleich schwiegen, ertönte irgendwo im Haus ein dumpfer Schlag oder ein Knarren. Dann zuckten die Mädchen zusammen und rückten kichernd noch enger aneinander.

»Das war der Wind«, antwortete meine Mutter. »Das war jemand, der beim Lesen im Bett eingeschlafen ist; sie hat ihr Buch fallen lassen.« Sie zuckte weder zusammen, noch kicherte sie wie die anderen.

»Wenn du so sicher bist«, sagte ein impertinentes Mädchen, »warum gehst du dann nicht hin und siehst nach?«

»Gewiß«, gab meine Mutter zurück. »Das hatte ich gerade vor.« Sie nahm eine Lampe und ließ ihre Freundinnen tief beeindruckt in einem schummerigen Zimmer zurück. Sie ging ruhigen Schritts, ihr Körper warf eckige Schatten im Korridor. Sie gelangte an die beiden Enden des Flurs und untersuchte zur Vorsicht noch einen weiteren Flügel. Vor dem Gespensterzimmer, dessen Tür wie ein offener Mund klaffte, blieb sie stehen, dann trat sie ein, schwang das Licht in alle Ecken. Sie erblickte Kleidersäcke, die bucklige Hügel bildeten, aussahen wie Gnome, aber keine waren. Koffer und Schachteln warfen Schattentreppen an die Wände und auf den Fußboden. Nichts Ungewöhnliches bedrohte sie oder huschte davon. Keine Temperaturveränderung, kein Geruch.

Sie kehrte dem Zimmer den Rücken und schritt langsam durch einen weiteren Flügel. Sie wollte nicht allzu schnell zurück sein. Ihre Freundinnen mußten – obwohl man Freunden nichts schuldet – überzeugt sein, daß sie gründlich untersucht hatte. Nach einer angemessenen Zeit, die ihren Mut bewies, kehrte sie zu den Kameradinnen zurück.

»Ich habe nichts gesehen«, verkündete sie. »Im ganzen Heim gibt es nichts, wovor man Angst haben müßte, auch nicht im Geisterzimmer. Dort habe ich auch nachgesehen. Ich bin eben drin gewesen.«

»Der Spuk fängt erst um Mitternacht an«, behauptete ein Mädchen mit einem energischen Kinn. »Jetzt ist es noch nicht mal elf.«

Meine Mutter mag Angst gehabt haben, aber sie konnte auch eine mutige Drachenfrau sein (»mein Totem, dein Totem«). Sie konnte sich zwingen, nicht schwach zu sein. Bei Gefahr streckte sie ihre Drachenkrallen aus, sträubte die roten Perlschuppen und spreizte die gewellten grünen Streifen. Gefahr war eine gute Gelegenheit, um es den anderen zu zeigen. Wie die Drachen, die in den Tempeldächern leben, blickte meine Mutter auf schlichte Menschen herab, die einsam waren und sich fürchteten.

»Ich bin so müde«, sagte meine Mutter. »Ich will nicht bis Mitternacht warten. Ich werde im Geisterzimmer schlafen. Sollte etwas passieren, verpasse ich's nicht. Hoffentlich erkenne ich den Geist, wenn ich ihn sehe. Manchmal legen Gespenster so irdische Verkleidungen an, daß sie nicht besonders interessant wirken.«

»Aiaa. Aiaa«, riefen die Mädchen. Meine Mutter lachte voller Genugtuung über ihr Staunen.

»Falls mir etwas Schlimmes zustößt, rufe ich euch«, versprach sie ihnen. »Wenn ihr alle angerannt kommt, werdet ihr den Geist vermutlich verscheuchen können.«

Einige versprachen zu kommen; andere boten ihr ihre Talismane an – einen Pfirsichzweig, ein christliches Kreuz, ein Blatt rotes Papier mit guten Worten darauf. Doch meine Mutter lehnte alles ab. »Wenn ich Amulette mitnehme, wird sich der Geist vor mir verstecken. Dann werde ich nicht erfahren, was für eine Art Geist er ist oder ob überhaupt ein Geist dort wohnt. Ich werde nur ein Messer mitnehmen, mit dem ich mich verteidigen kann, und einen Roman, falls ich mich langweile und mir das Einschlafen schwerfällt. Behaltet eure Amulette; sollte ich um Hilfe rufen, könnt ihr sie ja mitbringen.« Sie ging in ihr Zimmer und holte Waffe und Buch, aber keinen Roman, sondern ein Lehrbuch.

Zwei ihrer Mitbewohnerinnen begleiteten sie zum Gespensterzimmer. »Hast du Angst?« erkundigten sie sich teilnahmsvoll.

»Wovor sollte ich Angst haben?« fragte sie. »Was kann ein Gespenst mir schon tun?« An der Tür blieb meine Mutter jedoch stehen. »Hört zu«, sagte sie, »falls ich starr vor Angst bin, wenn ihr mich findet, vergeßt nicht, mich in die Ohren zu zwicken. Ruft meinen Namen und erklärt mir, wie ich da wieder herauskomme.« Und sie nannte ihnen ihren richtigen Namen.

Sie ging geradewegs in den rückwärtigen Teil des Zimmers, wo die Schachteln einen Fenstersitz bildeten. Sie setzte sich, stellte die Lampe neben sich und starrte auf ihr gelb-schwarzes Spiegelbild im dunklen Glas. »Ich bin sehr hübsch«, dachte sie. Sie schirmte ihre Augen mit den Händen ab, um nach draußen blicken zu können. Ein schmaler Mond spähte durch die Wolken, das lange Gras wogte. »Das ist derselbe Mond, den sie im Dorf Neue Gesellschaft sehen«, dachte sie, »und dieselben Sterne sind es auch.« (»Das ist derselbe Mond, den sie in China sehen, und dieselben Sterne sind es auch, nur um ein weniges verschoben.«)

Als sie die Lampe ans Bett trug, schien das Zimmer dunkler zu werden; das vorhanglose Fenster ließ die tiefschwarze Nacht herein. Sie wickelte sich fest in die Steppdecke, die ihre Mutter genäht hatte, kurz ehe sie in jungen Jahren starb. In die Mitte der einen Kante hatte meine Großmutter ein winziges Seidendreieck genäht, ein rotes Herz, das meine Mutter im Nacken schützen sollte, als wäre sie noch immer ein Baby.

Meine Mutter las ihr Buch laut vor; vielleicht konnten die anderen hören, wie gelassen sie war. Und der Geist hörte sie vielleicht auch; sie wußte nicht, ob ihre Stimme ihn beschwören oder vertreiben würde. Bald hoben die Schriftzeichen die Füße, breiteten die Schwingen aus und begannen wie Amseln zu fliegen; die Punkte waren ihre Augen. Ihr selbst fielen die Lider zu. Sie schloß das Buch und löschte die Lampe.

Die Dunkelheit sog das Zimmer auf, tuschte das Fleisch fort, ließ die Knochen hervortreten. Meine Mutter war wieder hellwach. Sie wurde überdeutlich sie selbst – Knochen, Draht, Antenne –, aber sie fürchtete sich nicht. Sie hatte sich schon öfter so klein gefühlt, damals, als sie in die Berge stieg, bis in den seltenen Schnee hinauf – allein im unendlichen Weiß, ganz ähnlich wie das Alleinsein in der Finsternis. Und sie war heil und sicher mit einem Schiff von Land zu Land gefahren.

Sie wußte nicht, ob sie eingeschlafen war oder nicht, als sie unter dem Bett ein Huschen vernahm. Angstschauer krochen ihr über die Fußsohlen, denn etwas Lebendiges, Knurrendes erkletterte das Fußende des Bettes. Es rollte sich über sie hin und landete auf ihrer Brust. Dort blieb es sitzen. Es atmete luftlos, bedrückte sie, saugte sie aus. »O nein«, dachte sie, »ein Sitzgeist!« Sie stemmte sich gegen das Wesen, um sich unter ihm hervorzuwälzen, doch es absorbierte ihre Energie und wurde schwerer. Ihre Finger und Handflächen wurden feucht, zuckten vor dem dichten, kurzen Haar des Geistes zurück, das wie ein Tierfell wirkte, ein Fell, das sich über Warmes, Festes spannt, wie menschliches Fleisch sich über Knochen und Muskeln spannt. Sie packte eine Handvoll Pelz und zog. Sie kniff in die Haut, auf der das Fell wuchs, krallte die Fingernägel hinein. Sie zwang ihre Hände, die irgendwo tief in den Haaren verborgenen Augen zu suchen, konnte aber keine finden. Sie hob den Kopf, um zuzubeißen, fiel aber erschöpft zurück. Das Gewicht wurde schwerer.

Sie konnte das Messer, in dem sich das Mondlicht spiegelte, neben der Lampe liegen sehen. Aber ihr Arm war unendlich groß geworden, zu schwer, ihn zu heben. Wenn sie ihn nur bis an die Bettkante schieben konnte, würde er vielleicht von selbst auf das Messer hinabfallen. Doch als nähre er sich von ihren Gedanken, wucherte der Geist weiter bis auf ihren Arm.

Ein schrilles Klingen irgendwo war jetzt so laut geworden, daß sie es hörte, und sie begriff, daß es, bevor der Geist erschien, am Rand ihres Verstandes angefangen hatte zu summen. Sie atmete flach, hechelte wie bei der Niederkunft, konnte nicht rufen. Das Zimmer sang, die Luft war elektrisiert von diesem Laut; irgend jemand *mußte* es hören und ihr zu Hilfe kommen.

Einige Zeit zuvor hatte sie über dem Klingen Frauenstimmen vernommen. Bald jedoch waren die Gespräche verstummt. Die Schule schlief. Sie fühlte, daß die Seelen auf Reisen gegangen waren; eine Leichtigkeit war zu spüren wie tagsüber nie. Ohne die Säuglinge auf ihrem Rücken oder in der Wiege ansehen zu müssen, hatte sie – nach dem Wiegen und Singen und Geschichtenerzählen und Schweigen, um sie nicht zu erschrecken – immer genau gewußt, wann sie einschliefen. Dann verließ eine gewisse Spannung ihren Körper, das Haus. Trotz des Horrors im Gespensterzimmer spürte sie jetzt diese Entspannung im ganzen Heim. Niemand würde kommen und nachsehen, wie es ihr ging.

»Du wirst nicht gewinnen, Stein«, sagte sie zu dem Geist. »Du gehörst nicht hierher. Und ich werde dafür sorgen, daß du verschwindest. Wenn der Morgen kommt, wird nur einer von uns dieses Zimmer beherrschen, Geist, und dieser eine werde ich sein. Ich werde es lang und breit durchschreiten; ich werde tanzen und nicht schleichen und schlurfen wie du. Ich werde geradewegs zu dieser Tür hinausgehen, aber ich werde wiederkommen. Weißt du, was für ein Geschenk ich dir bringen werde? Feuer werde ich holen, Geist. Du hast einen Fehler gemacht; du spukst in einer Medizinerschule. Wir haben Schränke voll Alkohol, ganze Laboratorien voll. Wir haben eine Gemeinschaftsküche mit menschengroßen Töpfen voll Öl und Kochfett, so viel, daß wir einen ganzen Monat kochen können, ohne auf eine einzige gebratene Mahlzeit verzichten zu müssen. Ich werde Alkohol in meinen Waschkübel schütten und ihn anzünden. Ich werde dich ausbrennen, Geist. Ich werde den Kübel bis zur Decke schwenken. Dann werden meine Freundinnen mit Fett aus der Küche kommen; wenn wir das in Brand setzen, wird der Rauch alle Ecken und Winkel füllen. Wo willst du dich dann verstecken, Geist? Ich werde dieses Zimmer so gründlich reinigen, daß nie mehr ein Geist hier hereinkommen wird!

Ich gebe nicht nach«, versicherte sie. »Du kannst mir keinen Schmerz zufügen, den ich nicht aushalte. Du irrst dich, wenn du glaubst, daß ich mich vor dir fürchte. Du bist kein Rätsel für mich. Ich habe früher schon von euch Sitzgeistern gehört. Jawohl, es gibt Leute, die das überlebt haben und von euch erzählen konnten! Ihr tötet Babys, ihr Feiglinge. Ihr habt keine Macht über eine starke Frau. Ihr seid nicht gefährlicher als eine sitzende Katze. Mein Hund sitzt schwerer auf meinen Füßen als du. Glaubst du, daß dies Leiden ist? Ich kann meine Ohren stärker zum Klingen bringen, wenn ich Aspirin nehme. Sind das alle Tricks, die du hast, Geist? Sitzen und klingen lassen? Das ist nichts! Ein Besengeist kann das besser. Du kannst nicht einmal eine interessante Gestalt annehmen. Bloß die Gestalt eines Steins. Eines Steins mit einem behaarten Hintern. Wahrscheinlich bist du gar kein Geist. Natürlich! Es gibt überhaupt keine Gespenster.

Ich will dir was sagen, Stein. Als Yen, der Lehrer, einmal die Provinzexamen zensierte, hockte sich ein Ding mit einem Fell, so häßlich wie deines, auf seinen Schreibtisch. (Aber das hatte funkelnde Augen, war also nicht so blind und dumm wie du.) Yen nahm sein Lineal und schlug es wie einen Schüler. Er jagte es durchs Zimmer. (Es war nicht lahm und träge.) Und es verschwand. Später lehrte uns Yen: ›Nach dem Ableben steigt die rationale Seele den Drachen hinauf, die empfindsame Seele den Drachen hinab. Also kann es auf der Welt keine Geister geben. Dieses Ding muß ein Fuchsgeist gewesen sein.‹ Und genau das mußt du auch sein – ein Fuchsgeist. Du bist so behaart, du mußt ein Fuchs sein, der nicht einmal weiß, wie er sich verwandeln soll. Du bist nicht sehr gescheit für einen Fuchsgeist, das muß ich sagen. Keine Tricks. Kein Blut. Wo ist dein verrotteter Galgenstrick, dein eisiger Atem? Keine Schuhe, die in der Luft herumwirbeln? Keine Verwandlung in eine schöne, traurige Dame? Keine Verwandlung in einen meiner Vorfahren? Keine Wasserleiche mit Seetang im Haar? Keine Rätsel oder Strafspiele? Du bist tatsächlich ein mieser kleiner Stein. Jawohl, wenn ich mein Öl zur Hand hätte, würde ich dich zum Frühstück braten!«

Dann ignorierte sie den Geist auf ihrer Brust und memorierte ihre Lektion für den Unterricht am folgenden Tag.

Der Mond wanderte von einem Fenster zum anderen, und als der Morgen graute, huschte das Ding davon, kletterte hastig vom Fußende des Bettes hinab.

Sie schlief, bis es Zeit für die Vorlesungen war. Sie hatte gesagt, sie werde die Nacht in jenem Zimmer verbringen, und das tat sie auch.

Sie erwachte erst, als die Kameradinnen ins Zimmer drängten. »Was ist passiert?« fragten sie eifrig und krochen unter die Steppdecke, damit sie nicht froren. »Ist was passiert?«

»Faßt bitte meine Ohrläppchen«, antwortete meine Mutter, »und zieht kräftig daran. Falls ich etwas von mir selbst verloren habe, möchte ich, daß ihr mich zurückruft. Ich habe mich gefürchtet, und die Angst hat mich vielleicht aus meinem Körper und meinem Verstand vertrieben. Dann werde ich euch die Geschichte erzählen.« Zwei Freundinnen ergriffen ihre Hände, während eine dritte ihren Kopf hielt, jedes Ohrläppchen zwischen Daumen und Zeigefinger nahm, daran zupfte und intonierte: »Kehre heim, kehre heim, Tapfere Orchidee, die mit Gespenstern gekämpft und sie besiegt hat. Kehre heim in die To-Keung-Schule in der Stadt Kwangtung in der Provinz Kwangtung. Deine Kameradinnen warten hier auf dich, Studentin Tapfere Orchidee. Kehre heim. Kehre heim. Kehre heim und hilf uns bei unseren Lektionen. Bald fängt die Schule an. Komm zum Frühstück. Kehre zurück, Tochter des Dorfes Neue Gesellschaft in der Provinz Kwangtung. Deine Brüder und Schwestern rufen dich. Deine Freundinnen rufen dich. Wir brauchen dich. Kehre zu uns zurück. Kehre zu uns zurück in die To-Keung-Schule. Es gibt viel zu tun. Kehre heim, Doktor Tapfere Orchidee, fürchte dich nicht. Fürchte dich nicht. Du bist jetzt sicher, in der To-Keung-Schule. Alles ist gut. Kehre zurück.«

Reicher Trost wärmte meine Mutter wie heilsame Fluten. Ihre Seele kehrte ganz zu ihr zurück und ließ sich behaglich in ihrer Haut nieder, reiste für diesen einen Moment weder in die Vergangenheit, wo ihre Kinder waren, noch nach Amerika zu meinem Vater. Sie befand sich wieder unter vielen Menschen. Sie ruhte aus von der Schlacht. Sie ließ ihre Freundinnen über sich wachen.

»So«, sagte die Mitbewohnerin mit einem letzten kräftigen Zupfen am Ohr, »jetzt bist du geheilt. Jetzt erzähl uns, was geschehen ist.«

»Ich hatte meinen Roman zu Ende gelesen«, berichtete meine Mutter, »aber immer noch passierte nichts. In der Ferne hörte ich einen Hund bellen. Plötzlich wuchs ein riesiger Sitzgeist drohend bis zur Decke empor und sprang mir auf die Brust. Haarbüschel verbargen seine Klauen und Zähne. Kein richtiger Kopf, keine Augen, kein Gesicht, auf einer so niedrigen Stufe der Inkarnation, daß keine Tiergestalt erkennbar war. Er warf mich um und begann mich zu würgen. Er war größer als ein Wolf, größer als ein Menschenaffe und wurde immer größer. Ich hätte ihn erstochen. Ich hätte ihn aufgeschlitzt, und heute morgen würden wir sein Blut aufwischen, aber – als Mutation eines Sitzgeistes – besaß er einen zusätzlichen Arm, der meine Hand nicht an das Messer ließ.

Um drei Uhr morgens starb ich für eine Weile. Ich wanderte umher, und die Welt, die ich berührte, wurde zu Sand. Ich hörte den Wind, aber der Sand flog nicht. Zehn Jahre lang konnte ich den Weg nicht finden. Fast hätte ich euch vergessen; es gab soviel Arbeit, die wieder zu neuer Arbeit und einem anderen Leben führte – als lese man im Traum Münzen auf. Aber ich kehrte zurück. Ich wanderte von der Wüste Gobi bis in dieses Zimmer in der To-Keung-Schule. Das dauerte weitere zwei Jahre, weil ich unterwegs die Mauergeister überlisten mußte. (Das tut man, indem man schnurgeradeaus geht und ihre Spiele von der einen Seite auf die andere nicht mitmacht. Vor Verwirrung kehren sie dann sofort in ihren eigentlichen Zustand zurück – schwache, traurige Wesen. Ganz gleich, was geschieht, man darf keinen Selbstmord begehen, sonst muß man den Platz mit den Mauergeistern tauschen. Wenn ihr euch nicht von den langen, heraushängenden Zungen und den vorquellenden Augen der Erhängten, den aufgeschnittenen Pulsadern oder der Haut und dem nassen Haar der Ertrunkenen abschrecken laßt – und das solltet ihr nicht, denn ihr seid Heilkundige –, vermögt ihr diese armen Seelen ins Licht zu beten.)

Keine weißen Fledermäuse und keine schwarzen Fledermäuse flogen voraus, um mich zu meinem natürlichen Tod zu begleiten. Ich würde entweder sterben, ohne mein ganzes Leben gelebt zu haben, oder ich würde nicht sterben. Ich starb nicht. Ich bin tapfer und gut. Außerdem besitze ich Kraft und Körperbeherrschung. Gute Menschen unterliegen den Geistern nicht.

Insgesamt war ich zwölf Jahre fort, in diesem Zimmer jedoch verging nur eine Stunde. Der Mond hatte sich kaum weiterbewegt. Im silbrigen Licht sah ich, wie das schwarze Ding Schatten in sich hineinsog und magnetische Wirbel schuf. Bald würde es das Zimmer einsaugen und dann auch den übrigen Teil des Heims. Es würde uns verschlingen. Es warf mit Steinen nach mir. Und dann kam ein Geräusch wie der Bergwind, ein Geräusch, so schrill, daß es einen verrückt machen konnte. Habt ihr es nicht auch gehört?«

Doch, das hatten sie. Klang es nicht wie die elektrischen Drähte, die man zuweilen in der Stadt hörte? Ja, es war das Geräusch sich ansammelnder Elektrizität.

»Ihr könnt von Glück sagen, daß ihr geschlafen habt, denn dieses Geräusch zerreißt einem das Herz. Ich konnte das Weinen von Kindern darin hören. Ich konnte gefolterte Menschen schreien hören und das Wehklagen ihrer Verwandten, die zusehen mußten.«

»Ja, ja, das kenne ich! Das muß das Singen gewesen sein, das ich im Traum gehört habe.«

»Es mag sogar auch jetzt ertönen, für unsere Tagesohren jedoch kaum vernehmbar. Man kann den Geist nicht treffen, wenn man unter dem Bett kehrt. Bei Nacht wird der Geist fett, bei Tag leeren sich seine dunklen Säcke. Es ist gut, daß ich ihn daran gehindert habe, sich von mir zu nähren; Blut und Fleisch hätten ihm die Kraft verliehen, sich auch von euch zu nähren. Ich habe meinen Willen zu einer Eierschale gemacht, die sich um das Fell des Ungeheuers legte, so daß die hohlen Haare nicht mehr saugen konnten.

Ich hörte nicht auf zu wünschen, daß er kleiner werde, daß sich seine Haare zurückzögen, bis der Sitzgeist bei Tagesanbruch vorübergehend verschwand.

Doch die Gefahr ist noch nicht gebannt. Der Geist hört uns auch jetzt noch zu, und heute abend wird er wiederkommen, nur noch stärker. Wenn ihr mir nicht helft, ihn vor Sonnenuntergang zu erledigen, werden wir ihn vielleicht nicht in Schach halten können. Dieser Sitzgeist hat viele breite schwarze Mäuler. Er ist gefährlich. Er ist real. Die meisten Geister erscheinen so kurz und flüchtig, daß die Augenzeugen ihren eigenen Augen nicht trauen. Dieser jedoch kann soviel Substanz herbeizaubern, daß er eine ganze Nacht dasitzt. Er ist ein ernster Geist, ganz und gar nicht verspielt. Er schwingt keine Räucherstäbchen, wirft nicht mit Schuhen und Geschirr. Er spielt nicht ›Verstecken‹ und trägt keine angsteinflößenden Masken. Er hält sich nicht mit Tricks auf. Er will Menschenleben. Zweifellos hat er die Babys satt und ist nun hinter Erwachsenen her. Er wächst. Er ist geheimnisvoll, nicht einfach ein Abbild von uns, wie es letztlich die Gehenkten und die mit Seetang bekränzten Wasserleichen sind. Er verbirgt sich in diesem Augenblick vielleicht in einem Holzstück oder im Körper einer eurer Puppen. Möglicherweise akzeptieren wir bei Tageslicht diesen Sack« – sie deutete mit der Handfläche hinüber, als balanciere sie einen Kreisel darauf – »einfach als Sack, während es sich in Wirklichkeit um einen Sackgeist handelt.« Die Kameradinnen wichen vor dem Sack zurück, in dem sie das Füllmaterial für ihre Steppdecken sammelten, und zogen die Füße hoch, die von der Bettkante baumelten.

»Ihr müßt mir helfen, die Welt von dieser Krankheit zu befreien, die so unsichtbar und tödlich ist wie Bakterien. Kommt nach dem Unterricht mit euren Kübeln, mit Alkohol und Öl hierher zurück. Wenn ihr auch Hundeblut finden könnt, kommen wir schneller mit der Arbeit voran. Seid ohne Furcht. Geisterjäger müssen tapfer sein. Wenn der Geist hinter euch her ist, obwohl ich bei Tag keinen Angriff erwarte, spuckt ihn an. Verhöhnt ihn. Der Held einer

Gespenstergeschichte ist immer bereit, sein Leben ist so erfüllt, daß es Rot und Gold auf alle Kreaturen seiner Umgebung sprüht.«

Diese jungen Mädchen, die ihre Kunst durch Zaubersprüche ergänzen mußten, falls ihre Patienten nicht zufrieden waren und nicht gesund wurden, beeilten sich jetzt, pünktlich zum Unterricht zu kommen. Die Geschichte vom Erscheinen des Geistes und der bevorstehenden Gespensterjagd erfaßte alle, und die Mädchen nahmen Alkohol und Streichhölzer aus den Labors mit ins Heim.

Meine Mutter dirigierte das Aufstellen der Kübel und Brenner in ordentlichen Reihen und verteilte den Brennstoff. »Wir wollen das ganze Öl auf einmal verbrennen«, erklärte sie. »Los.«

»Whuff. Whuff.« Meine Mutter ahmte das Geräusch des Feuers so gut nach, daß ich es niemals vergaß. »Whuff. Whuff.«

Der Alkohol stand in blauen Flammen. Das Teeröl, das ein Mädchen bei der Hexe seines Heimatdorfes gekauft hatte, qualmte in schwarzen Wolken. Meine Mutter schwang einen großen Kübel hoch über ihren Kopf. Der Rauch ringelte sich wie schwarze Boas um die Mädchen in ihren schwarzen Studentenkitteln. Sie schritten im Geisterzimmer einher, dieser Kreis kleiner schwarzer Frauen, schwenkten den Rauch und das Feuer empor bis in die äußersten Ecken der Zimmerdecke, hinab bis in die Winkel des Fußbodens, warfen Wolken auf Wände und Boden, unters Bett und hüllten einander darin ein.

»Ich habe es dir gesagt, Geist«, sang meine Mutter, »daß wir dich jagen würden.« »Wir haben es dir gesagt, Geist, daß wir dich jagen würden«, sangen die Mädchen. »Das Tageslicht ist gekommen, gelb und rot«, sang meine Mutter, »und wir siegen. Lauf, Geist, entweiche aus dieser Schule. Hierher gehören nur gute Mediziner. Geh zurück, dunkles Wesen, in deine heimatlichen Gefilde. Kehre heim. Kehre heim.« »Kehre heim«, sangen die Mädchen.

Als sich der Rauch lichtete, fanden die Studentinnen, wie meine Mutter, glaube ich, sagte, unter dem Fußende des Bettes ein bluttriefendes Stück Holz. Sie verbrannten es in einem Kübel, und es stank wie eine Leiche, die man zu früh exhumiert hat, um die Knochen zu bergen. Sie lachten über den Geruch.

Die Studentinnen der To-Keung-Hebammenschule waren moderne Frauen, Wissenschaftlerinnen, welche die Rituale veränderten. Wenn sie als Kind Angst hatte, wurde meine Mutter von einer ihrer drei Mütter im Arm gehalten, die ihr die Abstammungslinie vorsang, um den verängstigten Geist aus den fernsten Wüsten zurückzuholen. Eine Verwandte kannte alle wahren Namen, alle Geheimnisse um Ehemänner, Kinder, Renegaten und konnte entscheiden, welche davon in einem Gesang Glück brachten; doch diese Außenseiterfrauen mußten aus dem Nichts heraus einen Weg schaffen. Freunde waren durch keinerlei Blutsbande verbunden (obwohl Bettlern und Mönchen gegenüber gewisse Verpflichtungen bestanden), daher mußten sie sich etwas ausdenken, wie sie dem Geist meiner Mutter helfen konnten, die To-Keung-Schule als ›Zuhause‹ anzunehmen. Wenn sie ihre richtige Abstammungslinie sangen, hätte das meine Mutter zum falschen Ort geführt, nämlich zum Dorf. Diese Fremden mußten bewirken, daß sie zu ihnen zurückkehrte. Sie sangen also ihre eigenen Namen, hübsche Mädchennamen, Namen, die ihnen zufällig einfielen. Sie fügten neue Wegweiser zusammen, und der Geist meiner Mutter folgte ihnen statt der altgewohnten Spur. Vielleicht hat sie deswegen ihr Heimatdorf verloren und konnte ihren Mann fünfzehn Jahre lang nicht erreichen.

Wenn meine Mutter uns aus Alpträumen und Horrorfilmen hinausführte, fühlte ich mich geliebt. Meinen Namen in Verbindung mit dem ihren, dem meines Vaters, meiner Geschwister zu hören, verlieh mir ein Gefühl der Geborgenheit, während ihr Zorn über Kinder, die sich selbst Schaden zufügten, sich erstaunlicherweise gelegt hatte. Eine altmodische Frau hätte auf der Straße nach ihrem kranken Kind gerufen. Sie hätte seinen kleinen Mantel vor sich hingehalten: »Komm, zieh deinen Mantel an, du ungezogenes Kind!« Wenn sich dann der Mantel bauschte, knöpfte sie den Geist rasch hinein und trug ihn eilig nach Hause zum Körper des Kindes, das im Bett lag. Meine Mutter jedoch, eine moderne Frau, sprach ihre Beschwörungen im geheimen. »Die alten Frauen in China hegten so manchen dummen Aberglauben«, berichtete sie. »Ich weiß, daß ihr zurückkommen werdet, ohne daß ich mich auf der Straße zum Narren mache.«

Nicht, wenn wir uns fürchteten, sondern wenn wir hellwach und geistig klar waren, füllte meine Mutter unsere Ohren mit China: mit der Provinz Kwangtung, dem Dorf Neue Gesellschaft, dem Kwoo-Fluß, der am Dorf vorbeiströmte. »Nehmt den Weg, den wir gekommen sind. Ihr braucht nur den Namen eures Vaters zu nennen, dann kann euch jeder Dorfbewohner zu unserem Haus weisen.« Ich soll nach China heimkehren, wo ich niemals gewesen bin.

Nach zweijährigem Studium – die Absolventen von drei- und sechswöchigen Kursen wurden von der Landbevölkerung mehr bewundert, weil sie mit so erstaunlicher Geschwindigkeit gelernt hatten – kehrte meine Mutter als Ärztin in ihr Heimatdorf zurück. Sie wurde, wie heutzutage die ›barfüßigen Ärzte‹, mit Girlanden und lärmenden Beckenschlägen begrüßt. Aber die Kommunisten sind in schlichtes Blau gekleidet mit einer einzigen roten Mao-Plakette, während meine Mutter ein Seidenkleid und westliche Schuhe mit hohen Absätzen trug und sich in einer Sänfte tragen ließ. Als ganz gewöhnlicher Mensch war sie davongezogen und kehrte nun so wundertätig zurück wie die alten Magier, die aus den Bergen herunterkamen.

»Als ich aus meiner Sänfte stieg, riefen die Dorfbewohner ›Ahhh‹ über meine guten Schuhe und mein langes Kleid. Ich kleidete mich immer elegant, wenn ich Hausbesuche machte. Einige Dorfbewohner holten ihre Löwen heraus und tanzten vor mir einher. Ihr habt ja keine Ahnung, wie tief ich gesunken bin, als ich nach Amerika kam.« Bis mein Vater sie zu sich in die Bronx holte, leistete meine Mutter in Betten und Schweinekoben Geburtshilfe. Sie hielt Nachtwache während einer Epidemie und sang bei Luftangriffen Beschwörungsformeln. Sie richtete Knochen, die seit Jahren verkrümmt waren, während Verwandte die Verkrüppelten festhielten, und das alles niemals weniger elegant gekleidet als damals, als sie aus der Sänfte stieg.

Auch ihren Namen änderte sie nicht: Tapfere Orchidee. Ausgebildete berufstätige Frauen haben das Recht, ihren Mädchennamen beizubehalten, wenn sie das wollen. Selbst nach der Emigration behielt meine Mutter den Namen Tapfere Orchidee bei, ohne einen amerikanischen Namen hinzuzufügen oder einen für amerikanische Notfälle in Reserve zu halten.

Hinter der Sänfte einhergehend, so daß die Menge sie für eine der ihren hielt, die alle dem neuen Doktor folgten, schritt ein stilles junges Mädchen. Sie trug einen weißen Welpen und einen oben verknoteten Reissack unter dem Arm. Ihre Zöpfe und das Schwänzchen des Welpen waren mit rotem Garn verziert. Sie hätte sowohl Tochter als Sklavin sein können.

Als meine Mutter zum Einkaufen auf den Markt von Kanton gegangen war, hatte sich ihre Brieftasche entfaltet wie Vogelschwingen. Sie hatte ihr Diplom bekommen; nun war es Zeit zum Feiern. Sie hatte die Samenhandlungen durchstöbert, verschiedene Sorten ausprobiert, die so unterschiedlich waren wie Weine, und einen ganzen Sack davon gekauft, der größer war als ein Kind, um ihre Neffen und Nichten damit zu verwöhnen. Ein Händler hatte ihr eine frische Nuß an einem Zweig mit schmalen Blättern gereicht. Meine Mutter klopfte die dünne Holzschale in ihrer gebogenen Handfläche auf. Die weiße Frucht, ein Auge ohne Iris, ließ ihr das Wasser im Mund zusammenlaufen. Den braunen Kern spie sie aus.

Für meinen Großvater hatte sie eine Schildkröte gekauft, denn das würde sein Leben verlängern helfen. Sie hatte ganze Berge von Stoffen durchwühlt und die Schatten unter den Markisen erkundet. Sie gab den Bettlern Reis und den Briefschreibern Münzen, damit sie ihr Geschichten erzählten. (»Manchmal war das, was ich ihnen gab, alles, was sie besaßen. Und Geschichten natürlich.«) Sie ließ sich von einem Wahrsager die Linien ihrer Fingerabdrücke deuten; er prophezeite ihr, daß sie China verlassen und noch sechs Kinder bekommen werde. »Sechs«, sagte er, »ist die Zahl für alles. Du bist eine sehr glückliche Frau. Sechs ist die Zahl des Universums. Die vier Himmelsrichtungen plus Zenit und Nadir ergeben sechs. Es gibt sechs tiefe Phoenix-Töne und sechs hohe, sechs äußere Lebensbedingungen, sechs Sinne, sechs Tugenden, sechs Pflichten, sechs Sorten von Schriftzeichen, sechs Haustierarten, sechs Künste und sechs Formen der Metamorphose. Vor über zweitausend Jahren taten sich sechs Staaten zusammen, um Ch'in zu stürzen. Und dann gibt es natürlich die Hexagramme des ›I Ging‹, und es gibt die großen Sechs – China.« So interessant seine Aufzählung der Sechsen war, meine Mutter eilte weiter; denn sie war auf den Markt gekommen, um sich eine Sklavin zu kaufen.

Zwischen den Ständen und Geschäften zeigte ein jeder, der Platz fand, sein neuestes Kunststück gegen Geld: ein Magier, der aus Dreck Gold machte, fünfundzwanzig Akrobaten auf einem Einrad, ein Mann, der schwimmen konnte. Landbewohner brachten seltsame purpurne Textilien, Puppen mit großen Füßen, Gänse mit braunen Federhauben auf dem Kopf, Hühner mit weißen Federn und schwarzer Haut, Glücksspiele und Puppentheater, kunstvolle Methoden, Backwaren und Ahnengeld anzuordnen und zu falten, eine neue Boxstellung.

Hirten sperrten Seitengassen mit Stricken ab, um ihre Ziegen dort einzupferchen, die mit eckigen Pupillen aus dem Dämmer hervorblickten. Mit einer Handvoll Gras lockte meine Mutter sie ans Licht und beobachtete, wie sich die winzigen gelben Fenster schlossen und dann, wenn die Ziegen in den Schatten zurücksprangen, wieder öffneten. Zwei Bauern, die sich, jeder mit einer Kuh am Strick, begegneten, riefen einander Preise zu. Normalerweise hätte sich meine Mutter ganz dem Vergnügen hingegeben, unter vielen Menschen zu sein, hätte das Geldspiel genossen, das die Leute mit den rivalisierenden Hirten spielten, die sich gegenseitig die Kühe der Konkurrenten beschrieben: ›knochige Schulterblätter‹, ›lahme Beine‹, ›struppiges Fell‹, ›abschreckendes Aussehen‹. Heute jedoch beeilte sie sich sogar, als sie die Affenkäfige betrachtete, die bis hoch über ihren Kopf gestapelt waren. Nur bei den Enten blieb sie kurz stehen, die wild quakten, während ihre Federn flogen, weil ein Passant heftig gegen ihre Käfige gestoßen war. Meine Mutter sah sich gern Enten an und malte sich dabei aus, wie sie für sie neben dem Süßkartoffelacker einen Teich anlegen und ihnen Streu für ihre Nester hinwerfen würde. Sie entschied, der Erpel mit dem grünen Kopf sei der beste, der edelste, obwohl sie ihn nur erstehen wollte, wenn sie Geld übrig behielt; zu Hause züchtete sie bereits eine noch edlere Gattung.

Zwischen den Verkäufern mit ihren Stricken, Käfigen und Wasserbehältern befanden sich die Händler, die kleine Mädchen feilboten. Manchmal stand nur ein einzelner Mann am Straßenrand, der ein einziges Mädchen verkaufen wollte. Dann wieder gab es Eltern, die ihre Töchter feilboten, sie hin und her schubsten. Meine Mutter wandte sich ab und betrachtete lieber Töpfe und Stickereien als diese elenden Familien, die nicht Verstand genug besaßen, um die bevorzugten Geschwister zu Hause zu lassen. Die Gesichter der Kinder zeigten keine Regung. Von den Eltern, die weinten und ihre Töchter nicht losließen, wollte meine Mutter nicht kaufen. Die versuchten die Interessenten zum Reden zu bringen, um herauszufinden, was für eine Herrschaft sie abgeben würden. Wenn sie von einer Kundin erfuhren, daß es einen Stuhl in der Küche gab, konnten sie sich in den folgenden Jahren stets sagen, daß ihre Tochter sich jetzt bestimmt auf diesem Küchenstuhl ausruhe. Es war barmherzig, diesen Eltern ein paar Einzelheiten über den Garten, eine nette, hinfällige Großmutter oder gutes Essen zu erzählen.

Meine Mutter kaufte ihre Sklavin lieber bei einem Berufshändler, der seine Mädchen ordentlich in einer Reihe aufgestellt hatte; sobald ein Kunde erschien, verneigten sie sich alle gemeinsam. »Guten Tag, Herr«, sagten sie. »Guten Tag, Herrin.«» Kaufen Sie eine kleine Sklavin, die für Sie die Einkäufe erledigt«, riefen die älteren Mädchen im Chor. »Wir haben feilschen gelernt. Wir haben nähen gelernt. Wir können kochen, wir können stricken.« Manche Händler ließen die Kinder nur stumm Verbeugungen machen. Andere ließen sie ein fröhliches Lied von bunten Blumen singen.

Falls keine Gruppe kleiner Mädchen ihr besonderes Interesse fand, ging meine Mutter, die Menschen mißtraut, die öffentlich ihr Anliegen darlegen, zu den stillen, älteren Mädchen mit den würdevolleren Gebärden. »Ein Händler, der mit einem Schild ›Ehrliche Waage‹ wirbt, muß vorgehabt haben, sie zu wiegen«, sagt sie. Viele Verkäufer zeigten ein Schild mit der Aufschrift ›Hier werden Kinder und alte Männer nicht übervorteilt‹.

Kleinkinder, die selbst kaum laufen konnten, trugen Säuglinge auf dem Rücken. In den undisziplinierten Gruppen krabbelten die Kinder bis in die Gosse, und die älteren Mädchen taten, als wären sie allein, Töchter unter Sklaven. Die Ein- bis Zweijährigen gab es umsonst.

»Begrüßt die Dame!« befahl der Händler, so wie es die Mütter tun, wenn Besuch kommt.

»Guten Tag, Herrin«, sagten die Mädchen.

Meine Mutter brauchte sich nicht zu verneigen, und sie tat es auch nicht. Sie übersah die Säuglinge und Kleinkinder und unterhielt sich mit den ältesten Mädchen.

»Öffne den Mund«, verlangte sie und untersuchte die Zähne. Sie zog die Augenlider herab, um sie auf Blutarmut zu kontrollieren. Sie griff nach den Handgelenken der Mädchen, um ihnen den Puls zu fühlen, der alles verrät.

Bei einem Mädchen, dessen kräftiges Herz wie Donnerschlag klopfte und seine Kraft bis in ihre Fingerspitzen schickte, blieb sie stehen. »Eine solche Tochter hätte ich niemals verkauft«, erklärte sie uns. Meine Mutter konnte keinen Fehler an diesem Pulsschlag finden; er paßte zu ihrem eigenen, dem wahren Rhythmus. Es gab Menschen, die nervös waren, Menschen mit einem unregelmäßigen, zuweilen unterbrochenen Rhythmus, mit verschlagenem, heimlichem Rhythmus. Die folgten nicht den Klängen von Erde-Meer-Himmel und der chinesischen Sprache.

Meine Mutter zog das grüne Notizbuch heraus, das mein Vater ihr zum Abschied geschenkt hatte. Es enthielt eine Karte der beiden Hemisphären auf dem Innendeckel und besaß ein Schloß wie eine Handtasche. »Paß gut auf«, sagte sie. Mit einem amerikanischen Bleistift schrieb sie ein Wort, ein glückbringendes Wort wie etwa ›Langlebigkeit‹ oder ›doppelte Freude‹, das ist symmetrisch.

»Sieh gut hin«, forderte sie das Mädchen auf. »Wenn du dieses Wort aus dem Gedächtnis schreiben kannst, werde ich dich mit mir nehmen. Konzentriere dich also.« Sie schrieb es in einfacher Form und faltete die Seite unmittelbar danach zusammen. Das Mädchen ergriff den Bleistift und schrieb mit sicherer Hand; sie ließ keinen einzigen Strich aus.

»Was würdest du tun«, fragte nunmehr meine Mutter, »wenn du auf einem Feld eine goldene Uhr verloren hättest?«

»Ich kenne eine Beschwörung auf den Fingerknöcheln«, antwortete das Mädchen. »Aber selbst wenn einer meiner Knöchel mir bedeuten sollte, nicht weiterzusuchen, würde ich bis zur Mitte des Feldes gehen und spiralförmig alles absuchen, bis ich den Rand des Feldes erreicht hätte. Erst dann würde ich aufgeben und nicht weitersuchen.« In das Notizbuch meiner Mutter zeichnete sie das Feld und ihren spiralförmigen Weg.

»Wie schlägt man Maschen auf?«

Das Mädchen zeigte es pantomimisch mit seinen großen Händen.

»Wieviel Wasser tust du in einen Reistopf für eine fünfköpfige Familie? Wie schließt man ein Webstück ab, damit es sich nicht wieder aufribbelt?«

Jetzt war es an der Zeit, so zu tun, als sei sie mit den Antworten der Sklavin unzufrieden, damit der Händler nicht einen Aufschlag für eine geschickte Arbeiterin verlangte.

»Man bindet die losen Enden zu Quasten«, sagte das Mädchen.

Meine Mutter krauste die Stirn. »Und wenn ich eine glatte Kante wünsche?«

Das Mädchen zögerte. »Ich könnte, äh, die Fäden nach unten umschlagen und festnähen. Oder wie wär's, wenn ich die Fäden abschnitte?«

Meine Mutter bot dem Händler die Hälfte des von ihm geforderten Preises. »Meine Schwiegermutter bat mich, ihr eine Weberin zu besorgen, doch offensichtlich werden wir viele Monate mit der Ausbildung des Mädchens vergeuden müssen.«

»Aber sie kann stricken und kochen«, wandte der Händler ein, »und sie kann verlorengegangene Uhren wiederfinden.« Er verlangte jetzt einen Preis, der höher war als ihr Angebot, aber niedriger als seine erste Forderung.

»Ich kann auch stricken und kochen und Verlorenes wiederfinden«, erklärte meine Mutter. »Was meinen Sie, wie ich sonst wohl auf so geniale Fragen gekommen wäre? Glauben Sie, ich würde eine Sklavin kaufen, deren Arbeit mich bei meiner Schwiegermutter aussticht?« Meine Mutter ging davon, um sich einer Gruppe hungriger Sklavinnen auf der anderen Straßenseite zuzuwenden. Als sie zurückkam, verkaufte ihr der Händler das Mädchen zu dem von meiner Mutter gebotenen Preis.

»Ich bin ein Doktor«, informierte sie ihre neue Sklavin, als sie außer Hörweite des Händlers waren. »Ich werde dich zu meiner Gehilfin ausbilden.«

»Doktor«, sagte die Sklavin nun, »ist Ihnen klar, daß ich sehr wohl weiß, wie man die Kante eines Webstücks abschließt?«

»Ja, wir haben ihn schön hereingelegt«, antwortete meine Mutter.

Die zurückbleibenden Sklavinnen müssen ihnen voller Neid nachgeblickt haben. Ich fühlte auch Neid, denn meiner Mutter Begeisterung für mich ist weit weniger groß als für die Sklavin; auch konnte ich nicht die älteren Geschwister ersetzen, Bruder und Schwester, die starben, als sie noch klein waren. Während unserer ganzen Kindheit pflegte meine jüngere Schwester zu sagen: »Wenn ich groß bin, möchte ich Sklavin werden«, und meine Eltern lachten darüber, bestärkten sie noch in ihrem Wunsch. In den Warenhäusern ärgerte sich meine Mutter darüber, daß ich nicht schamlos feilschen konnte, die Scham der Armen. Sie stand hinter mir, schubste und knuffte mich und zwang mich, ihr Feilschen Wort für Wort zu übersetzen.

Am selben Tag kaufte sie bei einem Hundehändler einen weißen Welpen, den sie zu ihrem Leibwächter bei nächtlichen Krankenbesuchen abrichten wollte. Um seine Rute band sie hübsches rotes Garn, zur Neutralisierung des Unglücks. Den Schwanz zu stutzen hatte keinen Zweck, so weit sie ihn auch stutzte, der Stummel würde doch immer weiß bleiben, die Farbe der Trauer.

Der Welpe wedelte mit seinem roten geschmückten Schwänzchen, und die Arzthelferin hob ihn auf. Sie folgte meiner Mutter ins Dorf, wo sie immer genug zu essen bekam, weil sich meine Mutter zu einem guten Doktor entwickelte. Sie konnte die meisten spektakulären Krankheiten heilen. Mußte jedoch ein Kranker sterben, las meine Mutter sein Schicksal bereits ein Jahr zuvor in den Gesichtern der Schwiegertöchter. Ein schwarzer Schleier schien sich über ihre Haut zu legen. Und obwohl sie lachten, hob und senkte sich diese Schwärze in ihrem Atem. Ein Blick auf die Schwiegertochter, die ihr im Haus des Kranken die Tür öffnete, und meine Mutter befand: »Holt lieber einen anderen Doktor.« Mit dem Tod wollte sie nicht in Berührung kommen; dadurch blieb sie makellos, trug nur Gesundheit von Haus zu Haus. »Sie muß ein konvertierter Jesus sein«, sagten die Leute aus den entlegenen Dörfern. »Alle ihre Patienten werden gesund.« Je größer die Mundpropaganda, desto größer die Entfernungen, die sie zurücklegen mußte. Sie hatte überall Patienten.

Manchmal besuchte sie ihre Patienten zu Fuß. Ihre Sklavin/Gehilfin trug einen Schirm, wenn meine Mutter Regen voraussagte, und einen Parasol, wenn sie Sonne voraussagte. »Mein weißer Hund stand immer an der Tür und wartete auf mich, wenn ich nach Hause kam«, erzählte sie. Wenn sie Lust hatte, ließ meine Mutter die Sklavin/Gehil-

fin zu Hause, damit sie auf die Praxis aufpaßte, und nahm statt dessen den weißen Hund mit.
»Was ist aus deinem Hund geworden, als du nach Amerika kamst, Mutter?«
»Ich weiß es nicht.«
»Was ist aus der Sklavin geworden?«
»Ich habe ihr einen Mann besorgt.«
»Wieviel hast du für sie bezahlt?«
»Einhundertachtzig Dollar.«
»Wieviel hast du dem Arzt und dem Krankenhaus bezahlt, als ich geboren wurde?«
»Zweihundert Dollar.«
»Ach.«
»Das heißt, zweihundert amerikanische Dollar.«
»Waren die einhundertachtzig Dollar auch amerikanisches Geld?«
»Nein.«
»Wieviel war das denn in amerikanischem Geld?«
»Fünfzig Dollar. Und auch nur, weil sie schon sechzehn Jahre alt war. Achtjährige kosteten ungefähr zwanzig Dollar. Fünfjährige von zehn Dollar aufwärts. Zweijährige ungefähr fünf Dollar. Säuglinge gab es umsonst. Während des Krieges jedoch, als du geboren wurdest, gaben viele Leute auch ältere Mädchen umsonst fort. Und ich war in den Vereinigten Staaten und mußte zweihundert Dollar für dich bezahlen!«
Wenn meine Mutter die Kranken in den Dörfern besuchte, ließen sich die Geister, die Verstorbenen, die Menschenaffen aus den Bäumen herabfallen. Sie entstiegen dem Brückenwasser. Meine Mutter sah sie aus Hälsen hervorkommen. Die medizinische Wissenschaft versiegelt nicht die Erde, deren niedere Kreaturen Haar um Haar hervorgesickert kommen, getarnt wie der Rauch, der sie vertreibt. Gegen den einen Geist hatte sie anscheinend obsiegt, doch Geister gibt es in vielerlei Arten. Mehrere können im gleichen Augenblick denselben Platz einnehmen. Sie durchdringen die Fasern von Holz, Metall und Stein. Mikroskopisch kleine Tiere purzeln vor unserem Gesicht

umher, wenn wir atmen. Auf unsere Dächer müssen wir Spitzgiebel anbringen, damit die lästigen Verstorbenen an ihnen hinaufklettern und vielleicht zu den Sternen aufsteigen können, der Quelle von Vergebung und Liebe.

An schönen Frühlingstagen wedelten die Bewohner eines Dorfes, in dem meine Mutter niemals zuvor gewesen war, mit Pfirsichzweigen und Fächern, den Emblemen von Chung-li Ch'uan, dem Obersten der Acht Weisen und Bewahrer des Lebenselixiers. Die rosa Blüten fielen auf das schwarze Haar und das Gewand meiner Mutter. Die Dorfbewohner ließen Feuerwerkskörper los, als wäre es Neujahr. Doch wenn es wirklich Neujahr gewesen wäre, hätte sie sich in ihrem Haus einschließen müssen. In den ersten Tagen eines neuen Jahres wollte niemand einen Arzt zu Besuch haben.

Des Nachts aber schritt meine Mutter eilig aus. Sie und die Banditen waren als einzige unterwegs, für Hebammen gab es keine Sänfte. Eine Zeitlang wurden die Straßen von einem phantastischen Wesen, halb Mensch, halb Affe, unsicher gemacht, den ein Mann, der den Westen bereiste, gefangen und in einem Käfig nach China mit heimgebracht hatte. Mit seinem neuen Geld hatte der Mann sein Haus um einen vierten Flügel erweitert, und im Innenhof pflanzte er einen Bambushain. Der Affenmensch konnte die leichten Blätter, die seinem Käfig Schatten spendeten, durch die Stäbe hindurch berühren.

Diese Kreatur nun hatte die Gitterstäbe durchgenagt. Oder sie hatte ihren Besitzer genarrt, bis dieser sie im Hof spielen ließ, und war dann mit einem Satz über das Dach des neuen Flügels gesprungen. Jetzt lief das Wesen frei in den Wäldern herum, nährte sich von Eichhörnchen, Mäusen und hier und da einer Ente oder einem Ferkel. Meine Mutter entdeckte etwas noch Dunkleres in der Dunkelheit; daran erkannte sie, daß ihr jemand folgte. Sie hatte einen Knüppel bei sich, und neben ihr lief der weiße Hund. Von dem Affenmenschen wußte sie, daß schon Leute von ihm angegriffen worden waren. Sie hatte ihre Biß- und Klauenwunden behandelt. Fast ganz ohne Blättergeraschel sprang der Affenmensch hinter den Bäumen hervor und versperrte ihr den Weg. Der weiße Hund kläffte. Das Affending, groß wie ein Mensch, hüpfte auf einem Fuß. Den anderen hielt es sich mit beiden Händen, weil es ihn sich beim Sprung verletzt hatte. Es besaß langes orangegelbes Haar und einen Bart. Sein Besitzer hatte ihm einen braunen Reissack mit Löchern für Hals und Arme übergezogen. Mit menschlichen Augen blinzelte es meine Mutter an und bewegte den Kopf hin und her, als müsse es überlegen. »Geh nach Hause!« rief sie ihm zu und schwang den Knüppel. Es imitierte ihre Armbewegungen mit einer erhobenen Hand, und mit der anderen Hand gestikulierte es. Als sie jedoch auf das Ding zutrat, machte es kehrt und verschwand hinkend im Wald. »Wage es nie wieder, mir Angst einzujagen!« schrie sie seinem entschwindenden Hinterteil nach, das schwanz- und haarlos unter dem Sackhemd hervorschaute. Ein Gorilla war es ganz eindeutig nicht; sie hatte inzwischen einige davon im Zoo gesehen, und dieser Affenmensch war ganz anders. Wenn ihr Vater von seinen Reisen nicht Dritte Frau mitgebracht hätte, die keine Chinesin war, meine Mutter hätte diese orangegelbe Kreatur mit der großen Nase für einen Barbaren aus dem Westen gehalten. Doch die Dritte Frau meines Großvaters war schwarz und hatte so krauses Haar, daß es nicht glatt herabhängen wollte, sondern sich zu einer großen braunen Federkrone auftürmte. (Zuerst redete sie ständig, aber wer konnte sie schon verstehen? Nach einer Weile sprach sie überhaupt nicht mehr. Sie bekam einen Sohn.) Der Besitzer des Affenmenschen fing ihn schließlich wieder ein, indem er ihn mit gekochtem Schweinefleisch und Wein in seinen Käfig zurücklockte. Zuweilen suchte meine Mutter das Haus des reichen Mannes auf, um sich den Affenmenschen zu betrachten. Er schien sie wiederzuerkennen und lächelte, wenn sie ihm Süßigkeiten gab. Vielleicht war er überhaupt kein Affenmensch, sondern einer jener Tigermenschen einer wilden Rasse des Nordens.

Meine Mutter war Hebamme für alles, was auf die Welt kommen wollte, denn hier konnte sie nicht wählen wie bei den Alten und Kranken. Aber sie war nicht zimperlich, sondern fing geschickt Sprößlinge auf, die manchmal Kinder, manchmal Monster waren. Wenn sie den Landfrauen half, die unbedingt im Schweinekoben gebären wollten, konnte sie beim Schein der Sterne und des Mondes nicht recht erkennen, was für ein Wesen da auf die Welt gekommen war, bis sie es ins Haus hineintrug. »Hübsches Schweinebaby, hübsches Ferkel!« gurrten sie und die Mutter gemeinsam, um die Geister irrezuführen, die nach Neugeborenen auf der Lauer lagen. »Häßliches Schwein, schmutziges Schwein!« täuschten sie die Götter, die voll Neid auf das Glück der Menschen herabblickten. Sie fühlten nach Fingern und Zehen, tasteten nach Penis oder Nicht-Penis, wußten aber erst später mit Sicherheit, ob die Götter ihnen etwas Gutes gegönnt hatten.

Ein kleiner Junge wirkte in der kühlen, opalenen Morgendämmerung perfekt, so richtig schön rundlich. Doch als meine Mutter ihn drinnen im Haus untersuchte, schlug er die Augen auf, und die waren blau. Vielleicht hatte er ungeschützt in den Himmel geschaut, und der war in ihn eingedrungen. Seine Mutter meinte, ein Geist sei in ihn hineingefahren, doch meine Mutter erklärte, das Kind sei hübsch.

Nicht alle Mißbildungen konnten so wohlwollend erklärt werden. Ein Kind, das ohne After geboren wurde, ließ man auf dem Abort liegen, damit die Familie es nicht schreien hören mußte. Immer wieder ging jemand hin, um nachzusehen, ob es schon tot war, aber es lebte noch sehr lange. Jedesmal, wenn sie hingingen und nachsahen, weinte es und preßte, als versuchte es, sich zu entleeren. Tagelang ging die ganze Familie entweder auf die Felder oder benutzte die Nachtstühle.

Als Kind sah ich immer ein nacktes Kind vor mir, das auf einer modernen Toilette saß und sich verzweifelt zu entleeren suchte, bis es an Verstopfung starb. Ich mußte schnell das Badezimmerlicht einschalten, damit kein kleiner Schatten die Gestalt eines Kindes annehmen konnte, das zuweilen auf dem Badewannenrand hockte, so übertrieben war seine Hoffnung auf Entleerung. Wenn ich des Nachts aufwachte, hörte ich aus dem Badezimmer manchmal das Stöhnen und Weinen eines Säuglings. Aber ich stand nicht auf, um ihm zu helfen, sondern wartete, bis es aufhörte.

Ich hoffe, dieses afterlose Baby beweist, daß meine Mutter nie einen Karton voll sauberer Asche neben dem Bett einer Wöchnerin bereitgestellt hat, für den Fall, daß es ein Mädchen sein sollte. »Die Hebamme oder eine Verwandte ergriff den Hinterkopf eines weiblichen Neugeborenen und preßte das Gesichtchen in die Asche«, erzählte meine Mutter. »Das war leicht.« Sie sagte niemals, daß sie selbst auch Babys umgebracht habe, aber vielleicht war das afterlose Baby ein kleiner Junge.

Selbst hier auf dem Goldberg bringen dankbare Paare meiner Mutter Geschenke, weil sie ihnen eine Suppe gekocht hat, die nicht nur ihre Unfruchtbarkeit heilte, sondern ihnen einen Sohn bescherte.

Meine Mutter hat mir Bilder eingegeben, von denen ich träume – Alptraumbabys, die immer wieder kommen, immer wieder zusammenschrumpfen, bis sie auf meine Handfläche passen. Ich krümme die Finger, um dem Baby eine Wiege zu machen, forme mit der anderen Hand einen Baldachin. Ich möchte das Traumbaby beschützen, damit es nicht leidet, es niemals aus den Augen lassen. In einer Sekunde der Unaufmerksamkeit jedoch verliere ich das Baby. Ich muß ganz still stehen, weil ich fürchte, es zu zertreten. Oder es schlüpft mir durch die Finger, weil meine Finger nicht schnell genug Schwimmhäute bilden können. Oder ich bade es, drehe behutsam den Kaltwasserhahn auf, aber es kommt kochend heißes Wasser heraus, verbrüht das Baby, bis seine Haut sich spannt und sein Gesicht nur noch ein rotes schreiendes Loch ist. Das Loch wird stecknadelkopfklein, weil das Kind vor mir zurückweicht.

Um mein Wachleben amerikanisch-normal zu gestalten, schalte ich die Lichter ein, bevor etwas Unangenehmes auftauchen kann. Ich verbanne die Deformierten in meine Träume, die ich auf chinesisch träume, in der Sprache der unglaublichen Geschichten. Bevor wir unsere Eltern verlassen können, stopfen sie uns den Kopf voll wie einen Koffer, den sie bis obenhin mit selbstgenähter Unterwäsche vollpacken.

Wenn das Thermometer in unserer Wäscherei an Sommernachmittagen über vierzig Grad erreichte, sagte entweder meine Mutter oder mein Vater, es sei nun Zeit, wieder einmal eine Geistergeschichte zu erzählen, damit es uns schön kalt über den Rücken laufe. Meine Eltern, meine Geschwister, Großonkel und ›Dritte Tante‹, die eigentlich gar nicht unsere Tante war, sondern eine Dorfbewohnerin und Dritte Tante eines anderen, ließen die Bügelpressen krachen und zischen und schrien dabei ihre Geschichten heraus. Das waren unsere erfolgreichen Tage, wenn soviel Wäsche hereinkam, daß meine Mutter nicht Tomaten pflücken gehen mußte. Zur Erholung verlegten wir uns dann vom Bügeln aufs Sortieren.

»Eines Tages in der Dämmerung«, begann meine Mutter, und schon lief es mir kalt den Rücken hinab und über die Schultern; die Härchen in meinem Nacken und auf meinen Beinen sträubten sich, »eines Tages in der Dämmerung ging ich nach Hause, nachdem ich eine kranke Familie behandelt hatte. Der Heimweg führte über eine Fußgängerbrücke. Die Brücken in China sind nicht so wie die Brücken in Brooklyn und San Francisco. Diese hier bestand aus Seilen, geflochten und verknotet wie von Elstern. Aber sie war von Männern gefertigt worden, die heimgekehrt waren, nachdem sie in Malaya Seeschwalbennester geerntet hatten. Sie hatten sich in selbstgeflochtenen Körben über die malayischen Klippen hinablassen müssen. Obwohl die Brücke im Aufwind schaukelte und schwankte, war noch nie jemand in den Fluß gefallen, der unten auf dem Grund des Canyons aussah wie ein heller Kratzer, den die Himmelsgöttin mit ihrer großen silbernen Haarnadel über Erde und Himmel gezogen hatte.«

Eines Tages in der Dämmerung, als meine Mutter die Brücke betrat, stiegen zwei Rauchsäulen vor ihr auf, spiralförmig und größer als sie. Ihre schwankenden Spitzen wiegten sich über ihrem Kopf wie weiße Kobras, eine an jedem Halteseil. Aus der Stille kam ein Wind zwischen den Rauchspiralen auf. Ein hoher Ton drang in ihre Schläfenknochen. Durch den Wirbelwind sah sie die Sonne und den Fluß, der Fluß wirbelte in Kreisen, die Bäume standen auf dem Kopf. Die Brücke schwankte wie ein Schiff, daß ihr übel wurde. Die Erde versank. Sie fiel auf die Holzbohlen, eine Leiter zum Himmel, ihre Finger so schwach, daß sie die Sprossen nicht packen konnte. Der Wind zerrte ihr Haar nach hinten, dann peitschte er es nach vorn über ihr Gesicht. Plötzlich waren die Rauchsäulen verschwunden. Die Welt wurde wieder normal, und sie gelangte auf die andere Seite. Als sie zurückblickte, war nichts zu sehen. Sie benutzte die Brücke häufig, doch nie wieder begegnete sie diesen Geistern.

»Das waren Sit Dom Kuei«, sagte Großonkel. »Sit Dom Kuei.«

»Ja, natürlich«, bestätigte meine Mutter. »Sit Dom Kuei.«

Immer wieder suche ich in Wörterbüchern nach diesen Ausdrücken. ›Kuei‹ heißt ›Geist‹, doch andere Wörter, die plausibel klingen, finde ich einfach nicht. Ich höre nur noch die Flußpiratenstimme meines Großonkels, die Stimme eines großen Mannes, der in New York oder auf Kuba irgend jemanden umgebracht hatte, diese Silben aussprechen: »Sit Dom Kuei.« Wie heißen sie übersetzt? Was sollen sie bedeuten?

Als die Kommunisten ihre Anleitungen über die Bekämpfung der Geister veröffentlichten, suchte ich nach ›Sit Dom Kuei‹. Ich konnte nirgends eine Erklärung finden, obwohl ich jetzt erkenne, daß meine Mutter in einem Geisterkampf gesiegt hatte, weil sie alles essen kann: flink die Karpfenaugen herausgerissen, eines für Mutter, eines für Vater. Alle Helden sind unerschrocken, wenn es ums Essen geht. Die von der chinesischen Akademie der Wissenschaften veröffentlichte Untersuchung über Geisterfurcht enthält die Geschichte eines Verwaltungsangestellten namens Kao Chung, eines wackeren Essers, der im Jahre 1683 fünf gekochte Hühner aß und zehn Flaschen Wein trank, die dem Seeungeheuer mit den schiefen Zähnen gehörten. Das Ungeheuer hatte seine Speisen am Strand um ein Feuer geschichtet und fing gerade an zu essen, als Kao Chung angriff. Das Schwanenfederschwert, das er diesem Ungeheuer entrang, ist heute noch im Bezirks-Arsenal Wentung in Schantung zu sehen.

Noch ein anderer großer Esser war Chou Yi-han aus Tschangtschau, der einen Geist grillte. Als er ihn zerlegte und kochte, wurde er zu einem Stück Fleisch. Zuvor aber war er eine Frau gewesen, die sich bei Nacht im Freien befand.

Während der Yuan-Ho-Periode der T'ang-Dynastie (A. D. 806–820) aß Chen Luan-feng gelben Grunzfisch zusammen mit Schweinefleisch, was der Donnergott verboten hatte. Aber Chen wollte, da Dürre herrschte, Donner und Blitz heraufbeschwören. Als er mit dem Essen begann, sprang der Donnergott vom Himmel herab, seine Beine uralten Bäumen gleich. Chen hieb ihm das linke Bein ab. Der Donnergott stürzte zu Boden, und die Dorfbewohner sahen, daß er ein blaues Schwein oder ein blauer Bär war, mit Hörnern und fleischigen Schwingen. Chen sprang ihn an, bereit, ihm den Kopf abzuschlagen und die Kehle durchzubeißen. Doch die Dorfbewohner hinderten ihn daran. Von da an lebte Chen abseits als Regenmacher, denn weder Verwandte noch Mönche wollten Blitze auf sich herabbeschwören. Er wohnte in einer Höhle, und jahrelang, immer wenn Dürre herrschte, baten ihn die Dorfbewohner, gelben Grunzfisch zusammen mit Schweinefleisch zu essen, und er tat es.

Der sagenhafteste Esser von allen war jedoch Wei Pang, ein Gelehrter und Jäger in der Ta-Li-Periode der T'ang-Dynastie (A. D. 766–779). Er schoß und kochte Kaninchen und Vögel, aber er konnte auch Skorpione essen, Schlangen, Küchenschaben, Würmer, Schnecken, Käfer und Grillen. Einmal verbrachte er die Nacht in einem Haus, das verlassen war, weil sich die Bewohner vor Ansteckung bei einem Toten nebenan fürchteten. Aus der Dunkelheit flog eine glänzende, blitzende Kugel auf Wei zu. Er streckte sie mit drei treffsicheren Pfeilen nieder: der erste ließ das Ding knistern und aufflammen, der zweite verblassen, der dritte zischend verlöschen. Als sein Diener mit einer Lampe gelaufen kam, sah Wei, daß seine Pfeile in einem ringsum mit Augen bedeckten Fleischball steckten, einige davon so verdreht, daß nur das Weiße zu sehen war. Er und der Diener zogen die Pfeile heraus und schnitten die Kugel in kleine Stücke. Der Diener briet die Portionen in Sesamöl, und Wei lachte, weil es so herrlich duftete. Sie aßen die Hälfte, die andere Hälfte hoben sie auf, um sie der Familie zu zeigen, die nunmehr zurückkommen konnte.

Starke Esser siegen immer. Als die anderen Passanten einem in weiße Seide gewickelten Bündel auswichen, nahm der unbekannte Wissenschaftler von Hantschau es mit nach Hause. Drinnen fand er drei Silberbarren und einen froschähnlichen Geist, der auf den drei Barren hockte. Der Gelehrte lachte darüber und jagte ihn davon. In jener Nacht erschienen zwei Frösche von der Größe zweier einjähriger Kinder in seinem Zimmer. Er schlug sie tot, briet sie und aß sie mit Weißwein. In der nächsten Nacht sprangen ein Dutzend Frösche, alle zusammen von der Größe zweier einjähriger Kinder, von der Decke herab. Er aß sie alle zwölf zum Nachtmahl. In der dritten Nacht hockten dreißig kleine Frösche auf seiner Matte und starrten ihn mit ihren Froschaugen an. Auch die verspeiste er. Einen Monat lang erschienen jede Nacht immer kleinere, aber immer zahlreichere Frösche, so daß er immer die gleiche Menge zu sich nahm. Bald glich sein Fußboden den gesunden Ufern eines Teiches im Frühling, wenn die Frösche, die gerade geschlüpft sind, im nassen Gras herumspringen. »Hol dir einen Igel, damit er dir essen hilft«, riet ihm seine Familie. »Ich bin nicht schlechter als ein Igel«, entgegnete der Gelehrte lachend. Am Ende des Monats kamen keine Frösche mehr, und der Gelehrte blieb mit der weißen Seide und den Silberbarren ungestört.

Meine Mutter hat für uns gekocht: Waschbären, Stinktiere, Falken, Stadttauben, Wildenten, Wildgänse, schwarzhäutige Zwerghühner, Schlangen, Gartenschnecken, Schildkröten, die auf dem Küchenboden herumkrochen und manchmal unter den Kühlschrank oder den Herd entwischten, Katzenfische, die in der Badewanne schwammen. »Die Kaiser pflegten den Höcker purpurner Dromedare zu essen«, erzählte sie uns. »Sie benutzten Stäbchen aus Rhinozeroshorn, und sie verspeisten Entenzungen und Affenlippen.« Sie kochte das Unkraut, das wir im Hof ausrupften. Es gab da eine zarte Pflanze mit Blüten wie weiße Sterne, versteckt unter Blättern, die wie die Blütenblätter aussahen, nur grün. Seit ich erwachsen bin, habe ich diese Pflanze nirgendwo mehr gefunden. Sie schmeckte nach nichts. Als ich so groß war wie die Waschmaschine, trat ich eines Abends auf die hintere Veranda hinaus, und da flog mir etwas Schweres, Fedriges, Windiges, Klauenbewehrtes ins Gesicht. Auch später noch, als man mich in die Realität zurückgesungen hatte, zitterte ich bei dem Gedanken, daß überall Eulen mit breiten, hochgezogenen Schultern und gelben Augen hockten. Sie waren von meinem Vater als Überraschung für meine Mutter gedacht. Wir Kinder versteckten uns unter den Betten und verstopften mit den Fingern die Ohren, um die Vogelschreie und das Plop-Plop der Schildkröten nicht hören zu müssen, wenn sie im kochenden Wasser schwammen und ihre Panzer an die Topfwände stießen. Einmal lief Dritte Tante, die in der Wäscherei arbeitete, hinaus und kaufte uns Tüten voll Süßigkeiten, die wir uns vor die Nase halten sollten: Meine Mutter zerlegte auf dem Hackklotz ein Stinktier. Doch die Süßigkeiten konnten den gummiähnlichen Gestank nicht vergessen machen.

In einem Glas auf einem Regal bewahrte meine Mutter eine große braune Hand mit spitzen Klauen auf; sie war in Alkohol und Kräuter eingelegt. Sie muß sie aus China mitgebracht haben, denn ich erinnere mich, daß es sie von Anfang an gegeben hat. Sie sagte uns, es sei eine Bärentatze, und so glaubte ich jahrelang, daß Bären keine Haare hätten. Meine Mutter benutzte den Tabak, den Schnittlauch und die Gräser aus der Flüssigkeit, in der die Hand herumschwamm, um unsere Verstauchungen und Blutergüsse zu behandeln.

Genau in dem Augenblick, als ich auf das Regal hinaufklettern wollte, um abermals einen Blick auf die Hand zu werfen, hörte ich wieder die Affengeschichte meiner Mutter. Ich nahm die Finger aus den Ohren und ließ ihre Affenworte in mein Gehirn eindringen. Ich hörte aber nicht immer freiwillig zu. Sie begann mit der Erzählung, zum Beispiel für einen heimwehkranken Dorfbewohner, und ich hörte ihr zu, bevor ich mir die Ohren verstopfen konnte. Dann machten mich die Affenworte unruhig; ein Vorhang flatterte in meinem Gehirn. Am liebsten hätte ich gesagt: »Aufhören! Aufhören!« Aber ich habe niemals ›Aufhören‹ gesagt.

»Weißt du, was die Leute in China essen, wenn sie Geld haben?« begann meine Mutter. »Sie kaufen sich die Teilnahme an einem Affen-Festessen. Die Speisenden sitzen an einem dicken, runden Holztisch mit einem Loch in der Mitte. Kleine Jungen bringen an einer Stange den Affen herein. Sein Hals steckt in einem Kragen am Ende der Stange, und er schreit. Die Hände sind ihm auf dem Rücken gefesselt. Sie klemmen den Affen im Loch des Tisches fest; er umschließt seinen Hals wie ein zweiter Kragen. Mit einer Chirurgensäge schneiden die Köche die Kuppe der Schädeldecke auf. Um den Knochen zu lösen, schlagen sie mit einem winzigen Hammer darauf und helfen hier und da mit einem silbernen Gerät nach. Dann streckt eine alte Frau die Hand nach dem Gesicht des Affen aus, packt seinen Skalp, indem sie ein paar Haare zusammenfaßt, und hebt die Schädeldecke ab. Die Speisenden löffeln das Gehirn heraus.«

Sagte sie: »Ihr hättet sehen sollen, was für Grimassen der Affe schnitt«? Sagte sie: »Die Leute lachten über den schreienden Affen«? Lebte er noch? Die Vorhangzipfel schlossen sich wie barmherzige schwarze Schwingen.

»Eßt! Eßt!« rief meine Mutter uns zu, die wir mit gesenktem Kopf über unseren Schalen saßen, in denen der Blutpudding wabbelte.

Sie hatte eine einzige Regel, die uns vor Giftpilzen und ähnlichem bewahren sollte: »Wenn es gut schmeckt, ist es schlecht für euch«, erklärte sie. »Wenn es schlecht schmeckt, ist es gut für euch.«

Sie setzte uns vier bis fünf Tage alte Reste vor, bis wir alles aufgegessen hatten. Das Tintenfischauge erschien zum Frühstück und zum Abendbrot, bis es endlich gegessen war. Manchmal lag eine braune Masse auf jedem Teller. Ich habe den Ekel auf den Gesichtern unserer Besucher gesehen, wenn sie uns beim Essen überraschten.

»Hast du schon gegessen?« begrüßen die Chinesen einander.

»Ja, danke«, lautet die Antwort, ob es nun stimmt oder nicht. »Und du?«

Ich würde von Plastik leben.

Meine Mutter konnte gegen die haarigen Untiere, ob Fleisch oder Geist, darum bestehen, weil sie sie essen konnte, und an den Tagen, da gute Menschen fasten, konnte sie ebenso auch nicht essen. Meine Mutter war nicht verrückt, weil sie Geister sah, auch gehörte sie nicht zu jenen Frauen, die man verspottete, weil sie Verlangen nach Männern hatten. Sie war eine tüchtige Exorzistin; sie ›verlangte‹ nicht. Bei der Dorfidiotin war es anders, eine geistig zurückgebliebene Frau, die von den Dorfbewohnern gesteinigt wurde.

Kurz nach dieser Steinigung verließ meine Mutter China. Mein Vater hatte endlich das Geld für die Überfahrt zusammen, aber statt heimzukehren, ließ er sie nachkommen, eine weitere Verzögerung der Wiedervereinigung, diesmal wegen der Japaner. Als das Jahr 1939 kam, hatten die Japaner große Teile des Landes am Kwoo-Fluß erobert, und meine Mutter lebte mit anderen Flüchtlingen zusammen in den Bergen. (Ich sah oft zu, wie meine Eltern Flüchtling spielten, im Sitzen schliefen, eng aneinandergeschmiegt, den Kopf auf der Schulter des anderen, einander in den Armen haltend, die Decke wie ein kleines Zelt. »Aiaa«, seufzten sie. »Aiaa.« »Mutter, was ist ein Flüchtling? Vater, was ist ein Flüchtling?«) Die Japaner, obwohl klein von Wuchs, waren keine Geister, die einzigen Ausländer, die von den Chinesen nicht für Geister gehalten wurden. Sie stammten vielleicht von den chinesischen Entdeckern ab, die der Erste Kaiser von Ch'in (221-210 v. Chr.) ausgeschickt hatte, ihm die Langlebigkeitsmedizin zu bringen. Sie sollten nach einer Insel hinter dem östlichen Meer suchen, hinter dem unüberwindlichen Wind und Nebel. Auf dieser Insel lebten Phoenixe, Einhörner, schwarze Menschenaffen und weiße Hirsche. Zauberorchideen, seltsame Bäume und Büschel von Jaspis wuchsen auf Penglai, einem Feenberg, der der Fudschijama gewesen sein mag. Kamen die Entdecker schließlich ohne die Kräuter der Unsterblichkeit zurück, ließ ihnen der Kaiser den Kopf abschlagen.

Ein anderer Ahnherr der Japaner soll ein Menschenaffe gewesen sein, der eine chinesische Prinzessin vergewaltigte, die dann auf die östlichen Inseln flüchtete, wo sie das erste japanische Kind gebar. Was immer zutreffen mag, jedenfalls waren sie keine völlig fremde Rasse, da sie doch auch mit dem Königshaus verwandt waren. Chinesen, die keinen Sohn hatten, stahlen die männlichen Säuglinge japanischer Siedler, die sie am Rande des Kartoffelackers warm eingepackt abgelegt hatten.

Jetzt hielten die Dorfbewohner Ausschau nach japanischen Flugzeugen, die Tag für Tag die Berghänge beschossen. »Wenn ihr ein einziges Flugzeug seht, braucht ihr keine Angst zu haben«, instruierte uns meine Mutter. »Aber hütet euch vor Flugzeugen, die zu dritt kommen. Wenn sie sich verteilen, wißt ihr, daß sie Bomben abwerfen werden. Manchmal bedeckten die Flugzeuge den ganzen Himmel, und wir konnten nicht sehen, und wir konnten nicht hören.« Sie warnte uns, denn derselbe Krieg hielt jahrelang an, sogar noch, nachdem sie den Ozean überquert und uns geboren hatte. Wenn Maschinen der Pan Am und der United Air Lines über uns hinwegflogen, deren Motoren wie Insekten summten und dann immer lauter wurden, duckte ich mich unter die Bettdecke.

In den Bergen richtete meine Mutter in einer Höhle ein Lazarett ein und brachte die Verwundeten dorthin. Manche Dorfbewohner hatten noch nie zuvor ein Flugzeug gesehen. Mütter verstopften ihren Babys den Mund, damit ihr Geschrei nicht die Feindflieger anlockte. Die Bomben machten die Menschen wahnsinnig. Sie wälzten sich auf dem Boden, preßten sich an ihn, als könne die Erde ihnen eine Tür öffnen. Diejenigen, die nicht aufhören konnten zu zittern, selbst wenn die Gefahr vorüber war, schliefen in der Höhle. Meine Mutter erklärte ihnen die Flugzeuge, während sie sie an den Ohrläppchen zupfte.

Eines Nachmittags ruhten Frieden und Sommer auf den Bergen. Säuglinge schlummerten im hohen Gras unter Decken mit gestickten Blumen auf wilden Blumen. Es war ganz still; die Bienen summten, das Wasser des Flusses plätscherte über die Steine, die Felsen, die Löcher. Die Kühe unter den Bäumen schlugen mit dem Schwanz, Ziegen und Enten liefen den Kindern nach, und die Hühner scharrten im Dreck. Die Dorfbewohner standen im Sonnenschein zusammen. Sie lächelten einander zu. Hier waren sie, hoch über ihren Feldern, untätig, niemand schwang eine Hacke, wie Götter; niemand jätete – Neujahr im Sommer. Meine Mutter und die Frauen ihres Alters sprachen davon, wie sehr dieser Tag doch den geordneten Tagen vor langer Zeit glich, als sie in die Berge wanderten, um Brennholz zu sammeln, nur konnten sie jetzt trödeln, ohne von den Schwiegermüttern gescholten zu werden.

Die Dorfidiotin setzte ihren Kopfputz mit den kleinen Spiegeln auf, von denen einige auf roten Stengeln wippten. In ihrer rot-grünen Narrenkleidung begrüßte sie die Tiere und die schwankenden Zweige, als sie ihre Porzellantasse zum Fluß trug. Obwohl ihre Bandagen sich gelöst hatten, bewirkten ihre winzigen Füße, daß sich ihr Körper auf hübsche Art wiegte, auf Schuhen, die kleinen Brücken glichen. Singend kniete sie am Flußufer nieder und füllte ihre Tasse mit Wasser. Das randvolle Gefäß vorsichtig mit beiden Händen haltend, schritt sie auf eine Lichtung zu, wo sich das Licht des Nachmittags zu sammeln schien. Die Dorfbewohner wandten sich ihr zu und beobachteten sie. Sie tauchte die Fingerspitzen ins Wasser und verspritzte Tröpfchen aufs Gras und in die Luft. Dann stellte sie die Tasse hin und zog die langen weißen Unterärmel ihres altmodischen Kleides heraus. Nun drehte sie sich im Kreis, schwang die Ärmel hoch in die Luft, ließ sie dann wieder im Gras schleifen und tanzte im Licht. Die kleinen Spiegel an ihrem Kopfputz schossen Regenbogen ins Grün, strahlten von der Tasse mit Wasser zurück, fingen Wassertropfen ein. Meine Mutter hatte das Gefühl, in T'ieh-kuais Zauberkürbis zu blicken und das Schicksal einer koketten Sterblichen zu sehen.

Ein Dorfbewohner flüsterte: »Sie signalisiert den Fliegern.« Das Flüstern wurde deutlicher. »Sie signalisiert den Fliegern«, wiederholten die Leute. »Macht, daß sie aufhört! Macht, daß sie aufhört!«

»Nein, nein, sie ist nur eine arme Irre«, widersprach meine Mutter. »Sie ist eine harmlose Verrückte.«

»Sie ist eine Spionin. Sie spioniert für die Japaner.«

Dorfbewohner hoben Steine auf und rückten hügelabwärts vor.

»Nehmt ihr einfach die Spiegel weg«, rief ihnen meine Mutter nach. »Nehmt ihr einfach den Kopfputz weg!«

Aber schon fielen die ersten, versuchsweise geworfenen Steine rings um die Verrückte. Sie wich ihnen aus; sie versuchte lachend, sie zu fangen, endlich Leute, die mit ihr spielten.

Als die Dorfbewohner in Steinwurfnähe kamen, trafen die Steine härter. »Hier. Hier. Ich hole ihre Spiegel«, sagte meine Mutter, die den Hang hinab auf die Lichtung gelaufen war. »Gib mir deinen Kopfputz«, befahl sie, aber die Frau schüttelte nur kokett den Kopf.

»Seht ihr? Sie ist eine Spionin. Aus dem Weg, Doktor! Ihr habt doch gesehen, wie sie die Signale blinkt hat. Sie kommt jeden Tag an den Fluß, bevor die Flieger auftauchen.«

»Sie holt sich nur Trinkwasser«, entgegnete meine Mutter. »Auch Verrückte trinken Wasser.«

Jemand hob die Tasse der Verrückten auf und warf sie nach ihr. Sie zerbrach zu ihren Füßen. »Bist du eine Spionin? Bist du eine?« fragten sie.

Ein listiger Ausdruck trat in ihre Augen. »Ja«, antwortete sie, »ich besitze große Macht. Ich kann machen, daß der Himmel Feuer regnet. Ich. Ich habe das auch schon getan. Laßt mich in Ruhe, sonst tue ich es noch einmal.« Sie wich gegen den Fluß zurück, als wolle sie davonlaufen, aber auf ihren winzigen Füßen hätte sie niemals entkommen können.

Ein großer Stein traf sie am Kopf; unter dem Flattern ihrer Ärmel fiel sie zu Boden. Der Kopfputz klirrte um ihren zerschmetterten Kopf. Die Dorfbewohner rückten näher. Jemand hielt ihr eine Glasscherbe unter die Nase. Als sie trübe wurde, schlugen sie mit den Steinen in ihren Fäusten auf ihre Schläfen ein, bis sie tot war. Einige Dorfbewohner blieben noch bei der Toten und prügelten auf ihren Kopf, ihr Gesicht ein, zerschmetterten die kleinen Spiegel, bis nur noch silbrige Splitter übrig waren.

Meine Mutter, die der Szene den Rücken gekehrt hatte und den Berg hinaufstieg (sie behandelte nie jemanden, der im Sterben lag), blickte auf den zerschundenen Körper und die Wurfgeschosse, die Ärmel, die Blutflecken hinab. Am selben Nachmittag kamen die Flugzeuge wieder. Die Dorfbewohner begruben die Verrückte zusammen mit den anderen Toten.

Meine Mutter verließ China im Winter 1939, fast sechs Monate nach der Steinigung, und traf im Januar 1940 im New Yorker Hafen ein. Sie trug denselben Koffer, den sie schon nach Kanton mitgenommen hatte, dieses Mal jedoch mit Samen und Blumenzwiebeln gefüllt. Auf Ellis Island wurde sie von den Beamten gefragt: »In welchem Jahr hat sich Ihr Mann den Zopf abgeschnitten?« Zu ihrem Entsetzen konnte sie sich nicht mehr daran erinnern. Später jedoch erklärte sie uns, daß diese Erinnerungslücke vielleicht von Vorteil für sie gewesen sei: Was, wenn man versucht hätte, ihr eine politische Falle zu stellen? Die Männer hatten sich aus Trotz gegen die Mandschus den Zopf abgeschnitten und um Sun Yat-sen, ihrem kantonesischen Landsmann, zu helfen.

Ich wurde mitten im Zweiten Weltkrieg geboren. Sobald ich meine Umwelt bewußt wahrnahm – die Geschichten meiner Mutter kamen immer zum rechten Zeitpunkt –, hielt ich Ausschau nach drei Flugzeugen, die sich verteilten. Ebenso oft, wie ich von schrumpfenden Babys träume, träume ich, der Himmel sei von einem Horizont zum anderen mit endlosen Reihen von Flugzeugen, Luftschiffen, Raketen, fliegenden Bomben bedeckt, die Formationen so gleichmäßig wie Stickerei. Wenn der Himmel in meinen Träumen leer zu sein scheint und ich fliegen möchte, gibt es da doch, wenn ich genau hinsehe, lautlos, in weiter Ferne und so verschwommen im Licht des Tages, daß Leute, die nichts davon wissen, sie nicht sehen, silbrig schimmernde Maschinen, einige noch nicht erfunden, die sich fortbewegen, wie ja Flotten immer in Bewegung bleiben, von einem Kontinent zum anderen, von einem Planeten zum anderen. Ich muß eine Möglichkeit finden, mich ihnen anzuschließen.

Doch Amerika ist voller Maschinen und Geister – Taxigeister, Busgeister, Polizeigeister, Feuerwehrgeister, Gasablesergeister, Gärtnergeister, Supermarktgeister. Es gab einmal eine Zeit, da wimmelte die Welt so von Geistern, daß ich kaum atmen konnte; ich konnte kaum gehen und suchte mir stolpernd einen Weg um die Weißen Geister und ihre Autos herum. Zwar gab es auch Schwarze Geister, aber die sahen die Welt mit offenen Augen an und waren voller Gelächter, viel ausgeprägter als die Weißen Geister.

Am meisten von allen ängstigte mich der Zeitungsjungengeist, der in der Abenddämmerung zwischen den geparkten Wagen auftauchte. Eine Zeitungstasche tragend statt eines kleinen Bruders, marschierte er ohne seine Eltern geradewegs in die Straßenmitte. Er rief den leeren Straßen Geisterworte zu. Seine Stimme drang in die Häuser bis zu den Kindern, bis in die Brust der Kinder. Mit ihren Zehn-Cent-Stücken kamen sie aus den Gärten gelaufen.

Sie folgten ihm einen Häuserblock weit. Und wenn sie ins nächste Haus gingen, um nach dem Heimweg zu fragen, wurden sie von Zigeunergeistern mit goldenen Ringen hereingelockt, lebendig gekocht und in Flaschen gefüllt. Die Salbe, die daraus entstand, war gut zum Einreiben von Blutergüssen bei Kindern.

Wir pflegten Zeitungsjungengeist zu spielen. Wir sammelten alte chinesische Zeitungen (der Zeitungsjungengeist gab uns keine von seinen Geisterzeitungen) und zogen damit in Haus und Garten umher. Wir schwenkten sie über dem Kopf und riefen immer wieder: »Zeitungen zu verkaufen! Kauft Zeitungen!« Doch jene, die das, was hinter den Worten steckt, wahrnehmen konnten, verstanden, daß wir eine Wundersalbe aus gekochten Kindern verkauften. Die Zeitungen waren Tarnung für grüne Medizinflaschen. Wir erfanden unser eigenes Englisch, das ich niederschrieb und das jetzt aussieht wie ›eeeeeee‹. Wenn wir den echten Zeitungsjungen rufen hörten, versteckten wir uns, schleppten unsere Zeitungen unter die Treppe oder in den Keller, wo im schwarzen Wasser unter einem Deckel der Brunnengeist wohnte. Wir hockten uns auf unsere Zeitungen, die ›Goldbergnachrichten‹ von San Francisco, und verstopften uns mit den Handknöcheln die Ohren, bis er fort war.

Unsere Lebensmittel mußten wir von den Gemüsehändlergeistern kaufen, wo die Gänge des Supermarktes voller Geisterkunden waren. Der Milchgeist fuhr jeden zweiten Tag mit seinem weißen Lieferwagen von Haus zu Haus. Wir sahen von unserem Versteck aus zu, bis der Wagen mit den in ihren Gestellen klappernden Flaschen um die Ecke gebogen war. Dann öffneten wir Haustür und Fliegendrahttür und langten nach der Milch. Regelmäßig erhielten wir Besuch vom Postgeist, vom Gasablesergeist, vom Müllmanngeist. Sich von der Straße fernzuhalten war zwecklos. Sie kamen neugierig bis an die Fenster: Sozialhelfergeister, Gesundheitsamtspflegerinnengeister, Fabrikgeister, die während des Krieges Arbeiter rekrutierten (sie sicherten kostenlose Kinderbetreuung zu, was meine Mutter aber ablehnte), zwei Jesusgeister, die früher in China gearbeitet hatten. Wir versteckten uns unmittelbar unter den Fenstern, drückten uns an die Fußleiste, bis der Geist, der in der Geistersprache nach uns rief, daß wir beinahe antworteten, nur um sein Rufen zu beenden, endlich aufgab. Einzudringen versuchten sie nicht, bis auf ein paar Einbrechergeister. Die Landstreichergeister und die Säufergeister pflückten, wenn auf ihr Klopfen niemand öffnete, Pfirsiche von unseren Bäumen und tranken aus dem Gartenschlauch.

Geister konnten anscheinend nicht gut hören und nicht gut sehen. Vorübergehend in Sicherheit gewiegt von den nützlichen Diensten, die sie für irgendwelche geisterhaften Zwecke verrichteten, machten wir uns eines Vormittags, als der Müllmanngeist kam, nicht erst die Mühe, das Fenster zu schließen. Durch den Fliegendraht unterhielten wir uns laut über ihn, deuteten auf seine behaarten Arme und lachten darüber, wie er seine schmutzige Hose hochzog, bevor er sich seinen Schatz über die Schulter schwang. »Kommt, seht euch an, wie der Müllmanngeist sich sein Essen holt!« riefen wir Kinder. »Der Müllmanngeist«, sagten wir zueinander und nickten bedeutungsschwer. Der Geist blickte zu uns herein. Mit einer Hand seine Last festhaltend, trat er zu uns ans Fenster. Er hatte Nasenlöcher wie Höhlen, mit gelben und braunen Haaren darin. Langsam öffnete er den roten Mund. »Der ... Müll ... mann ... geist?« fragte er, indem er uns nachäffte. Wir liefen davon, riefen ängstlich nach unserer Mutter, die energisch das Fenster schloß. »Jetzt wissen wir es«, erklärte sie uns. »Die Weißen Geister können Chinesisch hören. Sie haben es gelernt. Ihr dürft nie wieder in ihrer Gegenwart reden. Eines Tages, sehr bald schon, fahren wir nach Hause, wo es überall Han-Menschen gibt. Dort kaufen wir Möbel, richtige Tische und Stühle. Und ihr Kinder könnt zum erstenmal Blumen riechen.«

»Mutter! Mutter! Da ist es schon wieder! Ich schmecke etwas im Mund, aber ich esse doch gar nichts!«

»Ich auch, Mutter. Ich auch. Es ist aber nichts da. Nur meine Spucke. Meine Spucke schmeckt wie Zucker.«

»Eure Großmutter in China schickt euch wieder Süßigkeiten«, erklärte uns meine Mutter. Menschen brauchen keine Postgeister, um einander Nachrichten zu schicken.

Ich muß zu lange darüber nachgedacht haben, wie meine unsichtbare Großmutter, Analphabetin und abhängig von Briefschreibern, uns Zuckerwerk schenken konnte. Als ich älter und erfahrener wurde, bekam ich keine Geschenke mehr von ihr. Sie starb, und ich fuhr niemals ›nach Hause‹, um sie zu fragen, wie sie das fertigbrachte. Immer, wenn meine Eltern ›Zuhause‹ sagten, schoben sie Amerika beiseite. Aber ich wollte nicht nach China. In China würden meine Eltern meine Schwester und mich verkaufen. Mein Vater würde zwei oder drei weitere Frauen heiraten, die heißes Öl auf unsere nackten Füße tropfen und dann lügen würden, wir weinten aus Ungezogenheit. Sie würden ihren eigenen Kindern zu essen geben, uns aber Steine vorsetzen. Ich wollte nicht dorthin, wo die Geister Gestalten annahmen, die so ganz anders waren als wir.

Als Kind fürchtete ich mich vor der Größe der Welt. Je weiter entfernt der Lärm heulender Hunde, je weiter entfernt das Rattern der Züge, desto fester rollte ich mich unter der Steppdecke zusammen. Die Züge ratterten tiefer und tiefer in die Nacht. Wenn ich sie nicht mehr hörte, hatten sie immer noch nicht das Ende der Welt erreicht, und der letzte, langgezogene Pfeifton erstarb gen China. Wie groß die Welt sein mußte, daß meine Großmutter, wenn sie uns erreichte, nur noch ein Geschmack im Mund war!

Als ich das letzte Mal meine Eltern besuchte, hatte ich Mühe mit dem Einschlafen, war ich zu groß geworden für die Kuhlen, die Kinderkörper in der Matratze hinterlassen hatten. Ich hörte, wie meine Mutter hereinkam. Ich lag ganz still. Was wollte sie? Mit geschlossenen Augen stellte ich mir meine Mutter vor, das weiße Haar in der hell-dunklen Türöffnung schimmernd; meine Haare sind jetzt auch weiß, Mutter. Ich hörte sie Möbelstücke rücken. Dann breitete sie eine dritte Steppdecke, die dicke, selbstgemachte, chinesische, über mich aus. Danach konnte ich ihren Bewegungen nicht mehr folgen. Ich spähte unter den Lidern hervor und mußte mich beherrschen, damit ich nicht zusammenzuckte. Sie hatte sich einen Stuhl herangezogen und setzte sich dicht ans Kopfende des Bettes. Ich konnte ihre kräftigen Hände, die einmal nicht mit vierzehn Nadelpaaren hantierten, im Schoß liegen sehen. Sie ist sehr stolz auf ihre Hände, die alles anpacken können und doch rosig und weich bleiben, während die Hände meines Vaters jetzt wie holzgeschnitzt wirken. Ihre Handlinien teilen sich nicht in Kopf-, Herz- und Lebenslinie wie bei anderen, sondern weisen nur eine einzige atavistische Falte auf. In jener Nacht war sie ein trauriger Bär; ein großes Schaf in einem Wollschal. Seit kurzem hatte sie es sich angewöhnt, Schals und Großmutterbrillen zu tragen, amerikanische Mode. Was wollte sie, so massig neben meinem Kopf sitzend? Ich spürte ihren starren Blick – ihre Blicke wie zwei warme Lichter auf meinem ergrauenden Haar, dann auf den Fältchen an meinen Mundwinkeln, meinem mageren Hals, meinen eingefallenen Wangen, meinen dünnen Armen. Ich spürte, wie ihr Blick jeden meiner knochigen Ellbogen erwärmte, und warf mich in vorgetäuschtem Schlaf herum, um sie vor ihrer Kritik zu verbergen. Sie sandte volles, helles Licht durch meine Lider, ihre Blicke auf meine Augen geheftet, und ich mußte sie öffnen.

»Was ist los, Mama? Warum sitzt du da?«

Sie streckte die Hand aus und knipste eine Lampe an, die sie neben sich auf den Boden gestellt hatte. »Ich habe diese LSD-Pille geschluckt, die du auf dem Küchentisch liegengelassen hast«, verkündete sie.

»Das war kein LSD, Mama. Das war nur eine Schnupfentablette. Ich bin erkältet.«

»Du erkältest dich jedesmal, wenn du nach Hause kommst. Du ißt wahrscheinlich zuviel *yin*. Warte, ich hole dir noch eine Steppdecke.«

»Nein, danke. Nicht noch eine. Du solltest keine Pillen schlucken, die dir der Arzt nicht verschrieben hat. ›Eßt niemals Pillen, die ihr auf der Straße findet‹, hast du uns immer ermahnt.«

»Ihr Kinder sagt mir nie, was ihr wirklich vorhabt. Wie soll ich sonst erfahren, was ihr wirklich macht?« Als habe sie Kopfschmerzen, schloß sie die Augen hinter der Goldrandbrille. »Aiaa«, seufzte sie, »wie soll ich es ertragen, daß du mich wieder verläßt?«

Wie kann ich es ertragen, sie wieder zu verlassen? Sie würde dieses Zimmer, für mich vorübergehend geöffnet, wieder verschließen und in dem leer gewordenen Haus, das so ordentlich ist, seit wir Kinder fort sind, ständig putzend herumwandern. Jetzt steht jeder Sessel an seinem Platz. Und die Waschbecken in den Schlafzimmern funktionieren, ihre Nischen sind nicht mehr bis an die Decke mit schmutziger Wäsche vollgestopft. Meine Mutter hat die Kleider und Schuhe in Schachteln verpackt, hebt sie auf für schlechte Zeiten. Die Waschbecken aus grauem Marmor waren für die alten Chinesen angebracht worden, die hier als Pensionsgäste hausten, bevor wir kamen. Ich stellte mir immer vor, wie bescheidene kleine alte Männer sich am Morgen wuschen und ankleideten, bevor sie schlurfend diese Schlafzimmer verließen. Ich würde das Haus verlassen und wieder in die Welt hinausgehen müssen, in der es keine Marmorsimse für meine Kleider gibt, keine Steppdecken aus den Federn unserer eigenen Enten und Truthähne, keine Geister sauberer kleiner alter Männer.

Die Lampe strahlte jenes Licht aus, das auch aus dem Fernseher kommt, das die hohe Zimmerdecke verschwinden und plötzlich wieder herabsinken läßt. Ich konnte dieses Herabsinken spüren und sah, daß meine Mutter die Rollos so tief herabgezogen hatte, daß die nackten Gleitrollen zu sehen waren. Kein Vorübergehender würde den Besuch der Tochter bemerken. Meine Mutter wirkte zuweilen wie ein großes Tier, in der Dunkelheit fast nicht real; dann wurde sie wieder eine Mutter. Ich sah die Falten um ihre großen Augen, und ich sah ihre Wangen, die jetzt, ohne ihre oberen Zähne, eingesunken waren.

»Ich komme bald wieder«, versicherte ich. »Du weißt genau, daß ich wiederkomme. Wenn ich nicht hier bin, denke ich an dich.«

»Ja, ich kenne dich. Ich kenne dich jetzt. Ich habe dich immer gekannt. Du bist die mit den bestrickenden Worten. Du bist nie wiedergekommen. ›Am Truthahntag komme ich wieder‹, hast du gesagt. Ha.«

Ich biß die Zähne zusammen, die Stimmbänder schmerzten, als wären sie zerschnitten. Ich wollte nichts sagen, das ihr weh tat. Alle ihre Kinder knirschen mit den Zähnen.

»Als ich dich das letzte Mal sah, warst du noch jung«, sagte sie. »Jetzt bist du alt.«

»Es ist erst ein Jahr her, daß ich dich besucht habe.«

»Das ist das Jahr, in dem du alt geworden bist. Sieh dich doch an, deine Haare sind grau, und du hast nicht einmal zugenommen. Ich weiß, wie die Chinesen über uns reden. ›Sie sind so arm‹, sagen sie, ›daß sie es sich nicht leisten können, ihre Töchter zu mästen.‹ ›Seit Jahren in Amerika‹, sagen sie, ›und sie essen nichts.‹ Oh, diese Schande – eine ganze Familie von mageren Kindern. Und dein Vater – der ist so mager, daß er verschwindet.«

»Mach dir keine Sorgen um ihn, Mama. Die Ärzte sagen, daß magere Menschen länger leben. Papa wird sehr lange leben.«

»Ach! Ich weiß, daß ich nicht mehr allzu viele Jahre habe. Weißt du, woher all dieses Fett bei mir kommt? Weil ich immer eure Reste gegessen habe. Aiaa, ich werde alt! Bald wirst du keine Mutter mehr haben.«

»Mama, das sagst du, solange ich lebe.«

»Diesmal ist es aber wahr. Ich bin fast achtzig.«

»Ich dachte, du wärst erst sechsundsiebzig.«

»Meine Papiere sind falsch. Ich bin achtzig.«

»Aber ich dachte, deine Papiere wären falsch, und du wärst zweiundsiebzig, in chinesischen Jahren dreiundsiebzig.«

»Meine Papiere sind falsch, und ich bin achtzig, in chinesischen Jahren einundachtzig. Siebzig. Achtzig. Was bedeuten schon Zahlen? Ich kann jetzt jeden Tag tot umfallen. Die Tante am Ende der Straße ruhte sich auf der Verandatreppe aus, das Abendessen war fertig, sie wartete auf ihren Mann und ihren Sohn, daß sie zum Essen nach

Hause kämen. Sie schloß einen Moment die Augen und starb. Ist das nicht ein schöner Tod?«

»Aber in unserer Familie wird man neunundneunzig!«

»Das ist die Familie deines Vaters. Meine Eltern starben sehr jung. Meine jüngste Schwester war mit zehn Jahren Waise. Unsere Eltern wurden noch nicht einmal fünfzig.«

»Dann solltest du dankbar sein, daß du so viele Jahre länger gelebt hast.«

»Ich war ganz sicher, daß du auch zur Waise werden würdest. Ich bin wirklich erstaunt, daß du deine weißen Haare noch erlebst. Warum färbst du sie nicht?«

»Die Haarfarbe ist kein Maßstab fürs Alter, Mutter. Weiß ist einfach ein Pigment, genau wie Schwarz und Braun.«

»Du hörst immer auf diese Lehrergeister, die Wissenschaftlergeister, die Doktorgeister.«

»Ich muß leben.«

»Ich nenne dich nie Älteste Tochter. Ist dir das aufgefallen? Ich sage immer zu den Leuten: ›Das ist meine Größte Tochter.‹«

»Dann stimmt es also, daß Älteste Tochter und Ältester Sohn in China gestorben sind? Hast du mir damals, als ich zehn war, nicht gesagt, sie wäre jetzt zwanzig? Und als ich zwanzig war, sie wäre jetzt dreißig? Hast du mir deshalb meinen Titel vorenthalten?«

»Nein, das mußt du geträumt haben. Das hast du dir ausgedacht. Ihr seid alle Kinder, die ich habe.«

(Wen betraf denn diese Geschichte – wo die Eltern die Kinder mit Geld bewerfen, aber die Kinder heben es nicht auf, weil sie zu bitterlich weinen? Sie winden sich, mit Münzen bedeckt, auf dem Fußboden. Ihre Eltern gehen zur Tür hinaus, nach Amerika, und werfen ihnen Hände voll Kleingeld zu.)

Sie beugte sich vor, die Augen randvoll von dem, was sie sagen wollte: »Ich arbeite so schwer«, sagte sie. Sie hatte den alten, starren Blick – was sah sie? Meine Füße begannen sich aneinander zu reiben, als wollten sie sich gegenseitig die Haut abscheuern. Dann fuhr sie fort: »Die Tomatenranken jucken mich an den Händen; ich fühle die kleinen, kurzen Härchen durch meine Handschuhe. Meine Füße machen platsch-platsch auf den faulen Tomaten, platsch-platsch in dem Tomatenbrei, den die Füße vor mir ausgequetscht haben. Und weißt du, wie man das Jucken von den Tomatenhärchen am besten beseitigt? Man bricht eine frische Tomate auf und wäscht sich damit die Haut. Man kühlt sich das Gesicht mit Tomatensaft. Ja, aber die Kartoffeln, die werden mir noch mal die Hände ruinieren. Ich kriege Rheumatismus vom Kartoffelwaschen, von dem ewigen Hocken über den Kartoffeln.«

Sie hatte für die Nacht die Bandagen von den Beinen genommen. Ihre Krampfadern waren geschwollen.

»Warum hörst du nicht auf zu arbeiten, Mama? Du brauchst doch nicht mehr zu arbeiten. Oder? Mußt du wirklich so schwer schuften? Auf den Tomatenfeldern?« Der weiße Streifen an ihrem Haaransatz wirkte wie ein Band. Sie färbte sich die Haare, damit sie von den Farmern eingestellt wurde. Sie ging ins Elendsviertel und stand Schlange mit den Landstreichern, den Alkoholikern, Rauschgiftsüchtigen und den Mexikanern, bis die Farmbusse kamen und die Farmer sich die Arbeiter heraussuchten, die sie mitnehmen wollten. »Ihr habt das Haus«, sagte ich. »Zum Leben habt ihr die Sozialversicherung. Und die Stadtsanierung muß euch auch etwas gebracht haben. Eigentlich war es gut, daß die Wäscherei abgerissen wurde. Wirklich, Mama! Sonst hätte sich Papa doch nie zur Ruhe gesetzt. Du solltest dich auch zur Ruhe setzen.«

»Glaubst du, euer Vater wollte aufhören zu arbeiten? Sieh dir seine Augen an; das Braun geht weg aus seinen Augen. Er spricht nicht mehr. Wenn ich zur Arbeit gehe, ißt er Reste. Er kocht sich nichts Frisches«, beichtete sie mir, die ich das Beichten haßte. »Diese Stadtsanierungsgeister gaben uns Umzugsgeld. Wir haben siebzehn Jahre gebraucht, um unsere Kunden zu gewinnen. Wir können doch nicht mit dem Umzugsgeld noch einmal von vorn anfangen, als hätten wir beiden Alten noch einmal siebzehn Jahre vor uns, wie? Aa« – sie wischte mit der Hand etwas beiseite –, »die Weißen Geister können das Alter der Chinesen nicht erkennen.«

Ich schloß die Augen und atmete gleichmäßig, aber sie merkte, daß ich nicht schlief.

»Dies ist ein schreckliches Geisterland, hier müssen die Menschen ihr Leben lang arbeiten«, sagte sie. »Sogar die Geister arbeiten, keine Zeit für Akrobatik. Seit das Schiff anlegte, habe ich nicht mehr aufgehört zu arbeiten. Sobald die Kinder geboren waren, war ich auf den Beinen. In China brauchte ich nicht mal meine eigenen Kleider aufzuhängen. Ich hätte nie weggehen sollen, aber dein Vater hätte dich ohne mich nicht großziehen können. Ich bin es, die die starken Muskeln hat.«

»Wenn du nicht weggegangen wärst, hätte es mich überhaupt nicht gegeben. Mama, ich bin wirklich müde. Würdest du mich bitte schlafen lassen?« Ich halte nichts vom Alter. Ich halte nichts vom Müdewerden.

»In China brauchte ich keine Muskeln. In China war ich klein.« Das stimmt. Die Seidenkleider, die sie mir gab, sind winzig. Kaum zu glauben, daß dieselbe Frau sie getragen hat. Diese Mutter kann einhundert Pfund Texasreis treppauf und treppab schleppen. Sie konnte von halb sieben Uhr morgens bis Mitternacht in der Wäscherei arbeiten, ein Baby vom Bügeltisch auf ein Regal zwischen die Wäschepakete und wieder ins Schaufenster umbetten, wo die Geister an die Scheibe klopften. »Ich habe euch Babys immer an die sauberen Plätze in der Wäscherei gelegt, so weit wie möglich von den Bazillen entfernt, die aus den Kleidern der Geister entströmten. Aa, ihre Socken und Taschentücher haben mir den Atem genommen! Wegen dieser siebzehn Jahre, in denen ich Staub einatmen mußte, huste ich jetzt. Tuberkulosen-Taschentücher. Aussätzigensocken.« Ich dachte, sie hätte meine jüngste Schwester im Schaufenster bewundern lassen wollen.

In der mitternächtlichen Unwirklichkeit waren wir wieder in der Wäscherei. Meine Mutter saß auf einer Apfelsinenkiste und sortierte schmutzige Wäsche zu kleinen Bergen – ein Bettlakenberg, ein Weiße-Hemden-Berg, ein

Bunte-Hemden-Berg, ein Arbeitshosenberg, ein Lange-Unterhosen-Berg, ein Kurze-Unterhosen-Berg, ein kleiner Hügel zu Paaren verknoteter Socken, ein kleiner Hügel zu Büscheln zusammengehefteter Taschentücher. Rings um sie herum brannten Kerzen trotz des hellen Tageslichtes. Kerzen, saubere, gelbe Diamanten, Rampenlichter, die sie umgaben, meine geheimnisvoll maskierte Mutter, Mund und Nase von einem Cowboyhalstuch geschützt. Bevor sie die Bündel aufknotete, zündete meine Mutter eine hohe, neue Kerze an, ein Luxus, und die Kuchenformen voll altem Wachs und Dochten, die manchmal blau knisterten, ein Geräusch, von dem ich glaubte, daß es von den glimmenden Bazillen herrührte.

»*No tickee, no washee, mama-san?*« sagte wohl ein Geist, sie in Verlegenheit bringend.

»Aufdringlicher Rotmundgeist«, schrieb sie dann auf sein Paket, gab ihm den Namen, markierte seine Wäsche mit diesem Namen.

Wieder daheim im Schlafzimmer, sagte ich: »Die Kerzen müssen geholfen haben. Es war eine gute Idee von dir, Kerzen anzuzünden.«

»Sie haben nicht viel geholfen. Ich brauche bloß an den Staub zu denken, der aus den Kleidern wirbelt, oder an Torfdreck, der über ein Feld treibt, oder an Hühnermist, der von einer Schaufel fällt, und ich fange an zu husten.« Sie hustete stark. »Siehst du? Ich habe zuviel gearbeitet. In China arbeiten die Menschen nicht so schwer. Da vergeht die Zeit langsamer. Hier müssen wir hasten, die hungrigen Kinder füttern, bevor wir zu alt sind, um zu arbeiten. Ich komme mir vor wie eine Katzenmutter, die nach ihren Jungen sucht. Sie muß sie schnell finden, denn in ein paar Stunden wird sie vergessen haben, wie man sie zählt oder daß es sie überhaupt gab. Ich kann nicht schlafen in diesem Land, weil es sich in der Nacht nicht zur Ruhe legt. Fabriken, Restaurants – immer arbeitet irgendwo jemand die Nacht hindurch. Niemals ist alles auf einmal getan. In China war die Zeit anders. Ein Jahr war so lang wie meine gesamte Zeit hier; ein Abend so lang, daß man seine Freundinnen besuchen, in jedem Haus Tee trinken und Karten spielen konnte, und es war immer noch nicht dunkel. Es wurde sogar langweilig, man hatte nichts anderes zu tun, als sich zu fächeln. Hier kommt Mitternacht, und noch immer ist der Fußboden nicht gefegt, noch immer ist nicht alles gebügelt, ist das Geld noch nicht verdient. Wenn wir in China lebten, wäre ich jetzt noch jung.«

»Die Zeit ist überall dieselbe«, entgegnete ich ohne Mitgefühl. »Es gibt nur die ewige Gegenwart und die Biologie. Der Grund, warum du das Gefühl hast, die Zeit drängt, ist die Tatsache, daß du sechs Kinder bekamst, nachdem du fünfundvierzig warst, und dir Sorgen machtest, wie du uns großziehen solltest. Aber jetzt solltest du dir keine Sorgen mehr machen, Mama. Du solltest dich freuen, daß du in mittleren Jahren noch so viele Kleinkinder um dich herum hattest. Das haben nicht viele Mütter. War das nicht wie eine Verlängerung der Jugend? Wie? Du brauchst dir jetzt keine Sorgen mehr zu machen. Wir sind alle erwachsen. Und du kannst aufhören zu arbeiten.«

»Ich kann nicht aufhören zu arbeiten. Wenn ich aufhöre zu arbeiten, tut mir alles weh. Mein Kopf, mein Rücken, meine Beine tun weh. Mir wird schwindlig. Ich kann nicht aufhören.«

»Mir geht es ebenso, Mama. Ich arbeite die ganze Zeit. Mach dir nur keine Sorgen, daß ich hungern müßte. Ich werde nicht hungern. Ich kann arbeiten. Ich arbeite ständig. Ich weiß, wie man Tiere tötet, wie man die Haut abzieht und Federn rupft. Ich weiß, wie man sich mit Fegen und Wischen warm hält. Ich kann arbeiten, wenn alles schiefgeht.«

»Es ist nur gut, daß ich euch Kindern beigebracht habe, wie man für sich selber sorgt. Jetzt ist es sicher, daß wir nicht nach China zurückkehren.«

»Das sagst du seit neunzehnhundertneunundvierzig.«

»Jetzt steht es fest. Wir haben gestern einen Brief von den Dorfbewohnern bekommen. Sie fragen an, ob es uns recht wäre, wenn sie das Land übernähmen. Die letzten Onkel sind umgebracht worden, also ist dein Vater jetzt noch der einzige, der erklären kann, daß wir einverstanden sind. Er hat ihnen geschrieben, daß sie es haben können. So. Jetzt haben wir kein China mehr, in das wir heimkehren können.«

Damit war alles vorbei. Meine Eltern hatten sich seit fast vierzig Jahren in ihrer Empörung gegenseitig überboten, wenn die Rede war von Auseinandersetzungen wegen des Landbesitzes zwischen den Onkeln, den Schwiegerverwandten, den Großeltern. Berichte aus den verschiedensten Blickwinkeln trafen allwöchentlich mit der Post ein, bis die Onkel von Menschen, die wiederum ganz andere Pläne mit dem Land hatten, auf Glasscherben kniend hingerichtet wurden. Wie einfach, dieses Ende – mein Vater brauchte nur sein Einverständnis zu erklären. Erlaubnis erbeten, Erlaubnis gewährt – fünfundzwanzig Jahre nach der Revolution.

»Wir sind jetzt auf dem ganzen Planeten zu Hause, Mama. Verstehst du das, daß wir jetzt, da wir nicht länger an ein einziges Stück Land gebunden sind, auf dem ganzen Planeten zu Hause sind? Wo immer wir uns gerade aufhalten, dieser Platz gehört uns genauso wie jeder andere Fleck Erde.« Können wir das Geld für die Überfahrt nun für Möbel und Autos ausgeben? Wird der Duft amerikanischer Blumen uns jetzt erfreuen?

»Ich will sowieso nicht mehr zurück«, sagte sie. »Ich habe mich an das Essen gewöhnt. Und die Kommunisten sind viel zu bösartig. Du solltest die sehen, denen ich auf den Feldern begegne! Sie bringen unter den Kleidern Säcke mit, um den Farmern Trauben und Tomaten zu stehlen. Am Sonntag kommen sie mit Lastwagen. Und in San Francisco bringen sie sich gegenseitig um.« Einer der alten Männer erwischte seinen Besucher, einen anderen alten Mann, dabei, wie er seinen kleinen Kampfhahn stahl; der Besitzer entdeckte die schwarzen Füße, die unter dem Pullover des Gastes hervorschauten. Wir selbst entdeckten eines Morgens, als wir aufwachten, ein Loch im Boden, wo zuvor unser japanischer Mispelbaum gestanden hatte. Später sahen wir im Garten eines chinesischen Nachbarn einen neuen Mispelbaum, der dem unseren sehr ähnlich war. Wir kannten eine Familie, die auf ihr Gemüsebeet ein Schild gestellt hatte: »Da dies kein kommunistischer Garten ist, sondern aufgrund von Eigeninitiative gepflanzter Kohl, wird gebeten, nichts aus diesem Garten zu stehlen.« Das Schild trug ein Datum und war mit sauberer Handschrift unterzeichnet.

»Die neuen Einwanderer sind keine Kommunisten, Mutter. Es sind Menschen, die vor dem Kommunismus geflohen sind.«

»Es sind Chinesen, und Chinesen sind bösartig. Nein, ich bin zu alt, um mit denen mitzuhalten. Sie sind viel zu gerissen für mich. Ich habe meine Schlauheit verloren, weißt du. Ich habe mich an das Essen gewöhnt. Es gibt nur eines, was ich mir wirklich noch wünsche. Ich wünsche mir, daß du hierbleibst, statt wie ein Geist aus dem Zigeunerreich herumzuwandern. Ich möchte, daß alle meine Kinder hier bei uns wohnen. Wenn ihr alle zu Hause seid, alle sechs, mit euren Kindern, Ehemännern und Frauen, wären wir zwanzig bis dreißig Personen im Haus. Dann wäre ich glücklich. Und euer Vater wäre glücklich. Jedes Zimmer, das ich beträte, wäre voll von Verwandten, Enkeln, Schwiegersöhnen. Ich könnte mich nicht umdrehen, ohne jemanden zu berühren. So sollte es in einem Haus sein.«

Ihre Augen sind aufgerissen, voll Kummer. Spinnenförmig breitet sich ein Kopfschmerz über meinen Schädel aus. Sie ritzt Spinnenbeine in den eiskalten Knochen. Sie sprengt meinen Schädel und meine Fäuste und stopft sie voll mit Verantwortung für Zeit und Raum zwischen den Ozeanen.

Die Götter zahlen es ihr und meinem Vater heim, daß sie ihre Eltern verlassen haben. Meine Großmutter schrieb Briefe, in denen sie sie anflehte, nach Hause zurückzukehren, aber sie beachteten sie nicht. Nun können sie nachempfinden, was sie gefühlt haben muß.

»Wenn ich fern von hier bin«, mußte ich ihr sagen, »werde ich nicht krank. Dann gehe ich nicht jeden freien Tag ins Krankenhaus. Dann bekomme ich keine Lungenentzündung, keine Verschattungen auf meinen Röntgenbildern. Wenn ich atme, tut meine Brust nicht weh. Ich kann atmen. Und ich bekomme nicht um drei Uhr morgens Kopfschmerzen. Ich brauche keine Medikamente zu nehmen und nicht zum Doktor zu gehen. Anderswo brauche ich meine Türen nicht zu verschließen und ständig die Schlösser zu kontrollieren. Ich stehe nicht am Fenster, halte Ausschau nach Dingen, die sich bewegen, und sehe sie im Dunkeln.«

»Was soll das heißen? Verschließt du denn nicht deine Tür?«

»Doch. Doch. Aber nicht so wie hier. Ich höre keine Geistergeräusche. Ich liege nicht wach und lausche auf Schritte in der Küche. Ich höre nicht, wie Türen und Fenster sich aus den Angeln heben.«

»Das war vermutlich nur ein Säufergeist oder ein Landstreichergeist, die nach einem Platz zum Schlafen suchten.«

»Ich will von keinen Geistern mehr hören. Ich habe in diesem Land Plätze gefunden, die geisterfrei sind. Und ich glaube, daß ich dorthin gehöre, wo ich mich nicht erkälte und meine Krankenhausversicherung nicht in Anspruch nehmen muß. Hier bin ich so oft krank, daß ich kaum arbeiten kann. Ich kann's nicht ändern, Mama.«

Sie gähnte. »Dann ist es besser, daß du fort bleibst. Dir scheint das Wetter in Kalifornien nicht zu bekommen. Aber zu Besuch kannst du zu uns kommen.« Sie stand auf und machte das Licht aus. »Natürlich mußt du fort, Kleiner Hund.«

Eine Zentnerlast hob sich von meiner Seele. Die Steppdecken schienen sich mit Luft zu füllen. Die Welt ist irgendwie heller geworden. Sie hat seit Jahren nicht mehr diesen Kosenamen gebraucht – einen Namen, der die Götter irreführen soll. In Wirklichkeit bin ich ein Drache, so wie auch sie ein Drache ist, da wir beide in einem Jahr des Drachen geboren sind. Ich bin praktisch die erste Tochter einer ersten Tochter.

»Gute Nacht, Kleiner Hund.«
»Gute Nacht, Mutter.«

Sie schickte mich davon, ununterbrochen arbeitend und jetzt alt, Träume von schrumpfenden Säuglingen träumend und vom Himmel, der mit Flugzeugen bedeckt ist, und von einer Chinatown, die größer ist als die Chinatowns hier.

Im westlichen Palast

Als sie ungefähr achtundsechzig Jahre alt war, nahm sich Tapfere Orchidee einen Tag frei, um am International Airport von San Francisco auf das Flugzeug zu warten, das ihre Schwester in die Vereinigten Staaten bringen sollte. Sie hatte mit diesem Warten bereits zu Hause begonnen und war eine halbe Stunde vor dem Start von Mondorchidees Maschine in Hongkong aufgestanden. Denn Tapfere Orchidee wollte ihre Willenskraft mit jenen Kräften vereinigen, die ein Flugzeug in der Luft hielten. Ihr Kopf schmerzte vor Konzentration. Das Flugzeug mußte leicht sein, daher wagte sie es nicht, ihren Geist auf einem der Flügel ausruhen zu lassen, sondern drückte, so müde sie auch war, ständig sanft von unten gegen den Bauch der Maschine. Seit neun Stunden wartete sie jetzt schon auf dem Flughafen. Sie war wachsam.

Neben Tapfere Orchidee saß Mondorchidees einzige Tochter und half ihrer Tante warten. Tapfere Orchidee hatte auch zwei von ihren eigenen Kindern mitgebracht, weil sie Auto fahren konnten, aber die hatten sich von den Zeitungsständen, den Geschenkläden und Kaffeestuben anlocken lassen. Ihre in Amerika geborenen Kinder konnten nicht lange stillsitzen. Sie hatten kein Sitzfleisch, aber bewegliche Füße. Sie hoffte nur, daß sie von den Münzfernsehern, den Münztoiletten oder wo immer sie ihr Geld verschleuderten, zurückkommen würden, ehe die Maschine eintraf. Wenn sie nicht bald kamen, würde sie sich auf die Suche nach ihnen machen. Wenn ihr Sohn glaubte, sich auf der Herrentoilette vor ihr verstecken zu können, hatte er sich getäuscht.

»Alles in Ordnung, Tante?« erkundigte sich ihre Nichte.
»Nein, dieser Stuhl tut mir weh. Hilf mir, ein paar Stühle zusammenzurücken, damit ich die Füße hochlegen kann.«

Sie holte eine Wolldecke heraus, breitete sie aus und machte eine Art Bett für sich. Auf den Boden hatte sie zwei Einkaufstaschen gestellt, die Dosenpfirsiche, frische Pfirsiche, in Ahornblätter gewickelte Bohnen, Plätzchen und Thermosflaschen enthielten, genug zu essen für sie alle, obwohl nur ihre Nichte mit ihr zusammen essen würde. Ihre unfolgsamen Kinder würden wahrscheinlich ihr Geld hinauswerfen und sich heimlich Hamburger kaufen. Sie würde sie schelten.

Es saßen zahlreiche Soldaten und Matrosen herum, sonderbar still, wie kleine Jungen in Cowboyuniform. (Sie glaubte, ›Cowboy‹ sei das, was man unter Pfadfindern versteht.) Sie hätten, auf dem Weg nach Vietnam, hysterisch weinen müssen. »Wenn ich einen entdecke, der wie ein Chinese aussieht«, dachte sie, »werde ich hingehen und ihm Ratschläge erteilen.« Unvermittelt richtete sie sich auf; sie hatte ihren eigenen Sohn vergessen, der sich bereits in Vietnam befand. Sorgfältig teilte sie ihre Gedanken, schickte die Hälfte davon übers Meer, ins Wasser, damit er nicht unterging. Er befand sich auf einem Schiff, in vietnamesischen Gewässern. Dessen war sie sicher. Er und die anderen Kinder belogen sie. Er sei in Japan, hatten sie behauptet, und dann hatten sie ihr gesagt, er sei auf den Philippinen. Doch wenn sie ihm ihre Hilfe schickte, spürte sie, daß er sich auf einem Schiff in Da Nang befand. Außerdem hatte sie gesehen, daß die Kinder die Umschläge versteckten, wenn seine Briefe eintrafen.

»Glaubst du, mein Sohn ist in Vietnam?« fragte sie ihre Nichte, die gehorsam etwas aß.

»Nein. Sagten deine Kinder nicht, er sei auf den Philippinen?«

»Hast du jemals einen seiner Briefe mit einer philippinischen Briefmarke gesehen?«

»Aber ja! Deine Kinder haben mir einen gezeigt.«

»Ich traue ihnen zu, daß sie die Briefe an einen ihnen bekannten Filipino schicken. Er läßt sie in Manila abstempeln, um mich zu täuschen.«

»Ja, das könnte ich mir vorstellen. Aber nur keine Angst. Dein Sohn kann für sich selber sorgen. Alle deine Kinder können für sich selber sorgen.«

»Er nicht. Er ist anders als die anderen Menschen. Er ist nicht normal. Er steckt sich Radiergummis in die Ohren, und an den Radiergummis sind noch Bleistiftstummel. Der Kapitän wird befehlen: ›Alle Mann von Bord‹ oder: ›Achtung, Bomben!‹, und er kann es nicht hören. Befehle überhört er einfach. Ich habe ihm geraten, nach Kanada zu fliehen, aber er wollte nicht.«

Sie schloß die Augen. Nach einer Weile, als Flugzeug und Schiff wieder unter Kontrolle waren, betrachtete sie noch einmal die Kinder in Uniform. Einige von den Blonden sahen aus wie Küken, ihr Bürstenhaarschnitt war flaumig-gelb wie bei Küken. Sie konnten einem leid tun, obwohl sie Army- und Navy-Geister waren.

Plötzlich kamen ihr Sohn und ihre Tochter angerannt. »Komm, Mutter, die Maschine ist zu früh gelandet. Sie ist schon da.« Hastig packten sie die Campingausrüstung ihrer Mutter zusammen. Sie war froh, daß ihre Kinder sich als nützlich erwiesen. Dann hatten sie also doch gewußt, um was es bei dieser Fahrt nach San Francisco ging. »Gut, daß ich darauf bestanden habe, zeitig zu kommen«, sagte sie.

Tapfere Orchidee drängte sich durch die Menge bis ganz nach vorn. Sie mußte vorn stehen. Die Passagiere waren von jenen, die auf sie warteten, durch Glastüren und Wände getrennt. Einwanderungsgeister stempelten Papiere. Die Reisenden versammelten sich an mehreren Laufbändern, wo ihr Gepäck kontrolliert wurde. Tapfere Orchidee sah ihre Schwester nicht. Vier Stunden lang stand sie da und paßte auf. Ihre Kinder gingen fort und kamen wieder. »Willst du dich nicht setzen?« fragten sie.

»Die Stühle sind zu weit weg«, antwortete sie.

»Warum setzt du dich dann nicht auf den Fußboden?«

Nein, sie wollte stehen, denn ihre Schwester stand vermutlich auch in einer Warteschlange, die sie von hier aus nicht sehen konnte. Ihre amerikanischen Kinder hatten kein Gefühl und kein Erinnerungsvermögen.

Zum Zeitvertreib unterhielt sie sich mit ihrer Nichte über die chinesischen Passagiere. Diese neuen Einwanderer hatten es leicht. Auf Ellis Island waren die Menschen seinerzeit nach vierzig Tagen auf See abgemagert eingetroffen und besaßen kein luxuriöses Gepäck. »Die da sieht aus, als wäre sie's«, sagte Tapfere Orchidee.

»Nein, das ist sie nicht.«

Ellis Island hatte aus Holz und Eisen bestanden. Hier war alles aus Plastik, ein Geistertrick, um die Einwanderer in Sicherheit zu wiegen, damit sie ihre Geheimnisse preisgaben. Dann konnte das Ausländeramt sie umgehend zurückschicken. Warum hielt man sie sonst wohl fern, duldete nicht, daß sie ihrer Schwester half, Fragen zu beantworten und ihren Namen zu buchstabieren? Als die Beamten Tapfere Orchidee auf Ellis Island gefragt hatten, in welchem Jahr ihr Mann seinen Zopf abgeschnitten hatte, bedeutete ihr ein Chinese, der auf dem Boden hockte, zu schweigen. »Ich weiß es nicht«, hatte sie geantwortet. Ohne diesen Chinesen wäre sie heute vielleicht nicht hier, und ihr Mann auch nicht. Sie hoffte, daß sich ein Chinese, ein Hausmeister oder Angestellter, um Mondorchidee kümmerte. Gepäckbeförderungsbänder verführten Einwanderer zu dem Irrglauben, der Goldberg sei leicht zu besteigen.

Tapfere Orchidee spürte, wie ihr Herz klopfte: Mondorchidee. »Da ist sie!« rief sie. Aber ihre Nichte sah, daß es nicht ihre Mutter war. Und entdeckte voller Schrecken, auf was für eine Frau ihre Tante zeigte. Es war eine junge Frau, jünger als sie selbst, nicht älter als Mondorchidee an dem Tag, als sich die beiden Schwestern getrennt hatten. »Mondorchidee wird sich natürlich ein bißchen verändert haben«, sagte Tapfere Orchidee. »Sie wird gelernt haben, westliche Kleidung zu tragen.« Die Frau trug ein marineblaues Kostüm mit einem Gesteck dunkler Kirschen am Revers.

»Nein, Tante«, antwortete die Nichte. »Das ist nicht meine Mutter.«

»Kann sein. Es ist so lange her. Doch, es ist deine Mutter. Sie muß es sein. Warte, bis sie näher kommt, dann sehen wir es genau. Glaubst du, sie ist so weit weg, daß ich sie nicht erkennen kann, oder werden meine Augen schlecht?«

»Es sind inzwischen viele Jahre vergangen«, meinte die Nichte.

Plötzlich drehte sich Tapfere Orchidee um: noch eine Mondorchidee, diesmal eine adrette, kleine Frau mit Knoten. Sie lachte über etwas, das die Person vor ihr in der Schlange sagte. So war Mondorchidee, immer lachte sie über nichts. »Wenn eine von ihnen nur etwas näher käme, könnte ich es genau sagen«, klagte Tapfere Orchidee unter Tränen, die sie nicht trocknete. Die Frau mit den Kirschen wurde von zwei Kindern begrüßt, und sie schüttelte ihnen die Hand. Auf die andere Frau wartete ein junger Mann. Sie sahen einander glücklich an, dann gingen sie Seite an Seite davon.

Aus der Nähe sah keine dieser beiden Frauen Mondorchidee auch nur entfernt ähnlich. »Keine Sorge, Tante«, sagte die Nichte. »Ich kenne sie.«

»Ich kenne sie auch. Ich kannte sie schon vor dir.«

Die Nichte schwieg, obwohl sie ihre Mutter das letzte Mal vor fünf Jahren gesehen hatte. Ihre Tante behielt gern das letzte Wort.

Schließlich hörten Tapfere Orchidees Kinder mit dem Herumwandern auf und hängten sich auf ein Geländer. Wer konnte wissen, was sie dachten? Endlich rief die Nichte laut: »Ich sehe sie! Ich sehe sie! Mutter! Mutter!« Sie rief jedesmal, wenn die Tür aufging, wahrscheinlich zur Verlegenheit ihrer amerikanischen Verwandten, aber das war ihr egal. »Mama! Mama!« rief sie, bis der Spalt zwischen den Schiebetüren zu klein war, um ihre Stimme durchzulassen. »Mama!« Welch ein seltsames Wort aus dem Munde einer Erwachsenen. Viele Leute drehten sich um; sie wollten sehen, welcher Erwachsene da wie ein Kind ›Mama!‹ rief. Dann wandten sie sich wieder ihren eigenen Angelegenheiten zu. Sie war winzig, sehr mager, mit kleinen, flatternden Händen, ihr Haar in einem grauen Knoten zusammengefaßt. Sie trug ein graues Wollkostüm, Perlen um den Hals und in den Ohrläppchen. Ja, Mondorchidee *würde* auf Reisen ihren Schmuck zeigen. Einen Augenblick lang sah Tapfere Orchidee die Schwester, die sie erwartet hatte, wie einen größeren, jüngeren Umriß um diese steinalte Frau. Die verschwommene vertraute Silhouette jedoch verblaßte und ließ diese alte und graue Frau zurück. So alt. Tapfere Orchidee preßte sich an das Glas. *Die* alte Frau? Jawohl, die alte Frau bei dem Geist, der ihre Papiere stempelte, ohne Fragen zu stellen, war ihre Schwester. Dann schritt Mondorchidee lächelnd, ohne ihre Familie zu bemerken, zu dem Gepäckkontrolleurgeist hinüber, der ihre Schachteln durchwühlte, dicke Tuffs Seidenpapier herausholte. Von ihrem Platz aus konnte Tapfere Orchidee nicht erkennen, was ihre Schwester zum Mitnehmen über den Ozean ausgewählt hatte. Sie wünschte, ihre Schwester würde zu ihr herüberschauen. Tapfere Orchidee dachte, wenn *sie* ein neues Land beträte, würde sie am Fenster stehen. Mondorchidee beschäftigte sich jedoch statt dessen mit dem Auspacken, beim Anblick eines jeden Gegenstandes so überrascht wie beim Auspacken der Geschenke nach einer Geburtstagsfeier.

»Mama!« rief Mondorchidees Tochter immer wieder. Tapfere Orchidee sagte zu ihren Kindern: »Warum ruft ihr eure Tante nicht auch? Vielleicht hört sie uns, wenn wir alle zusammen rufen.« Doch die Kinder stahlen sich davon. Vielleicht war die beschämte Miene, die sie oft aufsetzten, amerikanische Höflichkeit.

»Mama!« rief Mondorchidees Tochter wieder, und diesmal blickte die Mutter sie an. Sie ließ ihre Bündel liegen und kam herbeigelaufen. »He!« schrie der Zollgeist hinter ihr her. Sie ging zurück, um das Durcheinander zu ordnen, und redete dabei die ganze Zeit lautlos mit ihrer Tochter. Ihre Tochter deutete auf Tapfere Orchidee. Und endlich sah Mondorchidee auch sie an: zwei alte Frauen mit Gesichtern wie Spiegel.

Sie streckten die Hände aus, als wolle jede das Gesicht der anderen berühren; dann kehrten die Hände jedoch zum eigenen Gesicht zurück, betasteten die Finger die Furchen auf der Stirn und an den Mundwinkeln. Mondorchidee, die niemals den Ernst der Dinge verstand, begann zu lächeln und zu lachen und deutete auf Tapfere Orchidee. Schließlich raffte Mondorchidee ihre Siebensachen zusammen, kümmerte sich nicht um hängende Bindfäden und lose flatterndes Papier und näherte sich ihrer Schwester an der Tür, wo sie sich die Hände schüttelten und den anderen den Weg versperrten.

»Du bist eine alte Frau«, sagte Tapfere Orchidee.
»Aiaa. Du auch.«
»Aber du bist wirklich alt. Das kannst du von mir nicht behaupten. Ich bin nicht auf die Art alt, wie du alt bist.«
»Aber *du* bist wirklich alt. Du bist ein Jahr älter als ich.«
»Dein Haar ist weiß, und dein Gesicht ist runzelig.«
»Du bist so dürr.«
»Du bist so dick.«
»Dicke Frauen sind schöner als dürre.«

Die Kinder zerrten sie von der Tür weg. Eines der Kinder von Tapfere Orchidee holte den Wagen vom Parkplatz, das andere verstaute das Gepäck im Kofferraum. Sie packten die beiden alten Frauen und die Nichte auf den Rücksitz. Auf der ganzen Heimfahrt – über die Bay Bridge, die Diablo-Berge, über den San-Joaquin-Fluß bis ins Tal, das Mondlicht in der Dämmerung ganz weiß –, auf der ganzen Heimfahrt riefen die beiden Schwestern jedesmal, wenn sie einander ansahen, aus: »Aiaa! Wie alt!«

Tapfere Orchidee vergaß, daß ihr beim Autofahren schlecht wurde, daß alle Fahrzeuge bis auf Sänften sie schwindlig machten. »Du bist so alt«, wiederholte sie immer wieder. »Wie kommt es nur, daß du so alt geworden bist?«

Tapfere Orchidee hatte Tränen in den Augen. Aber Mondorchidee sagte: »Du siehst älter aus als ich. Du *bist* älter als ich.« Und wieder lachte sie. »Du trägst eine alte Maske, um mich zu necken.« Es erstaunte Tapfere Orchidee, daß sie sich nach dreißig Jahren immer noch über die Torheit ihrer Schwester zu ärgern vermochte.

Tapfere Orchidees Mann wartete unter dem Mandarinenbaum. Mondorchidee erkannte ihn als den Schwager auf den Fotos, nicht aber als den jungen Mann, der mit dem Schiff abgereist war. Ihre Schwester hatte das Ideal männlicher Schönheit geheiratet, den hageren Gelehrten mit den hohlen Wangen und den langen, schmalen Fingern. Und da stand er, ein alter Mann, und öffnete das eigenhändig angefertigte Gartentor, während sein Haar im Dämmerlicht wie Silber wehte. »Hallo«, begrüßte er sie wie ein Engländer in Hongkong. »Hallo«, antwortete sie wie ein englisches Fräulein vom Amt. Er half seinen Kindern das Gepäck aus dem Auto holen, packte die Koffergriffe mit seinen knochigen Fingern, mit steifen, knochigen Handgelenken.

Tapfere Orchidees Mann und Kinder trugen alles ins Eßzimmer, wo Fußboden und Möbel mit den Habseligkeiten einer Lebensumstellung bepackt waren. Tapfere Orchidee wollte eine Glückszeremonie abhalten und die Sachen anschließend dort verstauen, wo sie hingehörten, Mondorchidee aber sagte: »Ich habe Geschenke für euch mitgebracht. Wartet, ich werde sie holen.« Abermals öffnete sie ihre Schachteln. Die Kofferdeckel klafften wie offene Münder; Tapfere Orchidee mußte sich mit ihrem Glück beeilen.

»Zunächst einmal habe ich für euch alle Schuhe von Lieblicher Orchidee mitgebracht«, erklärte Mondorchidee und händigte sie ihren Neffen und Nichten aus, die sich verzweifelte Blicke zuwarfen. Liebliche Orchidee, die jüngste Tante, besaß in Hongkong entweder ein Schuhgeschäft oder eine Schuhfabrik. Deswegen schickte sie jedes Jahr zu Weihnachten ein Dutzend Paare, glitzernd von gelben und roten Plastikperlen, Ziermünzen und türkisblauen Blumen. »Anscheinend schickt sie uns die Ladenhüter«, sagten Tapfere Orchidees Kinder auf englisch. Während Tapfere Orchidee hin und her lief und alle Lichter einschaltete, jede Lampe und jede Birne, warf sie ihren Kindern erzürnte

Blicke zu. Es würde ihnen noch mal leid tun, dann nämlich, wenn sie barfuß durch Schnee und über Steine laufen mußten, weil sie die Schuhgeschenke verschmäht hatten, selbst wenn sie die falsche Größe hatten. Sie würde die Slipper im Winter auf den Linoleumboden neben die Badewanne stellen und so ihre faulen Kinder veranlassen, sie doch zu tragen.

»Kann ich eine Schere haben? Wo ist meine Schere?« fragte Mondorchidee. Sie schlitzte den Absatz eines schwarz bestickten Slippers auf und zog die Watte heraus – in der es von Juwelen glitzerte. »Ich werde euch die Ohrläppchen durchstechen«, erklärte sie ihren Nichten und rieb deren Ohren. »Dann könnt ihr das hier tragen.« Es waren Ohrringe mit Nadeln, die aussahen wie goldene Dolche. Es gab ein Jadeherz und einen Opal. Tapfere Orchidee unterbrach ihre Schwester, lief umher und rieb die Steine an ihrer Haut.

Mondorchidee lachte erfreut. »Und seht nur, seht!« sagte sie. In der Hand hielt sie einen Krieger-Heiligen aus Papier, eine knifflige Arbeit. Ein Kommunist hatte aus dünnem schwarzen Papier einen Helden mit Ärmeln wie Schmetterlingsflügel geschnitten, mit Quasten und Fähnchen, die flatterten, wenn man pustete. »Ist das wirklich Handarbeit?« fragten die Kinder immer wieder. »Wirklich?« Augenbrauen und Schnurrbart, die Zornesfalten zwischen den Augen, das ganze Gesicht – alles wie winzige schwarze Spinnweben. Seine geöffnete Hand war Finger um Finger ausgeschnitten. Durch die Zwischenräume konnte man das Licht, das Zimmer sehen. »Oh, ich habe noch mehr. Ich habe noch mehr«, verkündete Mondorchidee glücklich. Sie holte einen weiteren Scherenschnitt heraus und pustete ihn an. Es war der Gelehrte, der stets einen Fächer trägt; ihr Atem ließ die blauen Federn erzittern. Sein Pinsel, seine Feder und die verschnürten Schriftrollen steckten in kleinen Behältern. »Und noch mehr.« Ein orangefarbener Krieger-Dichter mit Schwert und Schriftrolle; ein purpurner Ritter in Spitzenrüstung, Löcher als Schuppen; ein wundervoller Bogenschütze auf einem roten Pferd mit einer Mähne wie Feuer; ein zeitgenössischer kommunistischer Arbeiter, stolz mit einem goldenen Hammer; ein kommunistisches Soldatenmännchen mit rosa Zöpfen und rosa Gewehr. »Und das hier ist Fa Mu Lan«, erklärte sie. »Das war eine Kriegerin, die wirklich existiert hat.« Fa Mu Lan war grün und schön; ihre Kleider wirbelten, während sie gerade ihr Schwert zog.

»Papierpuppen«, sagte Tapfere Orchidee zu ihren Kindern. »Ich hätte gedacht, ihr wäret zu alt, um mit Puppen zu spielen.« Wie gierig, in Gegenwart des Gebenden mit Geschenken zu spielen! Wie unhöflich (auf chinesisch ›untraditionell‹) ihre Kinder waren! Mit einem Schlag des Hackmessers teilte sie Kandiszucker in kleine Stücke. »Greift zu«, drängte sie. »Nehmt mehr!« Auf einem roten Pappteller bot sie ihrer Familie, einem nach dem anderen, die gelben Kristalle an. Das war sehr wichtig: Der Anfang mußte süß sein. Die Kinder taten, als wäre es ihnen lästig, den Zucker zu essen. »Na schön«, sagten sie und nahmen sich die kleinsten Stücke. Wer hätte gedacht, daß Kinder keinen Zucker mochten? Das war nicht normal, das war gegen die Natur von Kindern, nicht menschlich. »Nehmt euch ein großes Stück«, mahnte sie. Falls notwendig, würde sie sie zum Essen zwingen, als wäre es Medizin. Sie waren so dumm, sie konnten noch nicht erwachsen sein. Sie hatten den ersten Tag ihrer Tante in Amerika mit böser Zunge verdorben; man mußte ihre lauten, barbarischen Zungen versüßen. Sie öffnete die Haustür und murmelte etwas. Dann öffnete sie die Hintertür und murmelte abermals etwas.

»Was sagst du, wenn du die Tür aufmachst?« hatten ihre Kinder gefragt, als sie noch jünger waren.

»Nichts. Gar nichts«, hatte sie stets geantwortet.

»Sind es die Geister, Mutter? Redest du mit den Geistern? Bittest du sie herein oder hinaus?«

»Es ist nichts«, beharrte sie. Etwas wirklich Wichtiges erklärte sie nie. Und dann fragten sie nicht mehr.

Als sie von ihrem Gespräch mit den Unsichtbaren zurückkam, sah Tapfere Orchidee, daß ihre Schwester alles im Zimmer verstreute. Die Papierpuppen lagen auf den Lampenschirmen, den Sesseln, den Tischtüchern. Mondorchidee hängte Fächer und Drachen mit Ziehharmonikakörpern an Türknäufe. Sie entrollte weiße Seide. »Männer können gut Hähne sticken.« Sie deutete auf die gestickten Vögel. Erstaunlich, daß jemand alt werden konnte, ohne Ordnung halten zu lernen!

»Räumen wir diese Sachen fort«, schlug Tapfere Orchidee ihr vor.

»Ach, Schwester«, antwortete Mondorchidee, »sieh doch, was ich für dich mitgebracht habe.« Sie hielt ein blaßgrünes, mit Wolle gefüttertes Seidenkleid empor. »Im Winter kannst du aussehen wie im Sommer und es dabei so warm haben wie im Sommer.« Sie knöpfte den Verschluß auf, um das Futter zu zeigen, dick und kariert wie eine Wolldecke.

»Also, wo sollte ich wohl ein so elegantes Kleid tragen?« fragte Tapfere Orchidee. »Gib es lieber einem der Kinder.«

»Für die habe ich Armreifen und Ohrringe.«

»Sie sind zu jung für Schmuck. Sie werden ihn nur verlieren.«

»Mir kommen sie groß für Kinder vor.«

»Die Mädchen haben beim Baseball sechs Jadearmreifen zerbrochen. Außerdem können sie keinen Schmerz ertragen. Sie schreien, wenn ich ihre Hände durch die Armreifen zwänge. Und am selben Tag noch zerbrechen sie sie. Wir bringen den Schmuck besser zur Bank, und für die Seidenrollen werden wir schwarze Holzrahmen mit Glas kaufen.« Sie nahm die Stäbe, die sich zu Blumen entfalteten. »Warum hast du nur all diesen Kram übers Meer mitgeschleppt?«

Tapfere Orchidee trug das, was brauchbar und solide war, ins hintere Schlafzimmer, wo Mondorchidee wohnen sollte, bis entschieden war, was sie endgültig anfangen würde. Mondorchidee hob Bindfäden auf, wurde aber von leuchtenden Farben und Bewegungen abgelenkt. »Oh, sieh mal an!« sagte sie. »Sieh dir das an! Ihr habt Karpfen.« Sie knipste das Licht im Goldfischbassin aus und wieder an. Es stand auf der Platte des Rollpults, das Tapfere Orchidees Mann aus dem Spielkasino mitgebracht hatte, als es während des Zweiten Weltkriegs schließen mußte. Mondorchidee blickte zu den Fotos der Großeltern hinauf, die über dem Schreibpult an der Wand hingen. Dann drehte sie sich um und betrachtete die gegenüberliegende Wand; dort hingen, ebenso groß, die Fotos von Tapferer Orchidee und ihrem Mann. Sie hatten ihre eigenen Bilder aufgehängt, weil die Kinder später doch nicht genug Verstand haben würden, es zu tun.

»Sieh mal an!« staunte Mondorchidee. »Eure Bilder hängen auch da. Warum?«

»Nur so«, antwortete Tapfere Orchidee. »In Amerika kann man Bilder aufhängen, von wem man will.«

Oben auf dem Rollpult standen, wie auf einem Kaminsims, unter den Fotos der Großeltern Schalen mit Plastikmandarinen und -orangen, Blumen aus Kreppapier, Plastikvasen und Porzellanvasen mit Sand und Räucherstäbchen. Auf einem weißen gehäkelten Tischläufer, verziert mit roten Phoenixen und roten Worten über das Leben, das voll Glück und Freude sei, stand eine Uhr. Mondorchidee hob die Fransen, um in die Schubfächer zu spähen. Außerdem gab es genug Federschalen und kleine Schubladen, so daß jedes Kind eine oder zwei für sich allein besaß. Das Goldfischbassin nahm die Hälfte der Schreibtischplatte ein, aber es blieb noch reichlich Platz zum Schreiben. Der Rolldeckel war allerdings verschwunden; die Kinder hatten ihn Leiste um Leiste zerbrochen, wenn sie sich im Pult versteckten und den Deckel über sich schließen wollten. In der Knieöffnung wurden Schachteln voll Spielzeug aufbewahrt, mit dem jetzt die Enkelkinder spielten. Eines der großen unteren Schubfächer hatte Tapfere Orchidees Mann mit einem Vorhängeschloß abgesperrt.

»Warum habt ihr das verschlossen?« erkundigte sich Mondorchidee. »Was ist da drin?«

»Nichts«, antwortete die Schwester. »Gar nichts.«

»Wenn du unbedingt herumschnüffeln mußt«, sagte Tapfere Orchidee dann, »sieh doch mal nach, was sich in den Küchenschubladen befindet, damit du mir beim Kochen helfen kannst.«

Sie kochten so viel zu essen, daß die Tische im Eßzimmer und in der Küche fast brachen. »Eßt!« befahl Tapfere Orchidee. »Eßt!« Sie erlaubte niemandem, beim Essen zu sprechen. Bei manchen Familien hatten die Kinder sich eine Zeichensprache ausgedacht, hier aber sprachen die Kinder Englisch, was die Eltern nicht zu hören schienen.

Nachdem sie gegessen und abgeräumt hatten, sagte Tapfere Orchidee: »Also! Kommen wir jetzt zum Geschäft.«

»Was meinst du damit?« erkundigte sich ihre Schwester. Sie und ihre Tochter hielten einander bei der Hand.

»O nein! Davon will ich nichts hören«, sagte Tapfere Orchidees Mann und ging hinaus, um im Bett zu lesen.

Die drei Frauen saßen in der riesigen Küche mit dem Hackklotz und den beiden Kühlschränken. Tapfere Orchidee hatte einen Herd in der Küche und einen draußen auf der hinteren Veranda stehen. Auf dem Herd draußen verkochten den ganzen Tag über Schalen und Knorpel zu Hühnerfutter. Die Kinder waren entsetzt, wenn sie sie dabei ertappten, daß sie Hühnerabfälle ins Hühnerfutter tat. Beide Herde waren jetzt für die Nacht abgestellt, und die Luft wurde ein wenig kühler.

»Warte bis morgen, Tante«, schlug Mondorchidees Tochter vor. »Sie braucht Schlaf.«

»Ja, ich brauche Ruhe. Schließlich bin ich den ganzen Weg von China bis hierher gereist«, bestätigte sie. »Ich bin hier. Du hast es geschafft, mich herüberzuholen.« Mondorchidee meinte, sie sollten zufrieden sein mit dem, was sie bereits erreicht hatten. Sie räkelte sich zufrieden und schien glücklich, in diesem Augenblick in der Küche sitzen zu können. »Ich möchte früh schlafen gehen, wegen des Zeitunterschieds«, verkündete sie, doch Tapfere Orchidee, die niemals in einem Flugzeug gesessen hatte, ließ das nicht zu.

»Was willst du deines Mannes wegen unternehmen?« erkundigte sie sich. Das müßte ihre Schwester aufmuntern.

»Weiß ich nicht. Müssen wir etwas unternehmen?«

»Er weiß nicht, daß du hier bist.«

Mondorchidee erwiderte nichts. Seit dreißig Jahren schickte er ihr Geld aus Amerika. Aber sie hatte ihm nie mitgeteilt, daß sie in die Vereinigten Staaten kommen wollte. Sie wartete darauf, daß er es ihr vorschlug, aber das tat er nicht. Und sie schrieb ihm nicht, daß ihre Schwester jahrelang schwer gearbeitet hatte, um sie nach Amerika holen zu können. Zuerst hatte Tapfere Orchidee für ihre Tochter einen chino-amerikanischen Ehemann gesucht. Dann war die Tochter gekommen und hatte die Papiere unterzeichnen können, die für eine Übersiedlung nötig waren.

»Wir müssen ihm mitteilen, daß du hier bist«, sagte Tapfere Orchidee.

Mondorchidee machte große Augen wie ein Kind. »Eigentlich dürfte ich nicht hier sein.«

»Unsinn. Ich will dich hier haben, und deine Tochter will dich hier haben.«

»Aber das ist auch alles.«

»Dein Mann wird dich begrüßen müssen. Wir werden dafür sorgen, daß er dich erkennt. Ha. Wäre das nicht komisch, sein Gesicht zu beobachten? Du gehst zu seinem Haus. Und wenn seine zweite Frau die Tür aufmacht, sagst du: ›Ich möchte meinen Mann sprechen‹ und nennst seinen richtigen Namen. ›Sagen Sie ihm, daß ich im Familienzimmer auf ihn warte.‹ Du gehst an ihr vorbei, als wäre sie ein Dienstbote. Sie wird ihn schelten, wenn er von der Arbeit nach Hause kommt, und das geschieht ihm recht. Du wirst ihn auch anschreien.«

»Ich habe Angst«, wandte Mondorchidee ein. »Ich möchte lieber nach Hongkong zurück.«

»Das kannst du nicht. Dazu ist es zu spät. Du hast deine Wohnung verkauft. Paß auf. Wir kennen seine Adresse. Er wohnt mit seiner zweiten Frau in Los Angeles, und die beiden haben drei Kinder. Poch auf dein Recht. Es sind *deine* Kinder. Er hat zwei Söhne. *Du* hast zwei Söhne. Du nimmst sie ihr weg. Du wirst ihre Mutter.«

»Glaubst du wirklich, ich könnte die Mutter von Söhnen sein? Glaubst du nicht, sie werden zu ihr halten, weil sie sie doch geboren hat?«

»Die Kinder werden zu ihrer wahren Mutter gehen – zu dir«, behauptete Tapfere Orchidee. »So ist es immer mit Müttern und Kindern.«

»Glaubst du, er wird mir böse sein, weil ich gekommen bin, ohne es ihm zu sagen?«

»Er hat es verdient, daß du ihm böse bist. Weil er dich verlassen hat, weil er deine Tochter verlassen hat.«

»Er hat mich nicht verlassen. Er hat mir viel Geld geschickt. Ich habe soviel Essen und Kleider und Dienstboten gehabt, wie ich nur wollte. Und unsere Tochter hat er auch unterstützt, obwohl sie nur ein Mädchen ist. Er hat sie aufs College gehen lassen. Ich kann ihn nicht belästigen. Ich darf ihn nicht belästigen.«

»Wie kannst du ihm so etwas durchgehen lassen? Belästige ihn. Er verdient es, belästigt zu werden. Wie kann er es wagen, eine andere zu heiraten, wo er doch dich hat? Wie kannst du so ruhig dasitzen? Er hätte dich für immer in China gelassen. *Ich* mußte deine Tochter herholen, und *ich* mußte dich herholen. Sag's ihr.« Sie wandte sich an ihre Nichte. »Sag ihr, daß sie zu ihm gehen soll.«

»Ich finde, du solltest meinen Vater aufsuchen«, sagte sie. »Ich möchte ihn kennenlernen. Ich möchte wissen, wie mein Vater aussieht.«

»Was spielt es für eine Rolle, wie er aussieht?« entgegnete ihre Mutter. »Du bist eine erwachsene Frau mit Mann und eigenen Kindern. Du brauchst keinen Vater – und eine Mutter auch nicht. Du bist nur neugierig.«

»In diesem Land«, sagte Tapfere Orchidee, »machen viele Leute ihre Töchter zu Erben. Wenn du nicht zu ihm gehst, gibt er alles den Kindern seiner zweiten Frau.«

»Aber er gibt uns ohnehin alles. Was soll ich denn noch mehr verlangen? Wenn ich ihm von Angesicht zu Angesicht gegenüberstehe, weiß ich wirklich nicht, was ich ihm sagen soll.«

»Oh, ich wüßte Tausenderlei«, erklärte Tapfere Orchidee. »Ich wünschte, ich wäre an deiner Stelle. Ich könnte ihm so vieles sagen! Was für eine Szene würde ich ihm machen! Du bist zu zaghaft.«

»Ja, das bin ich.«

»Du mußt ihn fragen, warum er nicht nach Hause zurückgekehrt ist. Warum er ein Barbar geworden ist. Mach, daß er ein schlechtes Gewissen bekommt, weil er seine Eltern verlassen hat. Geh einfach mit deinen Koffern und Schachteln in sein Haus. Geh direkt ins Schlafzimmer. Wirf ihre Sachen aus den Schubladen und pack deine hinein. Sag ihm: ›Ich bin die erste Frau; sie ist unsere Dienerin.‹«

»O nein, das kann ich nicht! Das tue ich auf gar keinen Fall. Das ist furchtbar.«

»Natürlich kannst du das. Ich bring's dir bei. ›Ich bin die erste Frau; sie ist unsere Dienerin.‹ Und dann lehrst du die kleinen Jungen, Mutter zu dir zu sagen.«

»Ich glaube nicht, daß ich besonders gut mit kleinen Jungen umgehen kann. Mit kleinen amerikanischen Jungen. Unser Bruder ist der einzige Junge, den ich jemals gekannt habe. Sind sie nicht ziemlich roh und gefühllos?«

»Ja, aber sie gehören dir. Und noch etwas würde ich an deiner Stelle tun: Ich würde mir Arbeit suchen und ihm helfen. Ihm zeigen, daß ich ihm das Leben erleichtern kann, daß ich sein Geld nicht brauche.«

»Er hat eine Menge Geld, nicht wahr?«

»Ja. Er kann irgendeine Arbeit verrichten, die von den Barbaren sehr geschätzt wird.«

»Ob ich auch so eine Arbeit finden könnte? Ich habe noch nie eine Stellung gehabt.«

»Du könntest Zimmermädchen in einem Hotel werden«, schlug ihr Tapfere Orchidee vor. »Damit fangen heutzutage viele Einwanderer an. Außerdem haben die Zimmermädchen die Möglichkeit, Kleider und Seife, die die Leute liegengelassen haben, mit nach Hause zu nehmen.«

»Dann müßte ich hinter den Leuten aufräumen?«

Tapfere Orchidee musterte ihre zierliche Schwester. Sie war eine so winzige alte Frau! Sie hatte lange, schmale Finger und magere, weiche Hände. Und vom Leben in Hongkong hatte sie einen vornehmen städtischen Akzent. Keine Spur mehr von dem ländlichen Dialekt; so lange schon war sie fort aus dem Dorf. Doch Tapfere Orchidee würde nicht nachgeben; ihre verwöhnte Schwester würde eben härter werden müssen. »Auch in Konservenfabriken arbeiten die Einwanderer; da ist es so laut, daß es ganz gleich ist, ob sie Chinesisch sprechen oder was sonst. Am einfachsten jedoch findet man wohl in Chinatown Arbeit. Da bekommst du fünfundzwanzig Cent die Stunde und alle Mahlzeiten frei, wenn du in einem Restaurant arbeitest.«

Wenn sie an der Stelle ihrer Schwester wäre, hätte sich Tapfere Orchidee sofort ans Telefon gehängt und um so eine Stellung in Chinatown gebeten. Sie hätte dem Chef die Zusage abgerungen, sie sofort anfangen zu lassen, wenn er am nächsten Morgen aufmachte. Die Einwanderer waren heutzutage richtige Banditen, schlugen die Ladenbesitzer zusammen und bestahlen sie, anstatt zu arbeiten. Wahrscheinlich hatten sie diese Gewohnheiten von den Kommunisten übernommen.

Mondorchidee rieb sich die Stirn. Das Küchenlicht schien warm auf die Gold- und Jaderinge, die ihre Hände schmückten. Einer der Ringe war ein Ehering. Tapfere Orchidee, die nahezu fünfzig Jahre lang verheiratet war, trug keine Ringe. Die waren bei der Arbeit nur hinderlich. Sie wollte nicht, daß das Gold vom Spülwasser, vom Waschwasser und vom Feldwasser abgewaschen wurde. Sie sah ihre jüngere Schwester an, bei der sogar die Runzeln feiner waren. »Ach, laß das nur mit der Stellung«, sagte sie, und das war äußerst nachsichtig von ihr. »Du brauchst nicht zu arbeiten. Du gehst einfach zum Haus deines Mannes und verlangst deine Rechte als Erste Frau. Wenn du ihn siehst, kannst du ihn fragen: ›Kennst du mich noch?‹«

»Und wenn er nein sagt?«

»Dann erzählst du ihm Einzelheiten aus eurem gemeinsamen Leben in China. Redest wie eine Wahrsagerin. Das wird ihn beeindrucken.«

»Glaubst du, er freut sich, wenn er mich sieht?«

»Ich würde es ihm raten.«

Um Mitternacht, zweiundzwanzig Stunden, nachdem sie Hongkong verlassen hatte, begann Mondorchidee ihrer

Schwester zu versichern, sie werde tatsächlich ihren Mann zur Rede stellen. »Aber er wird mich nicht mögen«, fürchtete sie.

»Vielleicht solltest du dir die Haare schwarz färben, damit er dich nicht für alt hält. Oder, ich habe eine Perücke, die ich dir leihen könnte. Andererseits soll er ruhig sehen, wie du gelitten hast. Jawohl, er soll sehen, daß deine Haare seinetwegen weiß geworden sind.«

Während all dieser Stunden hielt die Tochter Mondorchidees Hand. Die beiden waren fünf Jahre lang getrennt gewesen. Tapfere Orchidee hatte die Jugendfotografie der Tochter an einen reichen, bösen Mann geschickt, der Einbürgerungspapiere besaß. Er war ein Tyrann. Mutter und Tochter taten einander leid. »Reden wir nicht mehr darüber«, bat Mondorchidee. »Morgen können wir Pläne schmieden. Ich möchte von meinen Enkeln hören. Erzähl mir von ihnen. Ich habe drei Enkelkinder, nicht wahr?« fragte sie ihre Tochter.

Tapfere Orchidee fand, daß ihre Nichte wie die Mutter war: der liebliche, nutzlose Typ. Und sie hatte soviel Zeit damit verbracht, diese beiden härter zu machen! »Die Kinder sind sehr gescheit, Mutter«, antwortete die Nichte. »Die Lehrer sagen, sie sind brillant. Sie sprechen Chinesisch und Englisch. Sie können sich mit dir unterhalten.«

»Meine Kinder können sich auch mit dir unterhalten«, warf Tapfere Orchidee ein. »Kommt her. Sprecht mit eurer Tante«, befahl sie.

Ihre Söhne und Töchter murmelten etwas und verschwanden – ins Bad, in den Keller, zu den verschiedensten Verstecken, die sie sich im Haus gesucht hatten. Eine Tochter schloß sich in der Speisekammer ein, wo sie zwischen den Lebensmitteln ein Regal als Schreibplatte für sich freigemacht hatte. Tapfere Orchidees Kinder waren antisozial und verschlossen. Schon als sie noch klein waren, hatten sie sich in Wandschränken und unter Treppen Nester gebaut; unter Tischen und hinter Türen bauten sie Zelte. »Meine Kinder sind auch sehr gescheit«, sagte sie. »Warte, ich zeige es dir, ehe du schlafen gehst.« Sie führte ihre Schwester ins Wohnzimmer, wo sie unter einem Glaskasten, einem großen umgestülpten Aquarium, die Sporttrophäen und Schulpreise ihrer Kinder aufbewahrte. Es gab sogar einen Pokal von einem Schönheitswettbewerb. Sie hatte alles mit glückbringenden Bändern geschmückt.

»Oh, wie wunderbar!« rief die Tante. »Du bist sicher sehr stolz auf sie. Deine Kinder müssen sehr klug sein.« Die Kinder, die sich im Wohnzimmer aufhielten, stöhnten und gingen hinaus. Tapfere Orchidee begriff nicht, warum sie sich der Dinge schämten, die sie vollbracht hatten. Es war schwer zu glauben, daß sie die Dinge wirklich konnten, für die sie die Trophäen erhalten hatten. Vielleicht hatten sie sie den wirklichen Siegern gestohlen. Vielleicht hatten sie Pokale und Medaillen gekauft und so getan, als hätten sie sie gewonnen. Sie würde es ihnen vorhalten müssen und abwarten, wie sie darauf reagierten. Vielleicht täuschten sie die Geistlehrer und Geisttrainer, die einen klugen Chinesen nicht von einem dummen Chinesen unterscheiden konnten. Ihre Kinder schienen wirklich nicht so großartig zu sein.

Sie ordnete an, daß einige Kinder auf dem Fußboden schliefen, und brachte Mondorchidee mit ihrer Tochter in dem geräumten Zimmer unter. »Wird meine Mutter in deinem Haus oder in meinem Haus wohnen?« erkundigte sich die Nichte bei Tapfere Orchidee.

»Sie wird bei ihrem Ehemann wohnen.« Tapfere Orchidee blieb standhaft. Sie würde dieses Thema am nächsten Morgen bestimmt wieder aufgreifen.

Am folgenden Tag, gleich nach dem Frühstück, schlug Tapfere Orchidee vor, nach Los Angeles zu fahren. Sie würden nicht die Küstenstraße nehmen, an den Bergen und dicht am Meer entlang – wie ihre Kinder es wollten, die mit Vorliebe Achterbahn fuhren –, sondern die Inlandroute, eben und gerade.

»Zuallererst mußt du deinen Mann fragen, warum er nicht nach China zurückgekehrt ist, als er reich wurde«, riet sie ihrer Schwester.

»Ja, gut«, antwortete Mondorchidee. Sie stöberte im

Haus herum, hielt sich Dosen ans Ohr, heftete sich an die Fersen der Kinder.

»Wahrscheinlich hat er einen Wagen«, fuhr Tapfere Orchidee hartnäckig fort. »Er kann dich überall hinfahren. Und wenn er sagt, du sollst weggehen, drehst du dich an der Tür noch einmal um und fragst: ›Darf ich wenigstens hin und wieder kommen und bei dir fernsehen?‹ Klänge das nicht wunderbar ergreifend? Aber er wird dich bestimmt nicht rauswerfen. Nein, bestimmt nicht. Du spazierst sofort ins Schlafzimmer und öffnest den Kleiderschrank seiner zweiten Frau. Und nimmst dir alle Kleider, die du willst. Dann hast du eine amerikanische Garderobe.«

»Aber nein, das kann ich nicht!«

»Du kannst! Du kannst! Nimm dir ein Beispiel an deiner Ersten Schwägerin.« Ihr einziger Bruder hatte im Dorf eine Erste Frau gehabt, sich aber in Singapur, wohin er ging, um reich zu werden, eine zweite Frau genommen. Große Frau hatte während der Revolution viel zu leiden. »Die Kommunisten werden mich umbringen«, schrieb sie ihrem Mann, »und du amüsierst dich in Singapur.« Kleine Frau hatte Mitleid mit ihr, sie ermahnte ihren Mann, er sei es Großer Frau schuldig, sie aus China herauszuholen, bevor es zu spät sei. Kleine Frau sparte das Geld für die Überfahrt und erledigte die Schreibereien. Aber als Große Frau kam, jagte sie Kleine Frau zum Haus hinaus. Ihrem Mann blieb nichts anderes übrig, als ein zweites Haus zu bauen, eines für jede Frau und die Kinder jeder Frau. Für das alljährliche Familienporträt jedoch kamen sie alle immer zusammen. Auch die Ersten und Zweiten Frauen ihrer Söhne kamen mit auf die Bilder, die Ersten Frauen neben ihren Männern, die Zweiten Frauen bei den Kindern. »Mach es wie unsere Schwägerin«, forderte Tapfere Orchidee. »Mach der Zweiten Frau das Leben unerträglich, dann wird sie gehen. Er wird ihr ein zweites Haus bauen müssen.«

»Mir würde es nichts ausmachen, wenn sie bleibt«, wandte Mondorchidee ein. »Sie kann mich frisieren und den Haushalt machen. Sie kann das Geschirr spülen und uns die Mahlzeiten servieren. Und sie kann sich um die Jungen kümmern.« Mondorchidee lachte. Wieder kam es Tapfere Orchidee so vor, als sei ihre Schwester nicht sehr intelligent und habe in den letzten dreißig Jahren auch nichts dazugelernt.

»Du mußt deinem Mann von Anfang an klarmachen, was du von ihm erwartest. Dazu ist eine Ehefrau da: ihren Mann zu schelten, bis er ein guter Mann wird. Sag ihm, eine dritte Frau wird es nicht geben. Sag ihm, du gehst Besuche machen, wann immer du Lust dazu hast. Und ich, die große Schwester, kann dich in eurem Haus so lange besuchen, wie ich Lust dazu habe. Sag ihm genau, wieviel Unterhaltsgeld du haben willst.«

»Soll ich mehr oder weniger Geld verlangen, jetzt, wo ich doch hier bin?«

»Mehr natürlich. Die Lebensmittel sind hier teurer. Sag ihm, daß eure Tochter, die älteste, sein Vermögen erben muß. All diese Dinge mußt du ihm von Anfang an klarmachen. Fang nur nicht zu bescheiden an.«

Manchmal schien Mondorchidee sogar allzu bereitwillig zu lauschen – als erzähle ihre Schwester nur Geschichten. »Hast du ihn in all diesen Jahren gesehen?« fragte sie Tapfere Orchidee.

»Nein. Zuletzt habe ich ihn in China gesehen – bei dir. Was für ein schrecklicher, häßlicher Mann er sein muß, daß er dich nicht hat nachkommen lassen! Ich wette, er hofft, du gibst dich mit seinem Geld zufrieden. Wie schlecht er ist! Dreißig Jahre lang hast du wie eine Witwe leben müssen. Du kannst von Glück sagen, daß er dir nicht von seiner zweiten Frau schreiben ließ, er sei tot.«

»Aber nein, das würde er niemals tun!«

»Natürlich nicht. Er würde fürchten, einen Fluch auf sich zu laden.«

»Aber wenn er so häßlich und böse ist, vielleicht sollten wir uns dann lieber gar nicht um ihn kümmern.«

»Ich erinnere mich an ihn«, sagte die Tochter. »Er hat mir einen netten Brief geschrieben.«

»Du kannst dich gar nicht an ihn erinnern«, widersprach

die Mutter. »Als er fortging, warst du ein Säugling. Er schreibt nie, er schickt immer nur Geldanweisungen.«

Mondorchidee hoffte, der Sommer würde vergehen, während ihre Schwester redete, und im Herbst würde es Tapfere Orchidee dann zu kalt zum Reisen sein. Tapfere Orchidee reiste nicht gern. Es wurde ihr so übel davon, daß sie sich noch immer nicht von der Überfahrt nach San Francisco erholt hatte. Viele ihrer Kinder waren den Sommer über zu Hause, und Mondorchidee versuchte herauszufinden, wer welches war. Tapfere Orchidee hatte in ihren Briefen von ihnen berichtet, und Mondorchidee versuchte nun, sie nach den Beschreibungen zu identifizieren. Es gab tatsächlich ein ältestes Mädchen, das zerstreut und unordentlich war. Es hatte einen amerikanischen Namen, der wie ›Tinte‹ auf chinesisch klang. »Tinte!« rief Mondorchidee; und siehe da, ein Mädchen voller Tintenflecke antwortete: »Ja?« Dann machte sich Tapfere Orchidee Sorgen um eine Tochter, die das Mal einer glücklosen Frau trug; ja, es gab allerdings ein Mädchen mit einer so aufgeworfenen Oberlippe, wie Brigitte Bardot sie besaß. Mondorchidee rieb dieser Nichte die Hände und die kalten Füße. Dann gab es einen Jungen, von dem Tapfere Orchidee behauptete, er habe einen übergroßen Kopf. Als Baby, hatte sie geschrieben, sei sein Kopf so schwer gewesen, daß er ihn immer wieder herunterhängen ließ. Und tatsächlich sah Mondorchidee einen Jungen, dessen Kopf riesig war und, von Locken umrahmt, noch unförmiger wirkte, die Augenbrauen so dicht und schräg wie bei einem Opernkrieger. Mondorchidee konnte nicht feststellen, ob er weniger flink war als die anderen. Keines der Kinder war mitteilsam oder freundlich. Tapfere Orchidee hatte von einem Jungen geschrieben, der die seltsame Angewohnheit hatte, sich Bleistiftstummel in die Ohren zu stecken. Mondorchidee schlich sich an die Jungen heran und hob ihnen die Haare, um nach Bleistiftstummeln Ausschau zu halten. »Er hängt sich mit dem Kopf nach unten an die Möbel wie eine Fledermaus«, hatte seine Mutter geschrieben. »Und er gehorcht nicht.« Da Mondorchidee keinen Jungen fand, der sich wie eine Fledermaus benahm, und auch keine Bleistiftstummel, entschied sie, das müsse der Junge sein, der in Vietnam war. Und der Neffe mit dem runden Gesicht und den runden Augen war die ›unzugängliche Klippe‹. Das jüngste Mädchen, ›die tosenden Wogen‹, erkannte sie sofort. »Hör auf, mir nachzulaufen!« schrie sie ihre Tante an. »Guck mir nicht dauernd über die Schulter!«

»Was machst du da?« fragte Mondorchidee. »Was liest du?«

»Gar nichts!« schrie das Mädchen als Antwort. »Du bläst mir deinen Atem in den Nacken. Hör auf damit!«

Mondorchidee brauchte mehrere Wochen, bis sie heraus hatte, wie viele Kinder es überhaupt gab, denn einige kamen nur zu Besuch und wohnten nicht mehr zu Hause. Einige schienen verheiratet zu sein und eigene Kinder zu haben. Die Babys, die überhaupt kein Chinesisch sprachen, mußten die Enkel sein, entschied sie schließlich.

Keines von Tapfere Orchidees Kindern war so glücklich wie die beiden echten chinesischen Babys, die gestorben waren. Vielleicht kam das daher, daß sie keinen Ältesten Bruder und keine Älteste Schwester hatten, die sie anleiteten. »Ich weiß nicht, wie sie allein zurechtkommen wollen«, sagte Tapfere Orchidee. »Ich weiß nicht, wie jemand sie jemals wird heiraten wollen.« Und doch, bemerkte Mondorchidee, schienen einige von ihnen einen Mann oder eine Frau zu haben, die sie erträglich fanden.

»Sie werden niemals arbeiten lernen«, beschwerte sich Tapfere Orchidee.

»Vielleicht spielen sie immer noch«, meinte Mondorchidee, obwohl sie wirklich nicht verspielt wirkten.

»Sagt eurer Tante guten Morgen«, befahl Tapfere Orchidee, obwohl einige von ihnen erwachsen waren. »Sagt eurer Tante guten Morgen«, befahl sie jeden Tag aufs neue.

»Guten Morgen, Tante«, sagten sie und wandten sich ihr zu, starrten ihr direkt ins Gesicht. Sogar die Mädchen starrten ihr ins Gesicht – wie katzenköpfige Vögel. Wenn sie das taten, zuckte Mondorchidee zusammen und wand sich innerlich. Sie sahen ihr offen in die Augen, als suchten sie nach Lügen. Unhöflich. Vorwurfsvoll. Niemals senkten sie den Blick; sie blinzelten ja kaum einmal.

»Warum hast du deinen Töchtern nicht beigebracht, zurückhaltend zu sein?« fragte sie vorsichtig.

»Zurückhaltend?« schrie Tapfere Orchidee. »Sie *sind* zurückhaltend! Sie sind so zurückhaltend, daß sie kaum den Mund aufmachen.«

Es stimmte, die Kinder führten keine Gespräche. Mondorchidee versuchte manchmal, sie aus sich herauszulocken. Sie mußten viele interessante barbarische Dinge zu berichten haben, da sie doch in dieser Wildnis aufgewachsen waren. Sie machten heftige Bewegungen, und ihr Akzent war nicht direkt amerikanisch, sondern derb wie der ihrer Mutter, als kämen sie aus einem Dorf tief im Inneren von China. Nie sah sie, daß eines der Mädchen die Gewänder trug, die sie ihnen geschenkt hatte. Die junge, zornige Tochter knurrte im Schlaf: »Laß mich in Ruhe!« Manchmal, wenn die Mädchen lasen oder fernsahen, schlich sie sich mit einem Kamm hinter sie und versuchte, ihre Haare zu glätten, aber sie schüttelten den Kopf, drehten sich um und fixierten sie mit diesen Augen. Sie fragte sich, was sie wohl dachten und was sie sahen, wenn sie sie so anstarrten. Am liebsten trat sie von hinten an sie heran, damit sie sie nicht so ansehen konnten. So, wie die starrten, waren sie wie die Tiere.

Sie beugte sich über ein Kind, das las, und deutete auf bestimmte Worte. »Was ist das?« Sie tippte auf einen Absatz, den jemand unterstrichen oder mit Anmerkungen versehen hatte. Wenn das Kind geduldig war, antwortete es: »Das ist eine wichtige Passage.«

»Warum ist sie wichtig?«

»Weil der Hauptgedanke darin ausgedrückt ist.«

»Was ist der Hauptgedanke?«

»Ich kenne die chinesischen Bezeichnungen dafür nicht.«

»Sie sind so klug!« staunte Mondorchidee. »Sie sind so gescheit! Ist es nicht wunderbar, daß sie Sachen wissen, die man nicht auf chinesisch sagen kann?«

»Vielen Dank«, sagte das Kind. Wenn sie ihnen Komplimente machte, stimmten sie ihr zu! Kein einziges Mal hörte sie, daß ein Kind ein Kompliment zurückwies.

»Du bist hübsch«, sagte sie.

»Danke, Tante«, antworteten sie. Wie eitel! Sie staunte über ihre Eitelkeit.

»Du kannst das Radio aber sehr gut spielen«, neckte sie, und tatsächlich, sie warfen einander fragende Blicke zu. Sie versuchte es mit allen möglichen Komplimenten, doch nie sagten sie: »Aber nein, du bist zu freundlich. Ich kann es überhaupt nicht spielen. Ich bin dumm. Ich bin häßlich.« Es waren tüchtige Kinder; sie konnten Dienstbotenarbeit verrichten. Aber sie waren nicht bescheiden.

»Wieviel Uhr ist es?« fragte sie, um zu sehen, wie es um ihren Verstand bestellt war, wo sie doch so weit von der Zivilisation entfernt hatten aufwachsen müssen. Wie sie feststellte, konnten sie die Uhr sehr gut lesen. Und sie kannten die chinesischen Ausdrücke für ›Thermometer‹ und ›Bibliothek‹.

Sie sah sie fast rohes Fleisch essen, und sie rochen nach Kuhmilch. Zuerst dachte sie, sie wären so ungeschickt, daß sie sich Milch auf die Kleider geschüttet hätten. Bald aber merkte sie, daß sie selber nach Milch rochen. Sie waren groß und rochen nach Milch; sie waren jung und hatten weißes Haar.

Wenn Tapfere Orchidee sie anschrie, sie sollten sich ordentlich kleiden, verteidigte Mondorchidee diese lieben, wilden Tiere. »Aber es macht ihnen Spaß, auszusehen wie zottige Tiere. Das stimmt doch, nicht wahr? Es macht euch Spaß, auszusehen wie wilde Tiere?«

»Ich sehe nicht aus wie ein wildes Tier!« schrie das Kind ebenso laut wie seine Mutter.

»Dann eben wie ein Indianer. Stimmt's?«

»Nein!«

Mondorchidee strich ihnen über das arme weiße Haar. Sie zupfte sie an den Ärmeln, stupste sie in Schultern und Bauch. Es war, als wolle sie ausprobieren, wie lange es dauerte, einen Wilden zu provozieren.

»Hör auf, mich zu stupsen!« brüllten sie, bis auf das Mädchen mit den kalten Händen und Füßen.

»Hm«, sinnierte sie. »Jetzt sagt das Kind: ›Hör auf, mich zu stupsen.‹«

Tapfere Orchidee teilte ihrer Schwester Arbeit zu: Putzen, Nähen, Kochen. Mondorchidee war gern bereit zu arbeiten, ein hartes Leben in der Wildnis zu führen. Aber Tapfere Orchidee schalt: »Kannst du nicht schneller machen?« Es machte Tapfere Orchidee rasend, daß ihre Schwester jeden Teller mit Daumen und Zeigefinger hochhob, ihn vorn und hinten mit Spülmittel besprühte und das Wasser laufen ließ, ohne den Abfluß zu verschließen. Mondorchidee lachte nur, wenn Tapfere Orchidee schimpfte: »Laß das sein mit den Tellern! Hier. Nimm das Kleid und näh den Saum.« Aber Mondorchidee schaffte es binnen kurzem, den Faden zu verheddern, und lachte darüber.

Des Morgens standen Tapfere Orchidee und ihr Mann um sechs Uhr auf. Er trank eine Tasse Kaffee und ging in die Stadt, um die Wäscherei aufzuschließen. Tapfere Orchidee machte das Frühstück für die Kinder, welche die erste Wäschereischicht hatten; jene, die zur Sommerschule gingen, übernahmen die Nachmittags- und Abendschicht. Sie packte das Frühstück für ihren Mann in den Essensträger, den sie in Chinatown gekauft hatte, in jeden Topf des Trägers ein anderes Gericht. An manchen Vormittagen brachte Tapfere Orchidee das Essen selbst zur Wäscherei, dann wieder schickte sie es mit einem der Kinder, aber die Kinder ließen die Suppe überschwappen, wenn sie mit ihren Rädern über holpriges Pflaster fuhren. Sie hängten das Eßgeschirr an die eine Seite der Lenkstange, den Reiskessel an die andere. Sie waren zu faul, zu Fuß zu gehen. Jetzt, da ihre Schwester und ihre Nichte zu Besuch waren, ging Tapfere Orchidee erst später zur Wäscherei. »Aber vergiß nicht, alles aufzuwärmen, bevor du es deinem Vater aufträgst«, schrie sie ihrem Sohn nach. »Und mach ihm nach dem Frühstück Kaffee. Und spül das Geschirr.« Er würde mit dem Vater essen und anschließend mit der Arbeit beginnen.

Mit ihrer Schwester und ihrer Nichte nahm sie den Weg zur Wäscherei durch Chinatown. Tapfere Orchidee zeigte ihnen die rot-grün-goldene chinesische Schule. Von der Straße aus hörten sie Kinderstimmen rezitieren: »Ich bin eine Person aus dem Reich der Mitte.« Vor einer der Wohlfahrtsorganisationen las ein gebildeter Mann die ›Goldbergnachrichten‹ vor, die ans Fenster geklebt waren. Die Zuhörer betrachteten die Fotos und murmelten: »Aiaa.«

»Das sind also die Vereinigten Staaten«, stellte Mondorchidee fest. »Hier sieht es wirklich anders aus als in China. Aber es freut mich, daß die Amerikaner so sprechen wie wir.«

Wieder einmal staunte Tapfere Orchidee darüber, wie einfältig ihre Schwester doch war. »Das sind keine Amerikaner. Das sind Übersee-Chinesen.«

Als sie die Wäscherei erreichten, war der Boiler kochend heiß, die Maschinen waren arbeitsbereit. »Faß bitte keine Maschine an und lehn dich nicht dagegen«, warnte Tapfere Orchidee ihre Schwester. »Sonst verbrennst du dir die Haut, und sie schält sich ab.« Inmitten der Pressen stand, wie ein silbernes Zwillingsraumschiff, die Ärmelmaschine. Tapfere Orchidees Mann streifte mit einem Ruck die Hemdsärmel darüber. »Nur nicht dazwischengeraten!« warnte Tapfere Orchidee.

»Du solltest mit einer leichten Arbeit anfangen«, überlegte sie. Doch alle Arbeiten schienen zu schwer für Mondorchidee zu sein, die in eleganten Schuhen, Strümpfen und einem Straßenkostüm steckte. Die Knöpfe der Pressen zu drücken war ihr zu kompliziert, und was, wenn sie mit den Händen oder dem Kopf in eine der Pressen geriet? Schon jetzt spielte sie an den Wasserdüsen herum, die an Federn von der Decke herabhingen. Sie könne Handtücher falten und Taschentücher, entschied Tapfere Orchidee, doch trockene, saubere Wäsche gab es erst wieder am Nachmittag. Inzwischen stieg bereits die Temperatur.

»Kannst du bügeln?« erkundigte sich Tapfere Orchidee. Vielleicht konnte ihre Schwester die letzten Handgriffe an den Hemden tun, wenn sie aus den Maschinen kamen. Gewöhnlich war das die Arbeit von Tapfere Orchidees Mann. Er hatte so gelenkige Finger, so geschickt im Zusammenlegen der Hemden um die Pappkartons herum, die er sich aus allerlei Plakaten zurechtgeschnitten hatte. Um jedes fertige Hemd kam ein blaues Band.

»Ach ja, das möchte ich gern versuchen«, erklärte Mondorchidee. Tapfere Orchidee gab ihrer Schwester die Hemden ihres Mannes zum Üben. Sie zeigte ihr, daß die Familienwäsche mit dem Schriftzeichen für ›Mitte‹ gekennzeichnet war, einem Kasten mit einem Querstrich. Mondorchidee zupfte eine halbe Stunde lang am ersten Hemd herum und legte es dann schief zusammen, die Knopflöcher nicht auf Höhe der Knöpfe. Als ein Kunde hereinkam – ihr Bügeltisch stand unmittelbar neben dem kleinen Tisch mit den Kontrollabschnitten –, sagte sie nicht ›Hallo‹, sondern kicherte und ließ das Eisen auf dem Hemd stehen, bis es gelb wurde und mit Superoxyd gebleicht werden mußte. Dann behauptete sie, es sei so heiß, daß sie keine Luft mehr bekomme.

»Geh spazieren«, riet ihr Tapfere Orchidee verzweifelt. Selbst die Kinder waren imstande zu arbeiten. Sowohl die Mädchen als auch die Jungen vermochten zu nähen. ›Flikken und Knopfannähen frei‹ stand in großen Buchstaben am Fenster. Die Kinder konnten alle Maschinen bedienen, selbst als sie noch klein waren und auf Apfelkisten steigen mußten, um an sie heranzureichen.

»Aber ich kann doch nicht allein im Goldberg herumlaufen«, wandte Mondorchidee ein.

»Geh nach Chinatown«, schlug Tapfere Orchidee vor.

»Bitte, komm mit!« bat Mondorchidee.

»Ich muß arbeiten«, entgegnete ihre Schwester. Tapfere Orchidee stellte ihr eine Apfelkiste auf den Gehsteig vor der Wäscherei. »Da kannst du an der kühlen Luft sitzen, bis ich ein bißchen Zeit für dich habe.« Sie betätigte die Kurbel, mit der die Markise heruntergelassen wurde. »Dreh einfach weiter, bis die Kiste im Schatten ist.« Mondorchidee brauchte eine halbe Stunde dafür. Nach jeder Umdrehung mußte sie sich ausruhen.

Am Mittag, als die Temperatur drinnen auf dreiundvierzig Grad geklettert war, ging Tapfere Orchidee zu ihr hinaus. »Komm essen«, sagte sie. Auf dem kleinen Herd hinten in der Wäscherei hatte sie die Reste des Frühstücks aufgewärmt.

Hier hinten gab es auch einen Raum zum Übernachten, falls sie so spät mit dem Verpacken fertig wurden, daß sie zu müde zum Nachhausegehen waren. Dann drängten sich fünf bis sechs Personen in dem einzigen Bett zusammen. Einige schliefen auf den Bügeltischen, die kleinen Kinder auf den Regalen. Die Rollos an Schaufenster und Tür wurden herabgelassen. Die Wäscherei wurde zum gemütlichen neuen Heim, beinahe sicher vor den nächtlichen Schritten, dem Verkehr, der Stadt draußen. Der Boiler ruhte, und kein Geist ahnte, daß da Chinesen in ihrer Wäscherei übernachteten. Wenn die Kinder krank waren und nicht zur Schule gingen, schliefen sie in diesem Zimmer, damit Tapfere Orchidee sie pflegen konnte. Die Kinder behaupteten, daß der Boiler, in dem die Hitze auf und ab wallte, der Dampf abließ und wo unten helle Flammen züngelten, zu ihren Fieberträumen passe.

Nach dem Lunch fragte Tapfere Orchidee ihren Mann, ob er und die Kinder allein mit der Wäscherei fertig würden. Sie wolle Mondorchidee ein bißchen Abwechslung bieten. Er antwortete, der Arbeitsanfall sei heute ungewöhnlich gering.

Die Schwestern gingen nach Chinatown. »Wir werden noch etwas essen«, erklärte Tapfere Orchidee. Mondorchidee begleitete sie zu einem grauen Gebäude mit einem großen Ladenraum, in dem sich kühlende Ventilatoren an der Decke drehten und man kühlen Betonboden unter den Füßen hatte. An runden Tischen saßen Frauen, die schwarze Seetanggelatine aßen und plauderten. Sie gossen Karo-Sirup über die schwarze wabbelige Masse. Tapfere Orchidee ließ Mondorchidee Platz nehmen und stellte sie dramatisch vor: »Dies ist meine Schwester, die zum Goldberg gekommen ist, um sich ihren Mann wiederzuholen.« Viele der Frauen stammten auch aus dem Dorf; andere waren so lange mit ihnen in Kalifornien zusammen, daß sie Dorfbewohner hätten sein können.

»Fabelhaft! Du solltest ihn erpressen«, rieten die Frauen. »Laß ihn verhaften, wenn er dich nicht aufnehmen will.«

»Verkleide dich als geheimnisvolle Dame und versuche herauszufinden, wie schlecht er ist.«

»Du wirst deinen Mann gründlich verprügeln müssen, das ist nötig.«

Sie machten Scherze über sie. Mondorchidee lächelte und versuchte sich ebenfalls einen Scherz auszudenken. Die unförmige Besitzerin, die eine Schlachterschürze trug, brachte weitere Schüsseln voll schwarzer Gelatine aus der Küche. Sie stand an den Tischen, rauchte eine Zigarette und sah zu, wie ihre Kundinnen aßen. Es war so angenehm kühl hier, alles schwarz, hellgelb und braun, und die Gelatine war auch so kühl! Die Tür zur Straße stand offen, die Passanten draußen waren ausschließlich Chinesen, doch die Jalousien an den Fenstern schnitten das Sonnenlicht in Streifen, als wolle sich jedermann verstecken. Zwischen den Portionen lehnten sich die Frauen zurück und schwenkten Fächer aus Seide, Papier, Sandelholz und Pandanuswedeln. Sie glichen den reichen Frauen in China, die nichts zu tun hatten.

»Spielzeit!« rief die Besitzerin und räumte die Tische ab. Die Frauen hatten nur eine Pause beim Glücksspiel gemacht. Sie streckten beringte Hände aus und mischten, klick-klack, die Elfenbeinplättchen fürs nächste Spiel. »Wir müssen gehen«, erklärte Tapfere Orchidee und führte ihre Schwester hinaus. »Wenn man nach Amerika kommt, ist das eine Gelegenheit, einige der schlechten Angewohnheiten der Chinesen zu vergessen. Hier kann man sich eines Tages vom Spieltisch erheben und stellt fest, daß das Leben vorbei ist.« Die Glücksspielerinnen, schon wieder in ihr Spiel vertieft, riefen den Schwestern einen Abschiedsgruß nach.

Sie kamen am Gemüse-, Fisch- und Fleischmarkt vorbei – nicht so reichhaltig im Angebot wie in Kanton, die Karpfen nicht so rot, die Schildkröten nicht so alt – und betraten die Zigarren- und Samenhandlung. Tapfere Orchidee füllte die mageren Hände ihrer Schwester mit Karottenkonfekt, Melonenkonfekt und Streifen gedörrten Rindfleischs. Im Hintergrund des Ladens, der langgestreckt war und an zwei Seiten Bänke hatte, wurden Geschäfte getätigt. Männer saßen in Reihen und rauchten. Einige von ihnen unterbrachen das Rauchen ihrer Silber- oder Bambuspfeife, um die beiden Schwestern zu begrüßen. Mondorchidee kannte viele von ihnen aus dem Dorf; der Besitzer der Zigarrenhandlung, der so aussah wie ein Kamel, hieß sie willkommen. Als Tapfere Orchidees Kinder noch klein waren, glaubten sie, er wäre der Alte Mann aus dem Norden, der Nikolaus.

Als sie zur Wäscherei zurückkehrten, zeigte Tapfere Orchidee ihrer Schwester, wo sie die verschiedenen Lebensmittel einkaufte und wie man das Slumviertel mied. »An Tagen, an denen du dich nicht selbstsicher fühlst, mach am besten einen Umweg. An Tagen, an denen du dich stark genug fühlst, kannst du jedoch unbeschadet hindurchgehen.« An schwachen Tagen siehst du Leichen auf dem Gehsteig liegen und bist für Bettlergeister und Räubergeister sichtbar.

Tapfere Orchidee, ihr Mann und ihre Kinder arbeiteten nachmittags am schwersten, wenn die Hitze am schlimmsten war und alle Maschinen zischten und stampften. Tapfere Orchidee lehrte ihre Schwester Handtücher falten. Sie wies ihr einen Platz am Tisch an, wo der Ventilator am kräftigsten blies. Schließlich aber beauftragte sie eines der Kinder, sie heimzubringen.

Von da an suchte Mondorchidee die Wäscherei immer erst ziemlich spät am Tag auf, wenn die Handtücher aus den Trocknern kamen. Tapfere Orchidees Mann mußte ihr aus Pappe Muster schneiden, damit sie die Taschentücher einheitlich falten konnte. Er schnitt ihr eine weitere Pappe, um damit die Handtücher zu messen. Sie lernte es nie, schneller als am ersten Tag zu arbeiten.

Die Sommertage gingen dahin, während sie immer wieder davon sprachen, Mondorchidees Mann aufzusuchen. Sie glaubte, mit dem Falten der Handtücher schon viel geleistet zu haben. Den Abend verbrachte sie damit, die Kinder zu beobachten. Es machte ihr Spaß, zu versuchen, sie zu verstehen. Dabei sprach sie laut vor sich hin. »Jetzt lernen sie wieder. Sie lesen soviel. Tun sie das, weil sie eine so große Menge lernen müssen und keine Wilden mehr sein wollen? Er nimmt seinen Bleistift und klopft damit auf den Schreibtisch. Dann schlägt er in seinem Buch Seite 168 auf. Seine Augen beginnen zu lesen. Seine Augen wandern hin und her. Sie wandern von links nach rechts, von links nach rechts.« Darüber mußte sie lachen. »Wie komisch – Augen, die hin und her lesen. Jetzt schreibt er seine Gedanken auf. Was soll *das* bedeuten?« Sie zeigte mit dem Finger auf die Stelle.

Sie folgte ihren Nichten und Neffen auf Schritt und Tritt. Sie beugte sich über sie. »Jetzt nimmt sie eine Maschine vom Regal. Sie befestigt zwei Metallspinnen daran. Sie steckt den Stecker in die Dose. Sie schlägt ein Ei auf und tut das Gelbe und das Weiße aus der Eierschale in die Schüssel. Sie drückt auf einen Knopf, und die Spinnen rühren die Eier. Was machst du da?«

»Bitte, Tante, nimm die Finger aus dem Teig!«

»Sie sagt: ›Bitte, Tante, nimm die Finger aus dem Teig‹«, wiederholte Mondorchidee und machte kehrt, um einer anderen Nichte zu folgen. »Was macht diese denn nun? Ach so, sie näht sich ein Kleid. Sie will es anprobieren.« Mondorchidee pflegte einfach in die Schlafzimmer der Kinder einzudringen, wenn sie sich ankleideten. »Jetzt sucht sie aus, welches Kleid sie anziehen will.« Mondorchidee holte ein Kleid aus dem Schrank. »Das hier ist hübsch«, meinte sie. »Sieh doch nur die vielen Farben!«

»Nein, Tante. Das ist ein Kleid für eine Party. Ich gehe jetzt aber in die Schule.«

»Ach so, sie will jetzt zur Schule gehen. Sie nimmt ein schlichtes blaues Kleid. Sie nimmt Kamm und Bürste und Schuhe und schließt sich im Badezimmer ein. Hier zieht man sich im Badezimmer um.« Sie preßte das Ohr an die

Tür. »Sie putzt sich die Zähne. Jetzt kommt sie aus dem Badezimmer. Sie trägt das blaue Kleid und eine weiße Strickjacke. Sie hat sich die Haare gekämmt und das Gesicht gewaschen. Sie sieht im Kühlschrank nach und legt Sachen zwischen Brotscheiben. Sie steckt eine Orange und Plätzchen in eine Tüte. Heute nimmt sie das grüne Buch und das blaue Buch mit. Und Blöcke und Bleistifte. Nimmst du auch ein Lexikon mit?« erkundigte sich Mondorchidee.

»Nein«, antwortete die Nichte, verdrehte die Augen und stöhnte laut. »Wir haben ein Lexikon in der Schule«, fügte sie hinzu, bevor sie zur Tür hinausging.

»Sie haben ein Lexikon in der Schule«, sinnierte Mondorchidee. »Sie kennt ›Lexikon‹.« Mondorchidee trat ans Fenster und spähte hinaus. »Jetzt macht sie das Törchen zu. Sie geht wie ein Engländer.«

Das Kind, das einen Mann hatte, der kein Chinesisch verstand, übersetzte für ihn: »Jetzt sagt sie, ich nehme eine Maschine vom Regal und befestige zwei Metallspinnen daran. Und sie sagt, die Spinnen drehen sich mit verschlungenen Beinen und schlagen die Eier elektrisch. Jetzt sagt sie, ich suche was im Kühlschrank und – ha! – ich hab's gefunden. Ich nehme Butter heraus – ›Kuhöl‹. ›Sie essen eine Menge Kuhöl‹, sagt sie.«

»Sie macht mich wahnsinnig!« sagten die Kinder zueinander auf englisch.

In der Wäscherei ging Mondorchidee so dicht an alles heran, daß kaum Platz zwischen ihr und den heißen Bügelpressen blieb. »Jetzt drückt man mit dem Zeigefinger der rechten und der linken Hand auf die Knöpfe, und – bums – kommt die Presse herunter. Aber mit einem Finger auf einem Knopf löst man sie wieder. Ssss – kommt der Dampf heraus. Ssst – spritzt das Wasser.« Sie konnte alles so gut beschreiben, daß man hätte meinen sollen, sie könnte es nachmachen. In der Wäscherei fiel sie jedoch nicht so sehr auf die Nerven wie zu Hause. Sie konnte die Hitze nicht ertragen und mußte nach einer Weile auf die Straße hinausgehen und sich auf ihre Apfelkiste setzen. Als die Kinder jünger waren, pflegten sie ebenfalls während der Arbeitspausen dort draußen zu sitzen. Sie spielten Familie, Kaufmann und Bibliothek, stellten ihre Apfelsinen- und Apfelkisten in Reih und Glied. Passanten und Kunden schenkten ihnen Geld. Jetzt aber, da sie älter waren, blieben sie drinnen oder gingen spazieren. Sie schämten sich, auf dem Gehsteig zu sitzen und von den Leuten für Bettler gehalten zu werden. »Tanzt für mich«, forderten die Geister sie auf, ehe sie ihnen ein Fünf-Cent-Stück reichten. »Singt ein chinesisches Lied.« Und bevor sie alt genug waren, um es besser zu wissen, tanzten sie und sangen sie. Mondorchidee saß allein dort draußen.

Jedesmal, wenn Tapfere Orchidee daran dachte, und das war täglich, fragte sie: »Bist du bereit, zu deinem Mann zu gehen und das zu fordern, was dir zusteht?«

»Nein, heute nicht, aber bald«, antwortete Mondorchidee unweigerlich.

Eines Tages im Mittsommer sagte Mondorchidees Tochter jedoch: »Ich muß zu meiner Familie zurück. Ich habe meinem Mann und meinen Kindern versprochen, daß ich nur einige Wochen fortbleibe. Ich muß diese Woche noch abreisen.« Mondorchidees Tochter lebte in Los Angeles.

»Gut!« rief Tapfere Orchidee. »Wir werden alle nach Los Angeles fahren. Du kehrst zu deinem Mann zurück, und deine Mutter kehrt zu dem ihren zurück. Dann brauchen wir nur einmal zu fahren.«

»Ihr solltet den Ärmsten in Ruhe lassen«, meinte Tapfere Orchidees Mann. »Verschont ihn mit euren Weibergeschichten.«

»Als euer Vater noch in China lebte«, erzählte Tapfere Orchidee den Kindern, »wollte er kein Gebäck essen, weil er den Schmutz nicht mitessen wollte, den die Frauen mit ihren Fingern hineinkneteten.«

»Aber ich bin glücklich hier mit euch und all euren Kindern«, widersprach Mondorchidee. »Ich möchte sehen, wie die Näharbeit des Mädchens hier ausfällt. Ich möchte da sein, wenn euer Sohn aus Vietnam zurückkommt. Ich möchte sehen, ob dieser hier gute Zensuren bekommt. Es gibt noch soviel zu tun.«

»Wir fahren Freitag«, entschied Tapfere Orchidee. »Ich werde euch begleiten, und ihr werdet heil und sicher ankommen.«

Am Freitag zog Tapfere Orchidee ihre guten Kleider an, die sie nur ein paarmal im Jahr trug. Mondorchidee zog Kleider an, wie sie sie täglich trug, und war doch fein herausgeputzt. Tapfere Orchidee befahl ihrem ältesten Sohn, den Wagen zu fahren. Er fuhr, während die beiden alten Damen und die Nichte im Fond saßen.

Im Morgengrauen brachen sie auf, fuhren zwischen den Rebstöcken dahin, die sich wie Zwerge auf den Feldern duckten. Gnome in gezacktem Gewand, das sich im Morgenwind blähte, kamen aus der Erde hervor, kamen in Reihen entgegen. Alle waren noch halb verschlafen. »Vor langer Zeit«, begann Tapfere Orchidee, »hatten die Kaiser vier Frauen, eine in jeder Himmelsrichtung, und sie wohnten in vier Palästen. Die Kaiserin des Westens intrigierte, weil sie die Macht anstrebte, die Kaiserin des Ostens aber war gut und freundlich und voller Licht. Du bist die Kaiserin des Ostens, und die Kaiserin des Westens hält den Kaiser der Welt im westlichen Palast gefangen. Und du, die gute Kaiserin des Ostens, kommst aus der Dämmerung in ihr Land und befreist den Kaiser. Du mußt den starken Bann durchbrechen, den sie über ihn geworfen und der ihn den Osten gekostet hat.«

Fünfhundert Meilen weit gab Tapfere Orchidee ihrer Schwester letzte gute Ratschläge. Alles, was sie besaß, war im Kofferraum verstaut.

»Sollen wir zusammen dein Haus betreten«, fragte Tapfere Orchidee, »oder möchtest du lieber allein hineingehen?«

»Nein, du mußt mitkommen. Ich weiß nicht, was ich sagen soll.«

»Ich glaube, es wäre eindrucksvoller, wenn du allein gehst. Er öffnet die Tür. Und da stehst du – lebendig und mit all deinem Gepäck. ›Kennst du mich noch?‹ fragst du ihn. Nenn ihn bei seinem richtigen Namen. Er wird vor Schreck in Ohnmacht fallen. Vielleicht sagt er dann: ›Nein.

Gehen Sie fort.‹ Aber du marschierst einfach hinein. Du stößt ihn beiseite und trittst ein. Dann setzt du dich in den imposantesten Sessel, und dann ziehst du die Schuhe aus, weil du dort nämlich zu Hause bist.«

»Glaubst du, er wird mich willkommen heißen?«

»Sie besitzt wirklich nicht viel Phantasie«, dachte Tapfere Orchidee.

»In diesem Land ist es verboten, zwei Ehefrauen zu haben«, sagte Mondorchidee. »Das habe ich in der Zeitung gelesen.«

»In Singapur ist es wahrscheinlich auch verboten. Trotzdem hat unser Bruder zwei, und seine Söhne haben auch jeder zwei. Das Gesetz spielt keine Rolle.«

»Ich habe Angst. Komm, kehren wir um! Ich möchte ihn nicht sehen. Wenn er mich nun rauswirft? Ach, das wird er ganz bestimmt tun! Er wird mich rauswerfen. Und er hat recht, wenn er mich rauswirft, wo ich einfach so daherkomme und ihn belästige, ohne zu warten, bis er mich einlädt. Laß mich nicht allein! Du kannst lauter reden als ich.«

»Ja, ich würde gern mitkommen, das wäre aufregend. Ich stürme zur Tür hinein und frage: ›Wo ist deine Frau?‹ Er antwortet: ›Wieso? Hier ist sie doch.‹ Und ich sage: ›Das ist nicht deine Frau. Wo ist Mondorchidee? Ich will sie besuchen. Ich bin ihre Erste Schwester und will sehen, ob sie gut versorgt ist.‹ Dann beschuldige ich ihn furchtbarer Dinge; ich lasse ihn verhaften – und dann kommst du und rettest ihn. Oder ich werfe einen Blick auf seine Frau und sage: ›Mondorchidee, wie jung du geworden bist!‹ Dann sagt er: ›Das ist nicht Mondorchidee.‹ Und du kommst herein und sagst: ›Nein, das bin ich.‹ Wenn niemand zu Hause ist, klettern wir durchs Fenster hinein. Wenn sie heimkommen, sind wir schon da; du als Gastgeberin, ich als dein Gast. Du servierst mir Gebäck und Kaffee. Und wenn er hereinkommt, sage ich: ›Nun, ich sehe, dein Mann ist gekommen. Vielen Dank für die Bewirtung.‹ Und du sagst: ›Komm bald wieder.‹ Sei nicht aufgeregt. Benimm dich ganz normal.«

Manchmal geriet Mondorchidee richtig in Stimmung.

»Vielleicht sollte ich gerade Handtücher falten, wenn er kommt. Dann hält er mich für wirklich tüchtig. Ich werde sie holen, bevor seine Frau es tut.« Doch je weiter sie ins Tal kamen – grüne Felder wurden von Baumwollfeldern mit trockenen braunen Stauden abgelöst, zuerst vereinzelt hier und dort, dann immer dichter –, desto dringender wünschte Mondorchidee umzukehren. »Nein. Ich bringe es nicht fertig.« Sie tippte ihren Neffen auf die Schulter. »Bitte, kehr um. Du mußt das Auto wenden. Ich sollte nach China zurückfahren. Ich dürfte gar nicht hier sein. Laß uns umkehren. Hast du mich verstanden?«

»Du kehrst nicht um!« befahl Tapfere Orchidee ihrem Sohn. »Fahr weiter. Sie kann jetzt nicht mehr zurück.«

»Was soll ich denn nun tun? Entschließt euch«, verlangte der Sohn, der langsam ungeduldig wurde.

»Fahr weiter«, sagte Tapfere Orchidee. »Jetzt, wo wir schon so weit sind, können wir diese ganze Fahrerei nicht umsonst gemacht haben. Außerdem müssen wir deine Kusine nach Hause bringen, nach Los Angeles. Wir müssen also ohnehin nach Los Angeles fahren.«

»Kann ich mit reingehen und meine Enkelkinder kennenlernen?«

»Ja«, antwortete die Tochter.

»Die werden wir besuchen, nachdem du die Lage mit deinem Mann geklärt hast«, widersprach Tapfere Orchidee.

»Und wenn er mich schlägt?«

»Dann werde ich *ihn* schlagen. Ich werde dich beschützen. Ich werde zurückschlagen. Wir beide werden ihn niederschlagen und ihn zwingen, uns zuzuhören.« Tapfere Orchidee kicherte, als freue sie sich auf den Kampf. Als sie jedoch merkte, wie verängstigt Mondorchidee war, sagte sie: »Es wird aber zu keiner Schlägerei kommen. Du darfst dir nichts einreden. Wir werden einfach an die Tür gehen. Wenn er aufmacht, sagst du: ›Ich habe beschlossen, hier bei dir zu leben.‹ Wenn *sie* dagegen die Tür öffnet, sagst du: ›Du mußt Kleine Frau sein. Ich bin Große Frau.‹ Ja, du solltest dich sogar großzügig geben. ›Ich möchte bitte unseren Mann sprechen‹, sagst du. Ich habe meine Perücke mitgebracht«, fuhr Tapfere Orchidee fort. »Du könntest dich als schöne Dame verkleiden. Lippenstift und Puder habe ich auch dabei. Und wenn es dramatisch wird, nimmst du die Perücke ab und sagst: ›Ich bin Mondorchidee.‹«

»So etwas zu tun ist aber abscheulich. Ich würde furchtbare Angst haben. Ich habe furchtbare Angst.«

»Bitte setzt mich zuerst zu Hause ab«, forderte die Nichte. »Ich habe meiner Familie versprochen, rechtzeitig zum Lunch zu Hause zu sein.«

»Na schön«, erwiderte Tapfere Orchidee, die vor fünf Jahren versucht hatte, ihre Nichte zu einer Konfrontation mit dem Vater zu überreden, aber die hatte ihm nur einen Brief geschrieben und ihm mitgeteilt, sie sei in Los Angeles. Er könne sie aufsuchen, oder sie könne ihn aufsuchen, wenn er sie sehen wolle, hatte sie ihm vorgeschlagen. Aber er hatte sie nicht sehen wollen.

Als der Wagen vor dem Haus ihrer Tochter hielt, fragte Mondorchidee: »Darf ich aussteigen und meine Enkelkinder sehen?«

»Ich sagte doch, nein«, antwortete Tapfere Orchidee. »Wenn du das tust, wirst du hierbleiben, und dann dauert es Wochen, bis wir wieder Mut gefaßt haben. Deine Enkel sparen wir uns als Belohnung auf. Zuerst erledigst du diese andere Sache, dann kannst du unbesorgt mit deinen Enkeln spielen. Außerdem hast du ja Kinder, die du kennenlernen mußt.«

»Enkel sind mir viel lieber als Kinder.«

Nachdem sie den Vorort der Nichte hinter sich gelassen hatten, fuhr der Sohn sie zu der Adresse, die seine Mutter ihm gab. Wie sich herausstellte, handelte es sich um einen Wolkenkratzer im Stadtzentrum von Los Angeles.

»Park lieber nicht direkt davor«, verlangte die Mutter. »Such dir eine Seitenstraße. Wir müssen ihn überrumpeln. Er darf uns nicht vorzeitig entdecken. Wir müssen seinen überraschten Gesichtsausdruck sehen.«

»Ja, ich glaube, ich würde gern seinen Gesichtsausdruck sehen.«

Tapfere Orchidees Sohn fuhr die Seitenstraßen auf und ab, bis er einen Parkplatz gefunden hatte, der vom Bürogebäude aus nicht zu sehen war.

»Du mußt dich zusammennehmen«, riet Tapfere Orchidee der Schwester. »Du mußt ganz ruhig sein, wenn du hineingehst. Ach, ist das dramatisch – am hellichten Tag und mitten in der Stadt! Wir werden hier eine Weile sitzen bleiben und uns dieses Gebäude ansehen.«

»Gehört ihm denn das ganze Haus?«

»Das weiß ich nicht. Vielleicht.«

»Oh, ich kann mich nicht bewegen! Mir zittern die Knie so sehr, daß ich keinen Schritt machen kann. Er hat doch bestimmt Dienstboten und Arbeiter da drinnen, und die werden mich allesamt anstarren. Ich bring's nicht fertig!«

Tapfere Orchidee spürte, wie Müdigkeit sie zu Boden drückte. Sie mußte immer alle bemuttern. Der Verkehr hastete vorbei, in Los Angeles herrschte Mittagshitze, und auf einmal wurde ihr richtig flau. Keine Bäume. Keine Vögel. Nur Großstadt. »Es muß an der langen Fahrt liegen«, dachte sie. Keiner von ihnen hatte zu Mittag gegessen, und das Sitzen hatte sie erschöpft. Ein bißchen Bewegung würde ihr Kraft verleihen; sie brauchte Bewegung. »Du bleibst hier bei deiner Tante; ich werde inzwischen das Gebäude auskundschaften«, instruierte sie ihren Sohn. »Wenn ich zurückkomme, werden wir uns einen Plan ausdenken.« Sie wanderte um den Block. Und merkte tatsächlich, daß ihre Füße, als sie wieder den Boden berührten, Kraft daraus zogen, auch wenn das Erdreich mit Beton bedeckt war. Mit der Luft atmete sie Gesundheit, obwohl sie voller Benzindämpfe war. Im Erdgeschoß des Gebäudes gab es mehrere Geschäfte. Sie betrachtete die ausgestellten Kleider und Schmuckstücke und wählte einige davon für Mondorchidee, die sie sich anschaffen sollte, wenn sie ihren rechtmäßigen Platz einnahm.

Neben ihrem Spiegelbild in den Schaufensterscheiben eilte Tapfere Orchidee dahin. Früher war sie jung und flink gewesen; flink war sie noch immer, und jung fühlte sie sich. Es waren die Spiegel, nicht die Plagen und Schmerzen, die einen Menschen alt machten, mit weißen Haaren und voller Runzeln. Nur die jungen Menschen fühlten Schmerzen.

Das Gebäude war imposant, die Halle ganz aus Chrom und Glas, mit Standaschenbechern und im Halbkreis angeordneten Plastiksofas. Sie wartete, bis sich der Lift gefüllt hatte, ehe sie einstieg. Denn sie wollte eine unbekannte Maschine nicht allein bedienen. Im sechsten Stock suchte sie aufmerksam nach der in ihrem Adreßbuch verzeichneten Nummer.

Wie sauber dieses Gebäude war! Die Waschräume waren abgeschlossen, das Oberlicht kam aus Quadraten an der Decke. Keine Fenster. Sie mochte diese stillen, mit Teppichen ausgelegten, fensterlosen Korridore nicht. Sie wirkten wie Tunnel. Er mußte sehr wohlhabend sein. Gut. Es geschah einem reichen Mann nur recht, wenn er gedemütigt wurde. Sie fand die Tür mit der angegebenen Nummer; außerdem stand noch eine amerikanische Aufschrift auf dem Glas. Offenbar war dies sein Büro. An die Möglichkeit, ihn bei der Arbeit zu erwischen, hatte sie nicht gedacht. Gut, daß sie erst kundschaften gegangen war. Hätten sie sein Haus aufgesucht, hätten sie ihn nicht angetroffen. Dann hätten sie es mit *ihr* zu tun gehabt. Und sie hätte ihn angerufen, die Überraschung verdorben und ihn auf ihre Seite gezogen. Tapfere Orchidee wußte, wie Kleine Frauen intrigierten; ihr Vater hatte zwei Kleine Frauen gehabt.

Froh, daß es ein öffentliches Gebäude war und sie nicht anzuklopfen brauchte, betrat sie das Büro. Ein ganzes Zimmer voll Männer und Frauen, die von ihren Zeitschriften aufblickten. Ihrem Gesichtsausdruck konnte sie entnehmen, daß es sich um ein Wartezimmer handelte. Hinter einer Schiebewand aus Glas saß eine junge Frau in moderner Schwesterntracht, nicht weiß, sondern hellblau, Hosenanzug mit weißem Besatz. Sie saß vor einem eleganten Telefon und einer elektrischen Schreibmaschine. Die Tapete in ihrem Glaskasten sah aus wie Alufolie, ein metallischer Hintergrund für einen großen schwarzen Rahmen um eine weiße Fläche mit roten Farbtupfern. Die Wand des Wartezimmers war mit Rupfen bezogen, in Holzkübeln standen Grünpflanzen. Es war ein teures Wartezimmer. Tapfere Orchidee sah es wohlgefällig. Die Patienten waren gut gekleidet, keineswegs kränklich oder arm.

»Hallo. Kann ich Ihnen helfen?« Die Empfangsdame schob die Glasscheibe auf. Als Tapfere Orchidee zögerte, vermutete die Empfangsdame, sie könne kein Englisch. »Einen Moment«, sagte sie und verschwand in einem anderen Raum. Mit einer zweiten Frau, die eine ähnliche Uniform trug, nur Rosa mit Weiß, kam sie zurück. Das Haar dieser Frau war am Hinterkopf zu einem Lockentuff zusammengefaßt; einige der Locken waren falsch. Sie trug eine runde Brille, falsche Wimpern und sah dadurch sehr amerikanisch aus. »Sind Sie angemeldet?« erkundigte sie sich in schlechtem Chinesisch; sie sprach es noch fehlerhafter aus als Tapfere Orchidees Kinder. »Mein Mann, der Doktor, nimmt keine Laufkundschaft«, erklärte sie. »Wir sind für einen Monat ausgebucht.« Tapfere Orchidee starrte auf ihre gestikulierenden, rotlackierten Fingernägel und dachte, wäre sie nicht so unbeholfen mit der Sprache, hätte sie bestimmt nicht so viele Informationen preisgegeben.

»Ich habe die Grippe«, verkündete Tapfere Orchidee.

»Vielleicht können wir Ihnen einen anderen Arzt empfehlen«, sagte die Frau, die ihre Schwägerin war. »Dieser Doktor ist ein Gehirnchirurg und beschäftigt sich nicht mit Grippe.« Eigentlich sagte sie: »Dieser Doktor schneidet Gehirne«, wie ein Kind, das sich beim Sprechen Wörter ausdenkt. Sie trug rosa Lippenstift und hatte blaue Lidschatten wie ein Geist.

Tapfere Orchidee, die auch Chirurgin gewesen war, fand nun, ihr Schwager müsse ein kluger Mann sein. Sie selbst durfte in den Vereinigten Staaten nicht praktizieren, weil die Ausbildung hier so anders war und weil sie nie ausreichend Englisch gelernt hatte. Er jedoch war klug genug gewesen, die Methoden der Weißen Geister zu erlernen. Sie würde sehr klug sein müssen, wenn sie ihn überlisten wollte. Sie mußte den Rückzug antreten und sich etwas anderes ausdenken. »Nun ja, dann gehe ich eben zu einem anderen Doktor«, erklärte sie und ging.

Sie mußte sich etwas anderes einfallen lassen, um ihre Schwester und ihren Schwager wieder zusammenzubringen. Diese Arzthelferin-Ehefrau war so jung und die Praxis so reich ausgestattet mit Holz, Gemälden und eleganten Telefonen, daß Tapfere Orchidee überzeugt war, er habe seine alte Frau nicht deswegen nicht nachkommen lassen, weil er das Geld für die Überfahrt nicht zusammenbringen konnte. Er hatte sie wegen dieses modernen, herzlosen Mädchens verlassen. Tapfere Orchidee fragte sich, ob das Mädchen überhaupt wußte, daß ihr Mann eine chinesische Ehefrau hatte. Vielleicht sollte man sie fragen.

Aber nein, sie durfte die Überraschung nicht verderben, indem sie Hinweise gab. Sie mußte fort sein, ehe er in den Gang herauskam, möglicherweise, um zu einem der verschlossenen Waschräume zu gehen. Auf dem Rückweg zu ihrer Schwester merkte sie sich Ecken und Durchgänge, Besenkammern und andere Büros – Gelegenheiten für einen Hinterhalt. Ihre Schwester konnte sich hinter einen Trinkbrunnen ducken und darauf warten, daß er durstig wurde. Ihm auflauern.

»Ich habe seine zweite Frau gesehen«, berichtete sie, als sie die Autotür öffnete.

»Wie ist sie?« erkundigte sich Mondorchidee. »Ist sie hübsch?«

»Sie ist sehr hübsch und sehr jung; ein richtiges junges Mädchen noch. Sie ist seine Sprechstundenhilfe. Er ist ein Doktor, wie ich. Was für ein schrecklicher, treuloser Mann! Du wirst ihm jahrelang Vorwürfe machen müssen, aber zuerst einmal mußt du dich aufrecht hinsetzen. Nimm meinen Puder. Mach dich so hübsch wie möglich. Sonst unterliegst du gegen die Konkurrenz. Aber du hast einen Vorteil. Vergiß nicht, daß er sie für sich arbeiten läßt. Sie ist wie eine Dienerin, also hast du Platz genug, seine Frau zu sein. Sie arbeitet in der Praxis, du im Haus. Das ist beinahe so gut, wie zwei Häuser zu haben. Andererseits ist die tüchtigste Arbeiterin immer die eigentliche Partnerin des Mannes.

Könntest du nicht auch Arzthelferin werden, wie? Nein, ich glaube nicht. Das ist beinahe ebenso schwierig wie die Arbeit in der Wäscherei. Was für ein mieser Mann er doch ist, seine Verantwortung für ein hübsches Lärvchen aufzugeben!« Tapfere Orchidee packte den Türgriff. »Bist du bereit?«

»Wofür?«

»Na, zum Hinaufgehen, natürlich. Dies ist sein Arbeitsplatz, deswegen sollten wir ihm offen entgegentreten. Es gibt keine Bäume, hinter denen du dich verstecken kannst, kein Gras, das deine Schritte dämpft. Also gehst du direkt in seine Praxis. Dort sagst du zu den Patienten und den feinen Sprechstundenhilfen: ›Ich bin die Ehefrau des Doktors. Ich werde jetzt mit meinem Mann sprechen.‹ Dann gehst du auf die Innentür zu und trittst einfach ein. Klopf nur nicht an! Und hör nicht darauf, wenn Kleine Frau etwas zu dir sagt. Du gehst an ihr vorbei, ohne zu zögern. Wenn du ihn siehst, sagst du: ›Überraschung!‹ Du fragst ihn: ›Wer ist diese Frau da draußen? Sie behauptet, deine Frau zu sein.‹ Das gibt ihm die Chance, sie auf der Stelle zu verleugnen.«

»Ach, ich habe so große Angst! Ich kann mich nicht rühren. Ich kann das nicht, so vor allen Leuten – wie in einem Theaterstück. Ich bringe bestimmt kein Wort heraus.« Und tatsächlich begann ihre Stimme bereits zu versagen. Zitternd und winzig saß sie tief in die Ecke des Fonds gedrückt.

»Gut. Also ein neuer Plan«, sagte Tapfere Orchidee mit einem Blick auf ihren Sohn, der die Stirn aufs Lenkrad gelegt hatte. »Du«, forderte sie, »du gehst in die Praxis hinauf und erzählst deinem Onkel, auf der Straße habe es einen Unfall gegeben. Eine Frau hätte sich das Bein gebrochen, und sie weint vor Schmerzen. Dann muß er kommen. Du führst ihn zu diesem Wagen.«

»Mutter!«

»Hm«, sinnierte Tapfere Orchidee. »Vielleicht sollten wir deine Tante mitten auf die Straße legen; sie könnte daliegen mit einem abgewinkelten Bein.« Aber Mondorchidee hörte nicht auf, in zitterndem Protest den Kopf zu schütteln.

»Warum stößt du sie nicht mitten auf der Kreuzung zu Boden und kippst Ketchup über sie? Ich könnte sie dann ja ein bißchen überfahren«, meinte der Sohn.

»Sei nicht albern!« schalt sie ihn. »Ihr Amerikaner nehmt das Leben nicht ernst.«

»Mutter, das ist doch lächerlich! Das Ganze ist einfach lächerlich!«

»Geh! Tu, was ich dir gesagt habe«, befahl sie.

»Ich glaube, Mutter, du wirst kein Glück haben mit deiner Intrige.«

»Was verstehst du von chinesischen Problemen?« entgegnete sie. »Tu, was ich sage.«

»Laß ihn nicht die Arzthelferin mitbringen«, flehte Mondorchidee.

»Willst du denn nicht wissen, wie sie aussieht?« erkundigte sich Tapfere Orchidee. »Dann weißt du wenigstens, was er deinetwegen aufgibt.«

»Nein. Nein. Sie geht mich nichts an. Sie ist unwichtig.«

»Sprich Englisch«, riet Tapfere Orchidee ihrem Sohn. »Dann fühlt er sich zum Mitkommen verpflichtet.«

Sie schob ihren Sohn aus dem Wagen. »Ich will aber nicht«, protestierte er.

»Wenn du nicht gehst, ruinierst du das Leben deiner Tante. Du kannst Dinge, die in China begonnen haben, nicht beurteilen. Tu einfach, was ich sage. Geh.«

Er ging und knallte den Wagenschlag hinter sich zu.

Mondorchidee stöhnte jetzt laut und hielt sich den Bauch. »Sitz gerade!« ermahnte Tapfere Orchidee die Schwester. »Er muß jeden Moment da sein.« Mondorchidee stöhnte nur noch lauter, und unter ihren geschlossenen Lidern quollen Tränen hervor.

»Willst du nun einen Ehemann oder nicht?« fragte Tapfere Orchidee. »Wenn du jetzt nicht deinen Anspruch auf ihn geltend machst, wirst du nie mehr einen Mann bekommen. Hör auf zu weinen!« befahl sie. »Willst du, daß er dich mit geschwollenen Augen und roter Nase sieht, während diese junge sogenannte Ehefrau Lippenstift und Nagellack trägt wie ein Filmstar?«

Mondorchidee schaffte es, gerade zu sitzen, aber sie wirkte steif und wie erstarrt.

»Du bist nur müde von der Fahrt. Warte, wir bringen ein bißchen Blut in deine Wangen.« Tapfere Orchidee kniff und knetete die welke Gesichtshaut ihrer Schwester. Sie griff nach Mondorchidees Ellbogen und beklopfte die Innenseite ihres Armes. Hätte sie Zeit genug gehabt, sie hätte weitergeklopft, bis die Haut blaue und rote Flecken bekam; das war die Müdigkeit, die herauskam. Während sie massierte, ließ sie kein Auge vom Rückspiegel. Sie sah ihren Sohn angelaufen kommen und hinter ihm den Onkel mit einer schwarzen Tasche in der Hand. »Schneller! Schneller!« drängte ihr Sohn. Er riß den Wagenschlag auf. »Hier ist sie«, sagte er zu seinem Onkel. »Bis später.« Dann lief er die Straße hinab.

Die beiden alten Frauen sahen, wie ein Mann, beeindruckend in seinem dunklen, westlichen Anzug, den Vordersitz des Wagens einnahm. Er hatte schwarzes Haar und keine Runzeln. Er roch und sah aus wie ein Amerikaner. Plötzlich fiel den beiden Frauen ein, daß die Familien in China kleine Jungen mit älteren Mädchen verheirateten, die ihre Ehemänner dann lebenslänglich bemutterten. Entweder das, oder man konnte als Mann in diesem Geisterland irgendwie seine Jugend bewahren.

»Wo ist der Unfall?« fragte er auf chinesisch. »Was soll das? Sie haben sich ja gar nicht das Bein gebrochen.«

Keine der beiden Frauen sagte etwas. Tapfere Orchidee hielt sich zurück. Sie wollte sich in dieses Wiedersehen nach langer Trennung nicht einmischen.

»Was ist?« fragte er. »Was ist passiert?« Diese Frauen hatten schreckliche Gesichter. »Was ist los, Großmutter?«

»Großmutter?« rief Tapfere Orchidee. »Das ist deine Frau! Ich bin deine Schwägerin.«

Mondorchidee begann zu wimmern. Ihr Mann musterte sie. Und erkannte sie. »Du?« sagte er. »Was machst du hier?«

Sie aber konnte nur den Mund auf- und zumachen, ohne daß ein Laut herauskam.

»Warum bist du gekommen?« fragte er mit großen Augen. Mondorchidee bedeckte ihr Gesicht mit einer Hand und winkte mit der anderen ab.

Tapfere Orchidee konnte nicht länger schweigen. Offensichtlich freute er sich kein bißchen, seine Frau wiederzusehen. »Ich habe sie kommen lassen«, platzte sie heraus. »Ich habe ihren Namen auf die Liste des Roten Kreuzes setzen lassen, und ich habe ihr die Flugkarte geschickt. Ich habe ihr jeden Tag geschrieben und ihr Mut zum Herkommen gemacht. Ich habe ihr gesagt, daß sie willkommen sein würde, daß ihre Familie sie willkommen heißen würde, daß ihr Mann sie willkommen heißen würde. Ich habe getan, wozu du, ihr Mann, dreißig Jahre lang Zeit gehabt hast.«

Er sah Mondorchidee direkt ins Gesicht, so wie die Wilden sie immer ansahen, nach Lügen forschend. »Was willst du?« fragte er. Sie wich vor seinem starren Blick zurück, der bewirkte, daß sie aufhörte zu weinen.

»Du hättest nicht kommen sollen«, sagte er, der Vordersitz eine Barriere vor diesen beiden Frauen, auf die ein Zauber des Alters gelegt worden war. »Es ist falsch von dir, hier zu sein. Du gehörst nicht hierher. Du bist nicht hart genug für dieses Land. Ich führe jetzt ein neues Leben.«

»Und was ist mit mir?« flüsterte Mondorchidee.

»Gut«, dachte Tapfere Orchidee. »Gut gesprochen.«

»Ich habe eine neue Frau«, fuhr der Mann fort.

»Die ist nur deine zweite Frau«, wandte Tapfere Orchidee ein. »Diese hier ist deine richtige Frau.«

»In diesem Land darf ein Mann nur eine Frau haben.«

»Dann wirst du das Wesen in deiner Praxis also wegschicken?« fragte Tapfere Orchidee.

Er sah Mondorchidee an. Wieder mit diesem unhöflichen amerikanischen Blick. »Du kannst bei deiner Tochter wohnen. Ich werde dir das Geld schicken, das ich dir immer geschickt habe. Wenn die Amerikaner von dir erführen, könnte man mich verhaften. Ich lebe jetzt wie ein Amerikaner.« Er sprach, als wäre er hier geboren.

»Wie kannst du ihre alten Tage ruinieren?« fragte Tapfere Orchidee.

»Sie hat zu essen gehabt. Sie hat Dienstboten gehabt. Ihre Tochter hat das College besucht. Es gab nichts, was sie sich nicht hätte kaufen können. Ich war ein guter Ehemann.«

»Du hast sie leben lassen wie eine Witwe.«

»Das stimmt nicht. Die Dorfbewohner haben sie doch nicht gesteinigt. Sie trägt keine Trauer. Die Familie hat sie nicht fort zur Arbeit geschickt. Guck sie doch an. Sie würde niemals in einen amerikanischen Haushalt passen. Ich habe wichtige amerikanische Gäste, die in mein Haus kommen.« Er wandte sich an Mondorchidee. »Du kannst nicht mit ihnen reden. Du kannst ja kaum mit mir reden.«

Mondorchidee schämte sich so, daß sie das Gesicht in den Händen barg. Sie wünschte, sie könnte ihre braunfleckigen Hände ebenfalls verstecken. Ihr Mann sah aus wie einer der Geister, die am Wagenfenster vorbeikamen, und sie mußte aussehen wie ein Geist aus China. Sie waren wirklich eingegangen in das Reich der Geister und waren selber zu Geistern geworden.

»Willst du denn, daß sie nach China heimkehrt?« fragte Tapfere Orchidee.

»Das würde ich wirklich niemandem wünschen. Sie kann bleiben, aber ich will sie nicht in meinem Haus haben. Sie muß bei dir oder bei ihrer Tochter wohnen, und ich wünsche auch nicht, daß einer von euch jemals wieder hierher kommt.«

Plötzlich klopfte die Arzthelferin ans Fenster. So schnell, daß sie es fast übersehen hätten, machte er eine Geste zu den beiden alten Frauen hinüber, legte sekundenlang den Finger auf seinen Mund: Er hatte seiner amerikanischen Frau nicht gesagt, daß er in China schon eine Frau hatte, und sie sollten es ihr auch nicht sagen.

»Was ist los?« erkundigte sie sich. »Brauchst du Hilfe? Die Termine drängen.«

»Nein, nein«, wehrte er ab. »Diese Frau hier ist auf der Straße ohnmächtig geworden. Ich komme gleich.«

Sie redeten Englisch miteinander.

Die beiden alten Frauen sprachen die junge Frau nicht an. Kurz darauf ging sie. »Ich gehe jetzt auch«, erklärte der Mann.

»Warum hast du ihr nicht klipp und klar geschrieben, daß du nicht zurückkommen und sie auch nicht herüberholen würdest?« fragte Tapfere Orchidee.

»Ich weiß es nicht«, antwortete er. »Es ist, als wäre ich ein anderer Mensch geworden. Das neue Leben um mich herum war so ausgefüllt; es hat mich völlig in Anspruch genommen. Ihr seid für mich allmählich zu Menschen in einem Buch geworden, das ich vor langer Zeit gelesen habe.«

»Das mindeste, was du tun kannst«, sagte Tapfere Orchidee, »du könntest uns zum Lunch einladen. Wirst du uns zum Lunch einladen? Bist du uns nicht wenigstens einen Lunch schuldig? In einem guten Restaurant?« So leicht würde sie ihn nicht davonkommen lassen.

So lud er sie also zum Mittagessen ein, und als Tapfere Orchidees Sohn zum Wagen zurückkehrte, mußte er auf sie warten.

Mondorchidee brachten sie zum Haus ihrer Tochter, und obwohl sie in Los Angeles lebte, sah sie ihren Ehemann nie wieder. »Na ja«, meinte Tapfere Orchidee, »wir leben alle unter demselben Himmel und auf derselben Erde; im selben Augenblick sind wir alle zusammen lebendig.« Tapfere Orchidee fuhr mit ihrem Sohn gen Norden, und Tapfere Orchidee saß die ganze Fahrt im Fond.

Mehrere Monate vergingen, und von Mondorchidee kam kein einziger Brief. Als sie in China und Hongkong lebte, hatte sie jede zweite Woche geschrieben. Schließlich führte Tapfere Orchidee ein Ferngespräch, um zu hören, was passiert sei. »Ich kann jetzt nicht sprechen«, flüsterte Mondorchidee. »Sie hören mit. Leg schnell auf, bevor sie dich auch aufspüren.« Mondorchidee legte auf, bevor die Zeit, für die Tapfere Orchidee bezahlt hatte, abgelaufen war.

In jener Woche kam ein Brief von der Nichte, in dem sie schrieb, Mondorchidee sei ängstlich geworden. Mondorchidee behaupte, sie habe gehört, wie sich mexikanische Geister gegen ihr Leben verschworen hätten. Sie krieche auf dem Boden durch die Zimmer und spähe vorsichtig zum Fenster hinaus. Dann habe sie ihre Tochter gebeten, ihr bei der Suche nach einer Wohnung am anderen Ende von Los Angeles zu helfen, wo sie sich nunmehr versteckt halte. Ihre Tochter besuchte sie jeden Tag, doch Mondorchidee sagte ihr immer wieder: »Komm mich lieber nicht besuchen, sonst werden dir die mexikanischen Geister zu meinem neuen Versteck folgen. Sie beobachten dein Haus.«

Tapfere Orchidee rief ihre Nichte an und bat sie, die Mutter sofort nach Norden zu schicken, wo es, wie sie sagte, keine Mexikaner gebe. »Diese Angst ist eine Krankheit«, erklärte sie ihrer Nichte. »Ich werde sie heilen.« (»Vor langer Zeit«, erzählte sie ihren Kindern, »als der Kaiser vier Frauen hatte, wurde die Frau, die in der Schlacht unterlag, in den nördlichen Palast geschickt. Ihre Füße traten kleine Spuren in den Schnee.«)

Tapfere Orchidee saß im Greyhound-Busbahnhof auf einer Bank und wartete auf ihre Schwester. Ihre Kinder waren nicht mitgekommen, denn der Busbahnhof lag nur fünf Straßen weit entfernt von zu Hause. Die braune Einkaufstüte neben sich, döste sie unter den Neonlichtern, bis der Bus ihrer Schwester in den Bahnhof einfuhr. Mondorchidee stand da, hielt sich krampfhaft am Geländer für alte Leute fest und sah blinzelnd um sich. Tapfere Orchidee kamen die Tränen, als sie die alten Füße sah, die zittrig die Greyhound-Stufen herabstiegen. Die Haut ihrer Schwester hing faltig herunter wie die eines ausgenommenen Frosches, als sei sie innerlich geschrumpft. Ihre Kleider schlakkerten, waren ihr viel zu weit. »Ich habe mich verkleidet«, erklärte sie. Tapfere Orchidee legte die Arme um die Schwester, um ihr von ihrer Körperwärme abzugeben. Auf dem ganzen Heimweg hielt sie ihre Hand, genau wie sie sich bei der Hand gehalten hatten, als sie noch junge Mädchen waren.

Im Haus war es enger denn je zuvor, obwohl einige der

Kinder im College waren; die Jadebäume waren für den Winter hereingeholt worden. An den Wänden entlang und auf den Tischen standen gedrungene Jadebäume mit Stämmen so dick wie Fußknöchel, grün jetzt und ohne die hellrote Farbe, die ihnen im Frühjahr die Sonne verlieh.

»Ich fürchte mich so«, klagte Mondorchidee.

»Es verfolgt dich aber niemand«, beschwichtigte sie Tapfere Orchidee. »Keine Mexikaner.«

»Im Busbahnhof habe ich ein paar gesehen«, wandte Mondorchidee ein.

»Nein. Nein, das waren Filipinos.« Sie rieb die Ohrläppchen der Schwester und stimmte den Heilgesang zum Furchtlossein an. »Es sind keine Mexikaner hinter dir her«, versicherte sie.

»Ich weiß. Ich bin ihnen nur entkommen, weil ich mit dem Bus weggefahren bin.«

»Ja, du bist ihnen im Bus mit dem Zeichen des Hundes entkommen.«

Am Abend, als Mondorchidee ruhiger geworden zu sein schien, forschte ihre Schwester vorsichtig nach dem Grund für diese Schwierigkeiten.

»Wie kommst du darauf, daß dich jemand verfolgt?«

»Ich habe gehört, wie sie über mich redeten. Ich habe mich an sie herangeschlichen und habe alles gehört.«

»Aber du verstehst doch keine mexikanischen Wörter.«

»Sie haben Englisch gesprochen.«

»Du verstehst auch keine englischen Wörter.«

»Diesmal habe ich sie wunderbarerweise verstanden. Ich habe ihre Sprache entziffert. Ich bin in die Wörter eingedrungen und habe verstanden, was drinnen vorging.«

Stundenlang zupfte Tapfere Orchidee an den Ohrläppchen ihrer Schwester, wiederholte ständig ihre neue Adresse, versicherte ihr, wie sehr sie sie liebte und wie sehr ihre Tochter und ihre Neffen und Nichten sie liebten und wie sehr ihr Schwager sie liebte. »Ich werde nicht zulassen, daß dir etwas geschieht. Ich lasse nicht zu, daß du noch einmal verreist. Du bist hier zu Hause. Bleib daheim. Hab keine Angst.« Tränen rannen aus Tapfere Orchidees Augen. Sie hatte ihre Schwester mit dem Jet übers Meer kommen lassen und sie dann die Pazifikküste hinauf und hinunter gehetzt, kreuz und quer durch ganz Los Angeles. Mondorchidee hatte sich selbst verloren, ihren Geist (ihre ›Aufmerksamkeit‹, wie es Tapfere Orchidee nannte) über die ganze Welt verteilt. Tapfere Orchidee zupfte am Ohrläppchen ihrer Schwester und hielt ihr dabei den Kopf. Sie würde es wiedergutmachen. Für flüchtige Momente blitzte Verstehen in Mondorchidees Augen auf. Tapfere Orchidee rieb ihr die Hände, blies ihr auf die Finger, versuchte das schwache Flackern zu schüren. Tag um Tag ging sie nicht in die Wäscherei, sondern blieb zu Hause. Sie warf das Thorazin und Vitamin B, das ein Arzt in Los Angeles ihr verschrieben hatte, in den Mülleimer. Sie setzte Mondorchidee in die Sonne vor der Küche, während sie aus den Schränken und im Keller Kräuter zusammensuchte und frische Pflanzen pflückte, die im Wintergarten wuchsen. Nur die zartesten Pflanzen wählte Tapfere Orchidee und bereitete Medizin und Speisen zu wie seinerzeit in ihrem Heimatdorf.

Bei Nacht verließ sie das Schlafzimmer ihres Mannes und schlief neben Mondorchidee. »Schlaf nur, hab keine Angst«, flüsterte sie ihr zu. »Ruh dich aus. Ich bin bei dir. Ich werde deinem Geist helfen, an seinen Platz zurückzufinden. Ich werde ihn statt deiner rufen; leg du dich schlafen.« Tapfere Orchidee hielt bis zum Morgengrauen Wache.

Mondorchidee beschrieb noch immer alles laut, was ihre Neffen und Nichten taten, jetzt aber monoton und ohne zwischendurch Fragen zu stellen. Nach draußen wollte sie nicht gehen, nicht einmal in den Garten. »Sie ist verrückt«, stellte Tapfere Orchidees Ehemann fest, als sie schlief.

Wenn sie nicht ganz bei sich schien, hielt Tapfere Orchidee ihre Hand. »Geh nicht fort, kleine Schwester. Geh nicht noch weiter fort. Kehre zu uns zurück.« Wenn Mondorchidee auf dem Sofa einschlief, saß Tapfere Orchidee die ganze Nacht wach, schlummerte nur hin und wieder in einem Sessel. Wenn Mondorchidee in der Mitte des Bettes einschlief, suchte Tapfere Orchidee sich einen Platz am Fußende. Sie würde ihre Schwester hier auf der Erde verankern!

Mit jedem Tag jedoch entglitt ihr Mondorchidee mehr. Sie behauptete, die Mexikaner hätten sie bis zu diesem Haus verfolgt. Das war der Tag, an dem sie die Vorhänge und Rollos zuzog und alle Türen verschloß. An der Wand entlang schlich sie zum Fenster, um hinauszuspähen. Tapfere Orchidee bat ihren Mann, nachsichtig zu sein mit seiner Schwägerin. Es sei richtig, die Fenster zu schließen; das hindere ihren Geist am Hinausschlüpfen. Dann ging Mondorchidee durchs ganze Haus und machte das Licht aus wie bei einem Fliegerangriff. Das Haus wurde düster; keine Luft, kein Licht. Das war sehr listig, denn die Dunkelheit begünstigte sowohl das Fortgehen als auch das Zurückkommen. Manchmal schaltete Tapfere Orchidee das Licht an, während sie ununterbrochen den Namen ihrer Schwester rief. Tapfere Orchidees Mann installierte eine Klimaanlage.

Die Kinder schlossen sich in ihren Zimmern, im Vorratsraum und im Keller ein, wo sie alle Lichter anmachten. Ihre Tante klopfte an die Tür. »Ist alles in Ordnung bei euch da drinnen?« fragte sie.

»Ja, Tante. Es ist alles in Ordnung.«

»Seht euch vor«, warnte sie dann. »Seht euch vor. Macht das Licht aus, damit man euch nicht findet. Macht das Licht aus, sonst kommen sie uns holen.«

Die Kinder verhängten die Türritzen mit Wolldecken; den Fußspalt der Türen verstopften sie mit Kleidungsstükken. »Chinesen sind sonderbar«, sagten sie zueinander.

Als nächstes entfernte Mondorchidee alle Fotos, bis auf die Bilder der Großmutter und des Großvaters, von Regalen, Kommoden und Wänden. Sie suchte die Fotoalben zusammen. »Versteck sie«, flüsterte sie Tapfere Orchidee zu. »Versteck sie! Wenn sie mich finden, will ich nicht, daß sie den Rest der Familie auch noch aufspüren. Diese Fotos benutzen sie, um euch auf die Spur zu kommen.« Tapfere Orchidee wickelte die Bilder und Alben in Flanelltücher. »Ich werde sie ganz weit wegtragen, wo uns niemand finden wird«, versprach sie. Und als Mondorchidee nicht hinsah, verbarg sie sie im Keller in einer Vorratskiste. Obendrauf packte sie alte Kleider und alte Schuhe. »Wenn sie mich holen kommen, werdet ihr alle in Sicherheit sein«, sagte Mondorchidee zufrieden.

»Wir sind alle in Sicherheit«, gab Tapfere Orchidee zurück.

Die nächste Marotte, die Mondorchidee entwickelte, bestand darin, daß sie weinte, sobald jemand das Haus verließ. Sie klammerte sich an sie, zerrte an ihren Kleidern, bat sie, doch lieber nicht zu gehen. Die Kinder und Tapfere Orchidees Mann mußten sich heimlich hinausschleichen. »Laß sie nicht gehen«, bettelte Mondorchidee. »Sie werden nie wieder heimkommen.«

»Sie werden heimkommen. Warte nur ab. Ich verspreche es dir. Halt nach ihnen Ausschau. Nicht nach den Mexikanern. Der hier wird um halb vier zurück sein. Der hier um fünf. Vergiß nicht, wer jetzt gegangen ist. Du wirst schon sehen.«

»Wir werden diesen hier nie wiedersehen.« Mondorchidee weinte.

Um halb vier erinnerte Tapfere Orchidee sie: »Siehst du? Es ist halb vier; und da kommt er auch schon.« (»Ihr Kinder kommt nach der Schule sofort nach Hause, verstanden? Kein Trödeln an den Süßwaren- oder Comic-Läden. Ist das klar?«)

Aber Mondorchidee erinnerte sich nicht. »Wer ist das?« fragte sie. »Wirst du jetzt bei uns bleiben? Geh heute abend nicht aus. Geh morgen früh nicht aus dem Haus.«

Ihrer Schwester flüsterte sie zu, der Grund dafür, daß die Familie das Haus nicht verlassen dürfe, sei die Tatsache, daß ›sie‹ uns ins Flugzeug laden, nach Washington, D. C., bringen und uns alle in Asche verwandeln würden. Dann würden sie die Asche in den Wind streuen, um alle Beweise zu beseitigen.

Tapfere Orchidee sah ein, daß ihre Schwester den Verstand verloren hatte. Sie war tatsächlich verrückt. »Der Unterschied zwischen Verrückten und Normalen«, klärte Tapfere Orchidee ihre Kinder auf, »besteht darin, daß die Normalen über eine Vielfalt von Eindrücken verfügen, wenn sie etwas erzählen. Verrückte hingegen kennen lediglich eine Geschichte, die sie ständig wiederholen.«

An jedem Morgen stand Mondorchidee neben der Haustür und flüsterte: »Geh nicht. Die Flugzeuge. Asche. Washington, D. C. Asche.« Und wenn ein Kind an ihr vorbeischlüpfte, sagte sie: »Wir werden es nie wiedersehen. Sie werden es schnappen. Sie werden es zu Asche machen.«

Und so gab Tapfere Orchidee auf. Sie beherbergte eine verrückte Schwester, die jeden Morgen den Tag ihrer Kinder mit einem Fluch belegte, auch den ihres Sohnes in Vietnam. Ihre Tante sagte schreckliche Dinge, während sie doch Segenswünsche brauchten. Vielleicht hatte Mondorchidee diesen alten, verrückten Körper längst verlassen, und es war ein Geist, der die bösen Worte gebrauchte. Schließlich rief Tapfere Orchidee ihre Nichte an, die Mondorchidee in eine staatliche Heilanstalt für Geisteskranke brachte. Dann öffnete Tapfere Orchidee alle Fenster und ließ wieder Luft und Licht ins Haus. Sie kehrte ins Schlafzimmer ihres Mannes zurück. Die Kinder entfernten Wolldecken und Laken aus den Türritzen und kehrten ins Wohnzimmer zurück.

Zweimal besuchte Tapfere Orchidee ihre Schwester. Jedesmal war Mondorchidee magerer geworden, war geschrumpft bis auf die Knochen. Überraschenderweise jedoch war sie glücklich und hatte sich eine neue Geschichte ausgedacht. Sie prahlte damit wie ein kleines Kind. »Ach, Schwester, ich bin ja glücklich hier! Niemand verläßt das Haus. Ist das nicht herrlich? Wir sind hier nur Frauen. Komm. Ich möchte, daß du meine Töchter kennenlernst.« Sie machte Tapfere Orchidee mit jeder Insassin der Abteilung bekannt – ihren Töchtern. Besonders stolz war sie auf die Schwangeren. »Meine lieben, schwangeren Töchter.« Sie strich den Frauen über den Kopf, zupfte ihnen den Kragen zurecht, richtete die Bettdecken. »Wie geht es dir heute, liebe Tochter? – Und, weißt du«, sagte sie zu Tapfere Orchidee, »hier verstehen wir einander. Wir sprechen dieselbe Sprache, genau dieselbe. Sie verstehen mich, und ich verstehe sie.« Tatsächlich erwiderten die Frauen das Lächeln und streckten die Hand aus, um sie zu berühren, wenn sie vorbeiging. Sie hatte eine neue Geschichte, und dennoch entglitt sie eines Morgens vollends, wachte einfach nicht mehr auf.

Tapfere Orchidee bat ihre Kinder zu verhindern, daß ihr Vater eine zweite Frau nähme, denn sie glaube, so etwas, was ihrer Schwester passiert sei, nicht ertragen zu können. Wenn er eine zweite Frau ins Haus brächte, sollten sie sich gegen sie verschwören und ihr böse Streiche spielen, sie schlagen und ihr ein Bein stellen, wenn sie heißes Öl trage, bis sie davonlaufe. »Ich bin fast siebzig Jahre alt«, sagte der Vater, »ich habe bisher keine zweite Frau genommen und habe auch jetzt nicht vor, das zu tun.« Tapfere Orchidees Töchter beschlossen zornig, niemals zu dulden, daß ihre Männer ihnen untreu würden. Alle ihre Kinder nahmen sich vor, als Hauptfach Naturwissenschaft oder Mathematik zu wählen.

Gesang für eine Barbaren-Rohrflöte

Tatsächlich hatte mein Bruder es so erzählt: »Ich habe Mom und Zweite Tante nach Los Angeles gefahren, um Tantes Ehemann aufzusuchen, der diese andere Ehefrau hat.«

»Hat sie ihn geschlagen? Was hat sie gesagt? Was hat er gesagt?«

»Nicht viel. Das Reden hat Mom allein übernommen.«

»Was hat sie gesagt?«

»Sie hat gesagt, er solle sie wenigstens zum Lunch einladen.«

»Welche Frau hat neben ihm gesessen? Was haben sie gegessen?«

»Ich bin nicht mitgegangen. Die andere Frau auch nicht. Er hat uns ein Zeichen gemacht, ihr nichts zu sagen.«

»Ich hätte es ihr gesagt. Wäre ich seine Frau gewesen, ich hätte es ihr gesagt. Ich wäre zum Lunch mitgegangen und hätte die Ohren aufgesperrt.«

»Ach was! Du weißt doch, daß sie nicht reden, wenn sie essen.«

»Was hat Mom sonst noch gesagt?«

»Ich weiß es nicht mehr. Ich habe so getan, als hätte sich eine Frau das Bein gebrochen, damit er mitkam.«

»Aber es muß doch mehr passiert sein! Hat Tante denn kein einziges böses Wort gesagt? Irgendwas muß sie doch gesagt haben.«

»Nein, ich glaube, sie hat gar nichts gesagt. Ich kann mich nicht erinnern, daß sie etwas gesagt hätte.«

In Wirklichkeit war gar nicht ich es, der mein Bruder von der Fahrt nach Los Angeles erzählte, sondern eine meiner

Schwestern berichtete mir, was er ihr erzählt hatte. Seine Version der Geschehnisse mag besser sein als meine, weil sie knapp ist, ohne verzerrende Ausschmückungen. Man kann sie leicht behalten, sie nimmt nicht zuviel Raum im Gedächtnis ein. In China verknüpften vor langer Zeit die Knotenmacher Schnüre zu Knöpfen und Verschlüssen und Seile zu Glockensträngen. Ein Knoten war so kompliziert, daß der Knotenmacher davon erblindete. Schließlich verbot ein Kaiser diesen augenschädigenden Knoten, und die Adeligen konnten ihn nicht mehr bestellen. Hätte ich in China gelebt, ich wäre ein illegaler Knotenmacher geworden.

Vielleicht hat meine Mutter mir deswegen die Zunge losgeschnitten. Sie schob sie hoch und durchschnitt das Zungenbändchen. Vielleicht benutzte sie eine Nagelschere dazu. Ich kann mich nicht mehr erinnern, nur daran, daß sie mir davon erzählte, doch während meiner ganzen Kindheit hatte ich Mitleid mit dem Baby, dessen Mutter mit der Schere oder dem Messer in der Hand darauf lauerte, daß es schrie – und dann, sobald sein Mund weit aufgesperrt war wie der Schnabel eines Vogeljungen, drauflosschnitt. Die Chinesen sagen: »Eine schnelle Zunge ist von Übel.«

Ich pflegte vor dem Spiegel meine Zunge zu rollen und das Bändchen zu spannen, bis es ein weißer Strich war, selber so dünn wie eine Rasierklinge. Ich entdeckte keine Narben in meinem Mund. Ich dachte, ich hätte vielleicht zwei Bändchen gehabt, und sie hätte eines herausgeschnitten. Ich bat andere Kinder, den Mund zu öffnen, damit ich ihr Bändchen mit dem meinen vergleichen konnte. Ich sah perfekte hellrote Membranen, scharf gespannt, die wirklich leicht zu durchtrennen waren. Manchmal war ich überaus stolz darauf, daß meine Mutter an mir eine so entscheidende Tat vollzogen hatte. Dann wieder war ich zutiefst entsetzt: Das erste, was meine Mutter tat, als sie mich sah, war dieses Losschneiden der Zunge.

»Warum hast du das getan, Mutter?«
»Ich habe es dir doch gesagt.«
»Sag's mir noch mal.«

»Ich habe sie losgeschnitten, damit du nicht zungenlahm wirst. Damit deine Zunge sich in allen Sprachen bewegen kann. Du wirst Sprachen sprechen können, die sich völlig voneinander unterscheiden. Du wirst alles aussprechen können. Da dein Bändchen aussah, als sei es für derlei Dinge zu kurz, habe ich es durchgeschnitten.«

»Aber ist nicht eine ›schnelle Zunge von Übel‹?«

»In diesem Geisterland ist alles anders.«

»Hat es sehr weh getan? Habe ich geweint und geblutet?«

»Das weiß ich nicht mehr. Vermutlich.«

Das Zungenbändchen der anderen Kinder hatte sie nicht angetastet. Als ich meine Vettern und Kusinen und die Kinder anderer Chinesen fragte, ob ihre Mütter ihnen die Zunge losgeschnitten hätten, fragten sie nur: »Was?«

»Warum hast du meinen Brüdern und Schwestern nicht auch die Zunge losgeschnitten?«

»Weil es bei ihnen nicht nötig war.«

»Warum nicht? Hatten sie längere Bändchen als ich?«

»Hör auf zu plappern und geh an die Arbeit.«

Wenn meine Mutter nicht log, hätte sie mehr herausschneiden, den ganzen Rest des Bändchens wegschneiden sollen, denn das Reden fällt mir furchtbar schwer. Oder sie hätte überhaupt nicht schneiden, an meinem Sprechvermögen herummanipulieren sollen. Als ich in den Kindergarten ging und zum erstenmal Englisch sprechen sollte, wurde ich stumm. Und Stummheit – Scham – läßt meine Stimme noch heute brechen, selbst wenn ich nur ganz lässig ›Hallo‹ sagen, an der Rezeption eine Frage stellen oder mich beim Busfahrer nach dem Weg erkundigen will. Ich stehe da wie angewurzelt oder halte die ganze Warteschlange auf mit dem perfekten, grammatisch einwandfreien Satz, den ich umständlich hinauspiepse. »Was haben Sie gesagt?« entgegnet der Taxifahrer. Oder: »Sprechen Sie lauter!« Und dann muß ich es noch einmal wiederholen, nur kommt es beim zweitenmal noch leiser heraus. Ein Telefonanruf bewirkt, daß meine Kehle blutet; er beansprucht den Mut eines ganzen Tages. Es verdirbt mir vor

Abscheu vor mir selbst den ganzen Tag, wenn ich mein Stammeln vernehme. Die Leute zucken zusammen, wenn sie das hören. Aber ich bessere mich bereits. Kürzlich bat ich den Postboten um Sonderbriefmarken; seit meiner Kindheit habe ich darauf gewartet, daß mir der Postbote von selbst etwas schenkt. Ich mache Fortschritte, jeden Tag einen ganz kleinen.

Mein Schweigen war am tiefsten während der drei Jahre, als ich meine Schulzeichnungen mit schwarzer Farbe übermalte. Über Häuser, Blumen und Sonnen legte ich dicke Schichten von Schwarz, und wenn ich an der Tafel zeichnete, bedeckte ich alles mit einer Schicht Kreide. Ich machte einen Bühnenvorhang, und dies war der Moment, bevor sich der Vorhang hob oder teilte. Die Lehrer ließen meine Eltern zur Schule kommen und zeigten ihnen meine Bilder, eingerollt und rissig und alle gleichermaßen schwarz. Die Lehrer deuteten auf die Bilder; sie blickten ernsthaft drein, redeten auch ernsthaft, doch meine Eltern verstanden kein Englisch. (»Die Eltern und Lehrer von Verbrechern wurden hingerichtet«, sagte mein Vater.) Meine Eltern nahmen die Bilder mit nach Hause. Ich breitete sie aus (so schwarz und voller Möglichkeiten) und tat so, als öffneten sich die Vorhänge, höben sich, einer nach dem anderen, gäben Sonnenlicht frei, mächtige Opern.

Während des ersten stummen Jahres sprach ich mit niemandem in der Schule, fragte nicht, wenn ich auf die Toilette mußte, und versagte im Kindergarten kläglich. Auch meine Schwester sagte drei Jahre lang kein Wort, schwieg auf dem Spielplatz, schwieg beim Lunch. Es gab noch andere stille Chinesenmädchen, die nicht zu unserer Familie gehörten, aber die meisten überwanden dieses Stadium schneller als wir. Ich genoß das Schweigen. Zuerst wußte ich gar nicht, daß man von mir erwartete, zu sprechen oder den Kindergarten zu absolvieren. Ich unterhielt mich zu Hause und mit ein oder zwei Chinesenkindern aus meiner Klasse. Ich machte Zeichensprache und war sogar witzig. Ich trank aus einer Spielzeuguntertasse, weil das Wasser aus der Tasse übergeschwappt war, und alle lachten, zeigten auf mich, und so tat ich es gleich noch einmal. Ich wußte nicht, daß Amerikaner nicht aus Untertassen trinken.

Die Negerschulkameraden (Schwarze Geister) mochte ich am liebsten, weil sie am lautesten lachten und mit mir schwatzten, als wäre ich ebenfalls ein guter Redner. Eines der Negermädchen ließ sich von seiner Mutter das Haar im Schanghai-Stil in Schnecken über die Ohren legen wie ich; wir waren nun Schanghai-Zwillinge, nur daß sie, wie meine Bilder, völlig schwarz war. Zwei Negerkinder meldeten sich in der chinesischen Schule an, und die Lehrer gaben ihnen chinesische Namen. Manche Negerkinder brachten mich zur Schule und nach Hause, beschützten mich vor den Japanerkindern, die mich schlugen und jagten und mir Kaugummi in die Ohren steckten. Die Japanerkinder waren laut und grob.

Erst als ich herausfand, daß ich reden mußte, begann mein Elend in der Schule, wurde mein Schweigen mir zur Qual. Ich konnte nicht frei reden und hatte jedesmal, wenn ich nicht sprach, ein schlechtes Gewissen. In der ersten Klasse las ich jedoch laut vor und hörte ein kaum wahrnehmbares Geflüster, untermischt mit kleinen Quietschlauten, aus meiner Kehle dringen. »Lauter«, forderte mich die Lehrerin auf und verscheuchte damit den Rest meiner Stimme. Die anderen Chinesenmädchen konnten aber auch nicht frei reden, daher wußte ich, das Schweigen mußte etwas damit zu tun haben, daß ich eine Chinesin war.

Laut vorlesen war leichter als frei sprechen, denn dabei brauchten wir uns wenigstens nicht zu überlegen, was wir sagen sollten, aber ich machte viele Pausen, und jedesmal glaubte die Lehrerin, ich wäre wieder verstummt. Das ›Ich‹ – auf englisch ›I‹ – konnte ich einfach nicht begreifen. Das chinesische ›Ich‹ hat sieben Striche, ein kompliziertes Schriftzeichen. Wie konnte das amerikanische ›I‹ nur aus einem Strich bestehen, einem kerzengeraden noch dazu? Ließ der Schreiber aus Höflichkeit einige Striche aus, so wie ein Chinese seinen eigenen Namen klein und krumm schreiben muß? Nein, es war keine Höflichkeit; das ›I‹ ist ein Großbuchstabe, wogegen das ›you‹, das ›Du‹, klein geschrieben wird. Ich starrte auf diesen Längsstrich und wartete so lange darauf, daß er sich in kräftige Striche und Punkte auflöste, daß ich es auszusprechen vergaß. Das zweite schwierige Wort war ›here‹, ohne einen starken Konsonanten, an dem man sich festhalten konnte, und ganz flach hingestreckt, während das ›hier‹ auf chinesisch aus zwei bergähnlichen Schriftzeichen besteht. Die Lehrerin, die mir bisher jeden Tag erklärt hatte, wie man das ›I‹ und das ›here‹ zu lesen habe, setzte mich wieder ins Abseits unter der Treppe, wo gewöhnlich die Jungen saßen, die Lärm machten.

Im zweiten Schuljahr führten wir ein Theaterstück auf, die ganze Klasse ging in die Aula, bis auf die chinesischen Schülerinnen. Die Lehrerin, eine bildhübsche junge Frau aus Hawaii, hätte Verständnis haben müssen; statt dessen ließ sie uns im Klassenzimmer zurück. Unsere Stimmen seien zu leise, um öffentlich aufzutreten, und außerdem hätten unsere Eltern ohnehin niemals schriftlich ihr Einverständnis gegeben. Sie unterschrieben nie etwas Unnötiges. Wir öffneten die Tür einen Spalt und spähten hinaus, machten sie aber schnell wieder zu. Einer von uns (nicht ich) gewann dafür aber jeden Buchstabier-Wettbewerb.

Ich erinnere mich, daß ich der hawaiischen Lehrerin sagte: »Wir Chinesen können nicht singen ›Land, wo unsere Väter starben‹.« Sie diskutierte mit mir über Politik, während ich doch nur die Flüche meinte. Aber wie komme ich zu dieser Erinnerung, ich, die doch gar nicht reden konnte? Meine Mutter sagt, wir hätten, wie die Geister, keine Erinnerungen.

Nach der amerikanischen Schule nahmen wir unsere Zigarrenkisten, in denen wir säuberlich Bücher, Pinsel und Tinte verpackt hatten, und gingen von 17.00 bis 19.30 Uhr zur chinesischen Schule. Dort sprachen wir alle auf einmal, die Stimmen stiegen und fielen, laut und leise, manche von den Jungen schrien, alle lasen zusammen, sagten zusammen Texte auf, statt jeder für sich allein. Hatten wir etwas auswendig lernen müssen, rief uns der Lehrer einzeln an sein Pult und hörte die Aufgabe ab, während die Klasse Abschreiben oder Durchpausen übte. Die meisten der Lehrer waren Männer. Die Jungen, die sich in der amerikanischen Schule so musterhaft verhielten, spielten ihnen Streiche, gaben Widerworte. Die Mädchen waren hier nicht stumm. Sie schrien und kreischten während der Pause, für die es keine Vorschriften gab; sie prügelten sich sogar. Niemand fürchtete, die Kinder könnten sich verletzen oder Schuleigentum beschädigen. Die Glastüren zu den rot-grünen Balkons mit den goldenen Freudensymbolen standen weit offen, so daß wir hinauslaufen und auf den Feuertreppen herumklettern konnten. In der Aula, wo Sun Yat-sens und Tschiang Kai-scheks Fotos an der Wand hinter der Bühne hingen, flankiert von der chinesischen Flagge links und der amerikanischen rechts, spielten wir Fahnenraub. Wir kletterten auf die Stühle und sprangen mit einem Satz von der Bühne. Einige Flaggen befanden sich hinter der Glastür, andere direkt auf der Bühne. Unsere Füße dröhnten auf den Holzbohlen. Die Lehrer schlossen sich während der Pause im Lehrerzimmer ein, die Regale voller Bücher, Hefte und Tinte aus China. Sie tranken Tee und wärmten sich die Hände am Ofen. Eine Aufsicht beim Spielen gab es nicht. In der Pause gehörte die Schule uns, aber wir konnten auch umherstreifen, so weit wir nur wollten – ins Zentrum der Stadt, nach Chinatown, nach Hause –, solange wir nur wieder da waren, wenn es klingelte.

Um Punkt halb acht griff der Lehrer wieder zu der Messingglocke, die auf seinem Pult stand, und schwang sie über unseren Köpfen, während wir die Treppe hinabstürmten; unser Jubelgeschrei wurde vom Echo im Treppenhaus verstärkt. Niemand brauchte sich in Reih und Glied aufzustellen.

Aber nicht alle Kinder, die in der amerikanischen Schule stumm waren, fanden in der chinesischen Schule ihre Stimme wieder. Ein neuer Lehrer ordnete an, jeder von uns habe aufzustehen und vor der ganzen Klasse etwas aufzusagen. Meine Schwester und ich hatten die Lektion perfekt auswendig gelernt. Wir sprachen sie uns zu Hause vor, die eine rezitierte, die andere hörte zu. Der Lehrer rief meine Schwester als erste auf. Es war das erste Mal, daß ein Lehrer die Zweitgeborene zuerst drannahm. Meine Schwester hatte Angst. Sie warf mir einen kurzen Blick zu und schaute dann weg; ich starrte auf mein Pult. Ich hoffte, daß sie alles behalten hatte, denn wenn sie es schaffte, dann mußte ich es auch können. Als sie den Mund aufmachte, kam eine Stimme heraus, die zwar nicht gerade ein Flüstern, aber auch keine richtige Stimme war. Ich hoffte nur, daß sie nicht weinen würde, denn die Angst zerbrach ihre Stimme wie Zweige unter dem Fuß. Es klang, als versuche sie zu singen, obwohl sie weinte und halb erstickte. Sie hielt nicht inne, um dieser Peinlichkeit ein Ende zu machen. Sie flüsterte weiter, bis das letzte Wort gesagt war; erst dann setzte sie sich. Als ich an der Reihe war, kam die gleiche Stimme heraus, ein verkrüppeltes Tier, das auf gebrochenen Beinen dahinhumpelte. Man konnte Splitter in meiner Stimme vernehmen, Knochenspitzen, die sich aneinander rieben. Aber ich sprach laut. Ich war froh, daß ich nicht flüsterte. Es gab ein kleines Mädchen, das nur flüsterte.

Man kann auch den Chinesen nicht seine Stimme anvertrauen; sie wollen diese Stimme dann nur zum eigenen Gebrauch einfangen. Sie wollen die Zunge des anderen manipulieren, damit sie für sie spricht. »Um wieviel weniger können Sie es verkaufen?« müssen wir fragen. Die Verkäufergeister in Grund und Boden reden. Damit sie einen Verlust hinnehmen.

Wir waren alle in der Wäscherei an der Arbeit, als eines Tages ein Bote vom Rexall-Drugstore um die Ecke erschien. Er brachte uns eine hellblaue Schachtel voll Pillen, obwohl niemand von uns krank war. Als wir das Etikett lasen, sahen wir, daß sie für eine andere chinesische Familie bestimmt war, für die Familie der verrückten Mary. »Ist nicht für uns«, sagte mein Vater. Er zeigte dem Botengeist den Namen, und dieser nahm die Pillen wieder mit. Eine Stunde lang murmelte meine Mutter aufgebracht vor sich hin, dann kochte ihre Wut über. »Dieser Geist! Dieser tote

Geist! Wie kann er es wagen, ins falsche Haus zu kommen?« Sie konnte sich nicht mehr aufs Bügeln konzentrieren. »Ein Irrtum, ha!« Allmählich wurde ich selber wütend. Sie schäumte. Sie ließ die Presse krachen und zischen. »Rache. Wir müssen dieses Unrecht an unserer Zukunft, an unserer Gesundheit, an unserem Leben rächen. Niemand macht meine Kinder krank und kommt ungeschoren davon!« Wir Geschwister wagten es nicht, uns anzusehen. Sie würde etwas Furchtbares, irgend etwas unsäglich Peinliches tun. Sie hatte bereits angedeutet, daß wir während der nächsten Mondfinsternis Topfdeckel gegeneinanderschlagen sollten, um den Frosch zu verjagen, der den Mond verschlucken wollte. (Das Wort für ›Mondfinsternis‹ lautet ›Frosch-der-den-Mond-verschluckt‹.) Als wir bei der letzten Mondfinsternis keine Topfdeckel gegeneinandergeschlagen hatten und der Schatten dennoch wich, hatte sie zu uns gesagt: »Die Dorfbewohner zu Hause in China müssen sehr viel Lärm mit den Topfdeckeln gemacht haben.«

(»Auf der anderen Seite der Welt gibt es jetzt keine Mondfinsternis, Mama. Außerdem ist das nur der Schatten, den die Erde wirft, wenn sie sich zwischen den Mond und die Sonne schiebt.«

»Ihr glaubt auch immer, was diese Geisterlehrer euch erzählen. Seht doch, wie groß ihre Mäuler sind!«)

»Aha!« schrie sie. »Du! Die Größte!« Sie deutete auf mich. »Du gehst zum Drugstore.«

»Was soll ich denn kaufen, Mutter?« fragte ich sie.

»Gar nichts. Nicht für einen Cent! Geh hin und sorge dafür, daß sie den Fluch von uns nehmen.«

»Ich will aber nicht. Ich weiß nicht, wie man das macht. Ein Fluch – so etwas gibt es doch gar nicht! Die werden mich für verrückt halten.«

»Wenn du nicht gehst, mache ich dich verantwortlich dafür, wenn unsere Familie von Krankheit heimgesucht wird.«

»Was soll ich denn tun, wenn ich da hingehe?« erkundigte ich mich mürrisch, in der Falle sitzend. »Soll ich vielleicht sagen: ›Ihr Bote hat falsch geliefert‹?«

»Die wissen genau, daß er falsch geliefert hat. Du sollst dafür sorgen, daß dieses Verbrechen wiedergutgemacht wird!«

Mir war jetzt schon ganz elend zumute. Sie würde mich zwingen, stinkende Weihrauchfässer über der Theke, dem Apotheker und den Kunden zu schwenken. Den Apotheker mit Hundeblut zu besprengen. Ich konnte ihre Pläne nicht ausstehen.

»Du wirst Wiedergutmachungssüßigkeiten holen«, erklärte sie. »Du sagst: ›Sie haben unser Haus mit kranker Medizin verpestet, jetzt müssen Sie den Fluch mit Süßigkeiten wieder von uns nehmen.‹ Das wird er verstehen.«

»Er hat es nicht absichtlich getan. O nein, Mutter, er wird es nicht verstehen. Hier versteht man solche Dinge nicht. Ich werde es niemals richtig ausdrücken können. Er wird uns für Bettler halten.«

»Du übersetzt einfach.« Sie durchsuchte mich, um sicherzugehen, daß ich kein Geld versteckt hielt. Ich war hinterhältig genug, das Naschwerk zu kaufen und bei der Rückkehr so zu tun, als sei es ein Geschenk gewesen.

»Meinemuttersagtsiesollnmirsüßigkeitengeben«, nuschelte ich den Apotheker an. Klein und niedlich sein. Den Kleinen, Niedlichen tut niemand weh.

»Was? Sprich lauter. Sprich Englisch«, verlangte er, sehr groß in seinem weißen Apothekerkittel.

»Siesiesiesollnmirsüßigkeitengeben.«

Der Apotheker beugte sich stirnrunzelnd über die Theke. »Kostenlos«, sagte ich. »Süßigkeitenproben.«

»Wir verteilen keine Süßigkeitenproben, junge Dame«, antwortete er.

»Meine Mutter sagt, Sie müssen uns Süßigkeiten geben. Sie sagt, so machen es die Chinesen.«

»Was?«

»So machen es die Chinesen.«

»Was machen sie so?«

»Alles.« Ich spürte das Gewicht und die Ungeheuerlichkeit der Dinge, die ich dem Apotheker unmöglich erklären konnte.

»Kann ich dir vielleicht ein bißchen Geld geben?« erkundigte er sich.

»Nein. Wir wollen Süßigkeiten.«

Er langte in ein Glas und gab mir eine Handvoll Lollipops. Er schenkte uns das ganze Jahr hindurch Süßigkeiten, Jahr um Jahr, jedesmal, wenn wir in den Drugstore kamen. Auch wenn wir von den anderen Apothekern oder Verkäufern bedient wurden, bekamen wir Naschwerk. Sie hatten uns in Grund und Boden geredet. Im Dezember gaben sie uns Halloween-Süßigkeiten, am Valentinstag Weihnachtssüßigkeiten, zu Ostern Weihnachtsherzen und an Halloween Ostereier. »Seht ihr?« sagte unsere Mutter. »Sie haben es verstanden. Ihr Kinder habt ganz einfach nicht genug Mut.« Aber ich wußte, daß sie es nicht verstanden hatten. Sie hielten uns für obdachlose Bettler, die im Hinterzimmer der Wäscherei hausten. Wir taten ihnen leid. Ich aß ihre Süßigkeiten nicht. Ich betrat den Drugstore auch nicht mehr, ja, ich ging nicht einmal daran vorbei, wenn meine Eltern mich nicht dazu zwangen. Jedesmal, wenn wir auf ein Rezept etwas holten, tat der Apotheker Süßigkeiten in die Tüte. Das tun die Apotheker in China immer, nur, daß sie den Kunden Rosinen geben. Meine Mutter glaubte, sie habe den Apothekergeistern eine Lektion in guten Manieren erteilt (›gute Manieren‹ ist dasselbe Wort wie ›Traditionen‹).

Vor Anstrengung verzog sich mein Mund, wurde der linke Mundwinkel schief. Wie seltsam, daß die eingewanderten Dorfbewohner allesamt Schreier sind, sich gegenseitig anbrüllen. Mein Vater sagt: »Warum kann ich die Chinesen aus einem Häuserblock Entfernung hören? Weil ich ihre Sprache verstehe? Oder weil sie so laut reden?« Wenn sie sich Opern anhören, drehen sie das Radio auf volle Lautstärke, was ihren Ohren nicht weh zu tun scheint. Und dann überschreien sie die Sänger, welche wiederum die Trommeln zu übertrumpfen suchen; alle reden auf einmal, wild gestikulierend und sabbernd. Man sieht deutlich den Abscheu in den Mienen der Amerikaner, wenn sie solche Frauen beobachten. Es ist nicht nur die Lautstärke. Es ist der Klang des Chinesischen, tschingtschong-häßlich für amerikanische Ohren, nicht wunderschön wie japanische Sayonara-Wörter, deren Konsonanten und Vokale so musikalisch klingen wie im Italienischen. Wir stoßen gutturale, derbe Laute aus und haben Ton-Duc-Thang-Namen, die man sich nicht merken kann. Und die Chinesen können die Amerikaner nicht verstehen; die Sprache ist zu weich, die westliche Musik unhörbar. Ich habe gesehen, wie ein chinesisches Publikum während eines Klavierkonzerts lachte, aufstand, schwatzte, Geschichten erzählte und herumschrie, als könne der Pianist sie nicht hören. Ein amerikanischer Chinese spielte Chopin, der keine Zymbeln, keine Gongs hat. Die chinesische Klaviermusik besteht aus fünf Molltönen. Die normalen Stimmen der Chinesinnen sind laut und rechthaberisch. Wir Amerika-Chinesinnen mußten flüstern, wenn wir amerikanisch-weiblich wirken wollten. Anscheinend aber flüsterten wir sogar noch leiser als die Amerikanerinnen. Einmal im Jahr schickten die Lehrer meine Schwester und mich zur Stimmtherapie, doch bei den Therapeuten klangen unsere Stimmen plötzlich normal. Einige von uns gaben auf, schüttelten den Kopf und sagten nichts, kein einziges Wort. Einige von uns konnten nicht einmal den Kopf schütteln. Kopfschütteln bedeutet zuweilen mehr Selbstsicherheit, als man aufbringen kann. Die meisten von uns fanden letztlich eine Stimmlage, so zittrig sie auch gewesen sein mag. Wir entwickelten eine amerikanisch-weibliche Sprechweise – bis auf ein Mädchen, das sich einfach nicht dazu bringen konnte, nicht einmal in der chinesischen Schule.

Sie war ein Jahr älter als ich und blieb zwölf Jahre lang in meiner Klasse. Während all dieser Jahre las sie zwar laut vor, wollte aber kein Wort sprechen. Gewöhnlich war ihre ältere Schwester bei ihr; die Eltern hielten die Entwicklung der älteren Schwester auf, damit sie die jüngere beschützen konnte. Als sie in die Schule kamen, waren sie sechs und sieben Jahre alt. Obwohl ich im Kindergarten versagte, war ich im gleichen Alter wie der größte Teil unserer Klassenkameraden; meine Eltern hatten mein Alter vermutlich falsch angegeben, damit ich den anderen gegenüber einen Vorteil hatte und schließlich mit ihnen gleichzog. Meine jüngere Schwester besuchte die Klasse unter mir; wir waren im normalen Schulalter und, wie es üblich war, voneinander getrennt. Die Eltern des stillen Mädchens dagegen beschützten ihre beiden Töchter. Wenn es nieselte, brauchten sie nicht zur Schule zu gehen. Die beiden Mädchen brauchten zum Lebensunterhalt nichts beizutragen, wie wir es tun mußten. In anderer Hinsicht jedoch glichen wir ihnen sehr.

Zum Beispiel ähnelten wir uns beim Sport. Wir hielten beim Baseball den Schläger über der Schulter, bis es an uns war zu laufen. (Man durfte nur laufen, wenn man den Ball mit einem Schlag so weit wie möglich trieb.) Manchmal machte sich der Pitcher erst gar nicht die Mühe, uns den Ball zuzuwerfen. »Los jetzt!« feuerten die anderen Kinder uns an. In der vierten oder fünften Klasse jedoch versuchten sich einige von uns als Pitcher. Ich schaffte es ganz gut. Baseball war insofern schön, als es feste Punkte gab, zu denen man laufen mußte, wenn man den Ball abgeschlagen hatte. Basketball dagegen brachte mich in Verwirrung, denn wenn ich im Ballbesitz war, wußte ich nicht, wem ich ihn zuwerfen sollte. »Mir! Mir!« schrien die Kinder. »Hierher!« Plötzlich jedoch wurde mir klar, daß ich mir nicht gemerkt hatte, welche Geister zu meiner eigenen und welche zur gegnerischen Mannschaft gehörten. Wenn die Kinder riefen: »Lauf los«, kniete sich das Mädchen, das noch stiller war als ich, mit dem Schläger in der Hand hin und legte ihn behutsam ab. Dann klopfte sie sich den Staub von den Händen und rieb sich vorsichtig, mit gespreizten Fingern, die Hände sauber. Sie mußte immer schon gleich zu Anfang ausscheiden. Sie las vor, flüsternd, aber sprechen wollte sie nicht. Sie flüsterte so leise, als besäße sie keine Stimmbänder. Sie schien aus weiter Ferne zu atmen. Ich konnte keinerlei Zorn oder nervöse Spannung feststellen.

In der Mittagspause gesellte ich mich zu den anderen Schülern: auch die Chinesen überlegten, ob sie nun stumm war oder nicht, obwohl sie es offensichtlich nicht sein konnte, da sie schließlich oft genug vorlas. Jede erzählte, wie *sie* nach Kräften versucht hatte, freundlich zu der Stummen zu sein. *Sie* habe ›Hallo‹ zu ihr gesagt, aber wenn sie nie antwortete, na ja, dann sah man nicht ein, weshalb man sie weiterhin begrüßen sollte. Sie hatte keine Freundinnen, folgte nur ihrer Schwester auf Schritt und Tritt, obwohl einige und wohl auch sie selbst mich für ihre Freundin hielten. Ich schloß mich ihrer Schwester an, denn die benahm sich einigermaßen normal. Sie war fast zwei Jahre älter als ich und las mehr als alle anderen.

Die jüngere Schwester, die stumme, haßte ich. Ich haßte sie, weil sie stets als letzte in ihre und ich als letzte in meine Mannschaft gewählt wurde. Ich haßte sie wegen ihrer chinesischen Puppenfrisur. Ich haßte sie im Musikunterricht wegen der leisen Pfeiflaute, die sie ihrer Plastikflöte entlockte.

Eines Nachmittags, in der sechsten Klasse (in jenem Jahr war ich anfangs ziemlich überheblich, denn ich ahnte nicht, daß es bald Schulbälle und Collegeseminare geben würde, die mir einen Dämpfer verpaßten), blieben ich und meine kleine Schwester, das stumme Mädchen und ihre große Schwester aus irgendeinem Grund nach Schulschluß noch da. Der Betonboden kühlte ab, die Pfosten des Squash-Courts warfen bereits lange Schatten auf den Schotterboden. Wir hätten uns nicht so verspäten dürfen; in der Wäscherei gab es viel Arbeit, und um fünf mußten wir in der chinesischen Schule sein. Als wir das letzte Mal spät dran waren, hatte meine Mutter die Polizei alarmiert und behauptet, wir seien von Banditen entführt worden. Der Rundfunk brachte unsere Personenbeschreibung. Ich mußte nach Hause, bevor sie das noch einmal tat. Doch manchmal, wenn man lange herumtrödelte, waren die anderen Kinder bereits nach Hause gegangen, und man konnte auf dem Schulhof mit den Geräten spielen, ehe die Verwaltung sie hereinholte. Wir jagten einander über den Hof bis in den Keller, wo sich die Spielzimmer und Toiletten befanden. Bei den Luftschutzübungen (es war während des Koreakrieges, über den wir Bescheid wußten, weil die

Zeitung täglich eine Karte von Korea brachte) hockten wir hier unten zusammen. Jetzt aber waren alle fort. Das Spielzimmer war grün gestrichen und enthielt nichts weiter als eine Trinkwasseranlage mit einer Reihe von Fontänen. Die Rohre liefen an der Decke entlang und führten auch das Wasser für die Toiletten im Nebenraum. Die Wände waren dünn. Wenn jemand spülte, konnte man alles hören, wie das Wasserrauschen und auch andere Dinge. Es gab einen Spielraum für die Mädchen neben der Mädchentoilette und einen Spielraum für die Jungen neben der Jungentoilette. Die Kabinen waren offen, und die Toiletten hatten keinen Klodeckel; daran erkannten wir, daß die Geister kein Schamgefühl und keinen Sinn für Intimsphäre besitzen.

Im Spielraum waren die Glühlampen in ihren Käfigen bereits ausgeschaltet. Das Tageslicht drang in X-Mustern durch den Maschendraht an den Fenstern herein. Ich spähte hinaus, und da ich niemanden auf dem Schulhof sah, lief ich nach draußen.

Der Tag war ein großes Auge, das mir im Moment nicht besonders viel Aufmerksamkeit schenkte. Ich konnte mit der Sonne verschwinden; ich konnte mich rasch seitwärts wenden und in eine andere Welt hinüberschlüpfen. Mir schien, daß ich diesmal schneller zu laufen vermochte; am Abend würde ich bestimmt fliegen können. Am späten Nachmittag konnten wir all die verbotenen Plätze aufsuchen – den großen Jungenschulhof, den Jungenspielraum. Wir konnten die Toiletten der Jungen betreten und uns die Pissoirs ansehen. Während der Schulstunden hatte ich nur ein einziges Mal den Jungenschulhof überquert, das war, als ein Tieflader mit einem riesigen, von einer Segeltuchplane bedeckten und mit Stricken festgezurrten Ding darauf an der gegenüberliegenden Seite der Straße parkte. Die Kinder hatten einander zugerufen, es sei ein gefangener Gorilla; wir konnten nicht erkennen, ob auf dem Schild nun ›Trial of the Gorilla‹ oder ›Trail of the Gorilla‹ zu lesen stand. Das Ding war groß wie ein ganzes Haus. Die Lehrer konnten nicht verhindern, daß wir hysterisch an den

Zaun liefen und uns an das Gitter klammerten. Jetzt lief ich quer über den Jungenschulhof zum Zaun und dachte dabei an die Haare, die ich unter dem Segeltuch hatte hervorlugen sehen. Es würde bald Sommer werden, daher spürte man auch das Nahen der Freiheit.

Ich lief zum Mädchenschulhof zurück, und da stand die stumme der beiden Schwestern. Allein. Als ich an ihr vorbeilief, folgte sie mir in die Mädchentoilette. Meine Schritte hallten laut auf dem Betonfußboden und den Fliesen, denn ich hatte Eisenbeschläge unter den Sohlen. Ihre Schritte folgten mir tapsig. In der Toilette war niemand außer uns. Um mich dessen zu vergewissern, lief ich in alle fünfundzwanzig offenen Kabinen hinein. Keine Schwester. Ich nahm an, sie spielten Verstecken. Da sie sich allein nicht gut verstecken konnte, folgte sie gewöhnlich ihrer Schwester, und die beiden versteckten sich gemeinsam. Irgendwie mußten sie sich aus den Augen verloren haben. In der Dämmerung konnte sich ein Kind so gut verstecken, daß es niemals gefunden wurde.

Vor den Trinkfontänen blieb ich unvermittelt stehen, während sie noch auf mich zugerannt kam und nicht mehr rechtzeitig bremsen konnte, so daß sie fast mit mir zusammengestoßen wäre. Ich machte einen Schritt auf sie zu. Sie wich zurück; in ihren Augen stand Verwirrung, dann Angst.

»Du wirst jetzt reden«, erklärte ich mit ruhiger, normaler Stimme, wie ich es immer tue, wenn ich mit vertrauten, schwachen und kleinen Personen spreche. »Ich werde dich schon zum Reden bringen, du Angsthase.« Sie hörte auf, vor mir zurückzuweichen, und blieb stehen.

Ich blickte ihr ins Gesicht, damit ich es aus der Nähe hassen konnte. Sie trug schwarze Ponys, und ihre Wangen waren rosig und weiß. Sie war babyweich. Ich war überzeugt, wenn ich ihr mit meinem Daumen auf die Nase drückte, würde eine Delle zurückbleiben. Ich konnte Grübchen in ihre Wange zwicken. Ich konnte ihr Gesicht wie Teig kneten. Sie stand wie gebannt, aber ich wollte ihr Gesicht nicht länger betrachten; ich haßte Zerbrechlichkeit. Ich schritt um sie herum, musterte sie von oben bis unten, wie es die Mexikanerinnen und Negerinnen taten, wenn sie sich prügelten. Ich haßte ihren schwachen Hals, der ihren Kopf nicht stützte, sondern hängen ließ; ihr Kopf fiel immer leicht nach hinten. Ich starrte die Kurve ihres Nackens an. Ich wünschte, ich könnte sehen, wie mein eigener Hals von hinten und von den Seiten aussah. Ich hoffte sehr, daß er nicht aussah wie der ihre; ich wollte einen kräftigen Hals. Ich ließ mir die Haare lang wachsen, damit sie ihn verbargen, für den Fall, daß es ein Blütenstengelhals war. Ich trat wieder vor sie hin, um ihr Gesicht noch ein wenig länger hassen zu können.

Ich langte zum Kopf und faßte den vollen Teil ihrer Wange, nicht Teig, sondern Fleisch, mit Daumen und Zeigefinger. So nahe, und ich sah dennoch keine Poren. »Rede!« forderte ich. »Wirst du jetzt reden?« Ihre Haut war fett, wie Tintenfisch, dem man die glasigen Knochenblättchen herausgezogen hat. Mir lag feste Haut, harte, braune Haut. Ich hatte Schwielen an den Händen; ich hatte im Schmutz gescharrt, damit ich stumpfe Finger bekam. Ich kniff sie fest in die Wange. »Sprich!« Als ich losließ, schoß das rosarote Blut wieder in die weißen Druckstellen, die mein Daumen hinterlassen hatte. Ich trat auf die andere Seite. »Sprich!« schrie ich sie an. Ihr schwarzes Haar hing glatt herab, in all den Jahren keine Löckchen, Zöpfe oder Dauerwelle. Ich kniff sie in die andere Wange. »Wirst du wohl? He? Wirst du jetzt reden?« Sie wollte den Kopf schütteln, aber ich hatte ihr Gesicht im Griff. Sie besaß nicht genug Kraft, um sich loszumachen. Ihre Haut schien sich zu dehnen. Voller Entsetzen ließ ich los. Wenn sie nun in meiner Hand hängenblieb? »Nein, eh?« fragte ich, das Gefühl ihrer Berührung von den Fingern reibend. »Dann sag doch ›nein‹!« Ich kniff sie abermals und zwirbelte die Finger dabei. »Sag ›nein‹.« Sie schüttelte den Kopf; das glatte Haar schwang mit dem Kopf, statt wie bei den hübschen Mädchen von einer Seite zur anderen. Sie war so adrett. So adrett, daß es mich störte. Ich haßte es, wie sie ihr Butterbrotpapier faltete; sie knüllte weder ihre braune Tüte noch ihre Schulpapierbogen zusammen. Ich haßte ihre Kleider – die pastellblaue Strickjacke, die weiße Bluse mit dem Kragen, der sich flach über die Strickjacke legte, den selbstgenähten, geraden Baumwollrock, den sie trug, wo doch alle Welt jetzt in weit schwingenden Röcken ging. Ich haßte Pastellfarben; ich würde immer nur Schwarz tragen. Ich kniff abermals, stärker diesmal, obwohl sich ihre Wange weich und unangenehm gummiartig anfühlte. Ich kniff sie zuerst in die eine, dann in die andere Wange, wieder und wieder, bis ihr die Tränen aus den Augen rannen, als hätte ich sie herausgezogen. »Hör auf zu flennen!« befahl ich ihr, doch obwohl sie mir sonst immer folgte, gehorchte sie mir diesmal nicht. Ihre Augen schwammen; ihre Nase lief. Mit ihren papierdünnen Fingern wischte sie sich die Augen. Die Haut ihrer Hände und Arme wirkte pulvertrocken, wie Pauspapier, Luftpostpapier. Ich haßte ihre Finger. Ich konnte sie brechen wie Salzstangen. Ich drückte ihre Hände hinunter. »Sag ›Hei‹«, forderte ich. »›Hei!‹ Ganz einfach. Sag deinen Namen. Los! Sag ihn! Oder bist du zu dämlich? Bist du so dämlich, daß du deinen eigenen Namen nicht kennst, wie? Wenn ich dich frage: ›Wie heißt du?‹, wirst du ihn einfach sagen, okay? Wie heißt du?« Letztes Jahr hatte die ganze Klasse über einen Jungen gelacht, der ein Formular nicht ausfüllen konnte, weil er nicht wußte, wie sein Vater hieß. Die Lehrerin seufzte verzweifelt und wurde ironisch. »Kannst du dir denn nie etwas merken? Wie ruft deine Mutter ihn?« fragte sie. Die Klasse lachte, weil er so dumm war, daß er sich nichts merken konnte. »Sie nennt ihn Vater von mir«, antwortete er. Sogar wir lachten mit, obwohl wir doch wußten, daß seine Mutter seinen Vater niemals bei seinem Namen rufen würde und daß ein Sohn den Namen seines Vaters nicht kennt. Wir lachten und waren erleichtert darüber, daß unsere Eltern soviel Voraussicht besessen hatten, uns einige Namen zu nennen, die wir den Lehrern angeben konnten. »Wenn du nicht dumm bist«, sagte ich zu dem stummen Mädchen, »wie heißt du dann?« Sie schüttelte den Kopf, und ein paar Haare blieben an ihren Tränen hängen;

nasses schwarzes Haar klebte an ihrem rosigweißen Gesicht. Ich langte hinauf (sie war größer als ich) und griff nach einer Haarsträhne. Ich zog daran. »Nun, dann lassen wir mal die Glocken läuten«, sagte ich. »Ding-dong.« Ich zog an der anderen Seite – »diiing« – ein langer Zug; »doooooong« – ein noch längerer Zug. Ich konnte ihre kleinen weißen Ohren sehen, wie weiße Raupen kringelten sie sich unter den Haaren. »Rede!« schrie ich in jede der beiden Raupen.

Ich sah ihr in die Augen. »Ich weiß, daß du reden kannst«, sagte ich ruhig. »Ich hab's gehört.« Ihre Brauen zuckten in die Höhe. Irgend etwas in diesen schwarzen Augen war verblüfft, und ich stieß nach. »Ich bin an eurem Haus vorbeigekommen, als du nicht wußtest, daß ich da war. Ich habe gehört, wie du auf englisch und chinesisch geschrien hast. Du hast nicht nur einfach gesprochen, du hast gebrüllt. Ich hab's gehört. Du hast gesagt: ›Wo bist du?‹ Sag das noch mal. Los, genau wie bei dir zu Hause.« Ich zerrte fester an ihren Haaren, aber gleichmäßig, nicht ruckartig. Ich wollte sie ihr schließlich nicht ausreißen. »Los doch! Sag jetzt: ›Wo bist du?‹ Sag es so laut, daß deine Schwester kommt. Ruf sie. Ruf so, daß sie dir zu Hilfe kommt. Wenn sie kommt, höre ich auf.«

Sie schüttelte den Kopf, den Mund weinend verzogen. Ich konnte ihre winzigen weißen Zähne sehen, Babyzähne. Ich selbst wünschte mir kräftige gelbe Zähne. »Du hast doch eine Zunge«, sagte ich. »Benutze sie!« Ich zog an ihren Schläfenhaaren, zog Tränen aus ihren Augen. »Sag: ›Aua!‹«, verlangte ich. »Einfach: ›Aua!‹ Sag: ›Laß los!‹ Los doch! Sag's! Wenn du nicht sagst: ›Laß mich los‹, ziehe ich weiter. Sag: ›Laß mich in Ruhe‹, dann lasse ich los. Bestimmt. Ich laß dich sofort in Ruhe, wenn du es sagst. Wenn du willst, höre ich sofort auf. Du brauchst mir nur zu sagen, daß ich aufhören soll. Sag einfach: ›Aufhören!‹ Du willst es wohl nicht anders, wie? Du willst, daß ich weiterziehe. Na schön, dann werde ich eben weiterziehen müssen. Sag: ›Aufhören!‹« Aber sie sagte es nicht. Ich mußte weitermachen.

Aus ihrem Mund kamen Laute: Schluchzen, Keuchen, Laute, die beinahe Wörter waren. Rotz lief ihr aus der Nase. Sie versuchte ihn mit den Händen abzuwischen, aber es war zuviel. Sie nahm ihren Ärmel. »Du bist ekelhaft«, erklärte ich ihr. »Sieh dich doch an, der Rotz läuft dir aus der Nase, und du sagst kein Wort, um das zu beenden. Du bist eine Null.« Ich trat hinter sie und zog an den Härchen, die in ihrem schwachen Nacken wuchsen. Ich ließ los. Blieb eine lange Zeit schweigend stehen. Dann brüllte ich: »Rede!« Ich wollte die Wörter aus ihr herausschrecken. Hätte sie kleine, bandagierte Füße gehabt, die Zehen unter den Ballen verkrümmt, wäre ich auf ihnen herumgesprungen und hätte sie – krach! – mit meinen eisenbeschlagenen Schuhen zertreten. Sie weinte heftig, schluchzte laut. »Ruf: ›Mama!‹ Sag: ›Hör auf!‹«

Ich legte ihr einen Finger an das spitze Kinn. »Ich mag dich nicht. Ich mag die kleinen, leisen Tuttöne nicht, die du auf deiner Flöte von dir gibst. Tut-tut. Tut-tut. Ich mag es nicht, daß du niemals den Ball triffst. Ich mag es nicht, daß du immer als letzte gewählt wirst. Ich mag es nicht, daß du beim Faustball keine Faust machen kannst. Warum machst du keine Faust? Komm doch. Werde hart! Komm. Mach Fäuste.« Ich versetzte ihren langen Händen einen Stoß: sie hingen schlaff an ihrem Körper herab. Ihre Finger waren so lang, daß ich dachte, vielleicht hat sie ein Gelenk mehr als wir. Sie konnte sie unmöglich zu Fäusten ballen wie die Finger anderer Menschen. »Mach eine Faust!« befahl ich. »Los doch! Mach die Finger krumm; Finger nach innen, Daumen nach außen. Sag etwas! Zieh mich am Haar. Du bist größer als ich, aber du läßt dich von mir piesakken.

Möchtest du ein Taschentuch? Ich kann dir kein besticktes geben, auch keins mit Häkelkante, aber wenn du mich darum bittest, hol' ich dir Toilettenpapier. Los doch, sag etwas! Wenn du mich bittest, hole ich es dir.« Sie hörte nicht auf zu weinen. »Warum rufst du nicht um Hilfe?« fragte ich sie. »Sag: ›Hilfe!‹ Los doch!« Sie weinte weiter. »Okay, okay. Du brauchst nicht zu reden. Schrei einfach nur, dann laß ich dich gehen. Wäre das nicht ein schönes Gefühl? Los doch! So.« Ich schrie, aber nicht allzu laut. Meine Stimme prallte gegen die Fliesen und klang, als hätte ich einen Stein an die Wände geworfen. Die Toilettenkabinen dehnten sich und wurden dunkler. Schatten lehnten schräg in Winkeln, wie ich es nie zuvor gesehen hatte. Es war sehr spät geworden. Vielleicht hatte mich der Hausmeister mit diesem Mädchen eingeschlossen. Ihre schwarzen Augen zwinkerten und starrten, zwinkerten und starrten. Mir war schwindlig vor Hunger. Seit Ewigkeiten waren wir hier zusammen in diesem Waschraum. Wenn ich meine Schwester nicht bald nach Hause brachte, würde meine Mutter wieder die Polizei anrufen. »Ich laß dich gehen, wenn du nur ein einziges Wort sagst«, beteuerte ich. »Du brauchst meinetwegen nur ›ein‹ oder ›das‹ zu sagen, und ich laß dich gehen. Komm doch. Bitte.« Sie schüttelte jetzt nicht mehr den Kopf, sondern weinte still vor sich hin, soviel Wasser strömte aus ihr heraus. Ich konnte die beiden Tränenkanäle sehen, aus denen das Wasser lief. Literweise Tränen, aber kein Wort. Ich packte sie bei der Schulter. Ich fühlte Knochen. Das Licht fiel auf seltsame Art durch die Mattscheibe mit dem eingeschmolzenen Maschendraht. Sie greinte wie ein Tier – ein Seehund –, daß es im Keller hallte. »Willst du die ganze Nacht hierbleiben?« fragte ich sie. »Deine Mutter wird sich fragen, was aus ihrem Kind geworden ist. Du willst doch nicht, daß sie dir böse ist, oder? Also, dann sag was!« Ich schüttelte ihre Schulter. Ich zog sie wieder an den Haaren. Ich kniff sie in die Wange. »Los doch! Rede! Rede! Rede!« Sie schien es gar nicht mehr zu fühlen, daß ich sie an den Haaren zog. »Außer uns beiden ist niemand hier. Wir sind weder in einer Klasse noch auf dem Spielplatz oder in einer Menschenmenge. Ich bin nur ein einziger Mensch. Vor einem einzigen Menschen kannst du doch reden. Willst du, daß ich immer fester ziehe, bis du endlich den Mund aufmachst?« Doch ihre Haare schienen sich zu dehnen; sie sagte kein Wort. »Gleich werde ich fester ziehen. Willst du, daß ich noch weiter ziehe und dir die Haare ausreiße, bis du eine Glatze kriegst? Möchtest du eine Glatze kriegen? Du willst doch sicher keine kriegen, nicht wahr?«

In weiter Ferne, vom Stadtrand her, hörte ich schrilles Pfeifen. Die Konservenfabrik hatte Schichtwechsel; sie entließ die Nachmittagsschicht, und wir waren immer noch hier in der Schule. Es war ein trauriger Ton – Arbeit aus. Als er verklang, war die Luft einsamer.

»Warum willst du nichts sagen?« Ich fing an zu weinen. Und wenn ich nun nicht wieder aufhören konnte und alle wissen wollten, was passiert war? »Jetzt sieh dir an, was du angerichtet hast!« schalt ich. »Das wirst du mir büßen. Ich will wissen, warum! Und du wirst es mir sagen. Merkst du denn nicht, daß ich dir helfen will? Willst du absichtlich so sein, so stumm, dein Leben lang? Möchtest du nicht Tambourmädchen werden? Oder Karnevalsprinzessin? Wovon willst du leben? Jawohl, du wirst arbeiten müssen, denn Hausfrau wirst du bestimmt nicht werden. Wenn du Hausfrau werden willst, muß schließlich irgend jemand dich heiraten. Aber du, du bist 'ne Pflaume. Weißt du das? Mehr bist du nicht, wenn du nicht redest. Wenn du nicht redest, kannst du keine Persönlichkeit entwickeln. Dann bist du nicht wer. Du mußt den Leuten zeigen, daß du eine Persönlichkeit bist und einen Verstand hast. Glaubst du, daß jemand dein ganzes dämliches Leben lang für dich sorgen wird? Glaubst du, du wirst ewig deine große Schwester haben? Du meinst wohl, daß jemand dich heiraten wird, wie? O nein, du bist nicht der Typ, mit dem die Jungen ausgehen, ganz zu schweigen vom Heiraten. Niemand wird Notiz von dir nehmen. Und wenn du dich irgendwo vorstellst, wirst du antworten müssen, da, direkt vor deinem Chef. Weißt du das nicht? Du bist so dämlich! Warum soll ich meine Zeit mit dir vergeuden?« Vor Wut schnaubend, konnte ich nicht aufhören, gleichzeitig zu flennen und zu reden. Immer wieder wischte ich mir mit dem Arm die Nase, denn meine Strickjacke hatte ich irgendwo verloren (vermutlich gar nicht erst angezogen, weil meine Mutter gesagt hatte, ich solle sie anziehen). Mir schien, als hätte ich mein ganzes Leben in diesem Keller verbracht, einem anderen Menschen das Schlimmste angetan. »Ich tu's zu deinem eigenen Besten«, erklärte ich. »Und wag ja nicht, jemandem zu erzählen, ich sei gemein zu dir gewesen. Rede! Bitte, sag doch was!«

Mir wurde schwindlig von der Luft, die ich atmete. Ihr Flennen und mein Flennen hallten laut von den Fliesen wider, manchmal gemeinsam, manchmal abwechselnd. »Ich begreife nicht, warum du nicht ein einziges Wort sprechen kannst!« stieß ich zwischen zusammengepreßten Zähnen hervor. Meine Knie zitterten so, daß ich mich an ihren Haaren hochziehen mußte. Als ich mich das Mal davor verspätet hatte, mußte ich einen Bogen um zwei Negerkinder machen, die sich gegenseitig die Köpfe auf das Pflaster stießen. Später kehrte ich zurück, um nachzusehen, ob das Pflaster Risse bekommen hatte. »Hör mal, ich gebe dir was, wenn du etwas sagst. Ich gebe dir meinen Federkasten. Ich kaufe dir Süßigkeiten. Okay? Was möchtest du? Sag's mir. Sag's, und ich gebe dir, was du willst. Sag einfach ›ja‹, oder ›okay‹, oder ›Baby Ruth‹.«

Aber sie wollte nicht.

Ich hatte aufgehört, sie in die Wange zu kneifen, weil ich das Gefühl ihrer Haut nicht mochte. Ich würde durchdrehen, wenn sie mir in den Fingern hängenblieb. »Ich habe sie enthäutet«, würde ich dann beichten müssen.

Plötzlich hörte ich Schritte durch den Keller eilen; ihre Schwester kam in den Waschraum gelaufen. Sie rief ihren Namen. »Da bist du ja«, sagte ich. »Wir haben auf dich gewartet. Ich habe versucht, sie zum Sprechen zu bringen. Aber sie wollte nicht.« Ihre Schwester ging in eine Kabine, holte Hände voll Toilettenpapier und wischte sie sauber. Dann holten wir meine Schwester und machten uns gemeinsam auf den Heimweg. »Eure Familie sollte sie wirklich zum Reden zwingen«, riet ich ihr auf dem ganzen Weg. »Ihr dürft sie nicht so sehr verhätscheln.«

Aber die Welt ist manchmal auch gerecht, und so verbrachte ich die folgenden achtzehn Monate mit einer geheimnisvollen Krankheit im Bett. Ich hatte weder Schmerzen noch Symptome, obwohl die Mittellinie meiner linken

Handfläche unterbrochen war. Statt mit der High School zu beginnen, lebte ich wie die viktorianischen Eremiten, von denen ich gelesen hatte. Ich lag in einem gemieteten Krankenhausbett im Wohnzimmer, wo ich mir im Fernsehen kitschige Vormittagsserien ansah, und meine Familie kurbelte mich rauf und runter. Ich bekam niemanden zu sehen als meine Familie, die sich wirklich rührend um mich kümmerte. Besuch durfte ich nicht haben, weder von anderen Verwandten noch von Dorfbewohnern. Mein Bett stand am Westfenster, so daß ich sehen konnte, wie die Jahreszeiten den Pfirsichbaum veränderten. Ich hatte eine Glocke, mit der ich um Hilfe läuten konnte. Ich benutzte eine Bettpfanne. Es waren die schönsten anderthalb Jahre meines Lebens. Nichts geschah.

Eines Tages jedoch sagte meine Mutter, die Ärztin: »Heute kannst du aufstehen. Es wird Zeit, daß du aufstehst und wieder zur Schule gehst.« Um meine Beine zu trainieren, wanderte ich, auf einen vom Pfirsichbaum geschnittenen Stock gestützt, draußen herum. Der Himmel, die Bäume, die Sonne waren riesig – jetzt nicht mehr von einem Fenster gerahmt, nicht mehr durch Fliegendraht grau gefärbt. Ich setzte mich auf den Gehsteig, voller Staunen über die Nacht, die Sterne. In der Schule jedoch mußte ich mich darauf besinnen, wie man sprach. Ich begegnete dem armen Mädchen wieder, das ich so gequält hatte. Sie war unverändert. Sie trug dieselben Kleider, denselben Haarschnitt, zeigte dasselbe Verhalten wie in der Grundschule, ohne Make-up auf dem rosigweißen Gesicht, während die anderen Asiatinnen sich die Augenlider mit Klebeband umzuformen begannen. Sie konnte immer noch laut vorlesen. Aber jetzt gab es kaum noch etwas vorzulesen, hier in der High School wurde es immer seltener.

Ich hatte mich geirrt, als ich dachte, niemand würde sich um sie kümmern. Ihre Schwester wurde Stenotypistin und blieb unverheiratet. Sie lebte bei ihren Eltern. Sie brauchte niemals das Haus zu verlassen, höchstens, wenn sie ins Kino ging. Sie wurde versorgt. Sie wurde von ihrer Familie beschützt, wie sie es normalerweise in China getan hätten, wenn sie es sich hätten leisten können, wurde nicht mit Fremden, Geistern, Jungen zur Schule geschickt.

Wir haben so viele Geheimnisse zu bewahren. Unser Lehrer in der sechsten Klasse, der den Kindern gern alles erklärte, ließ uns unsere Beurteilungen lesen. Meine Unterlagen zeigen, daß ich im Kindergarten versagt habe und in der ersten Klasse keinen IQ hatte – einen Intelligenzquotienten von Null. Ich erinnere mich noch, wie die Lehrerin in der ersten Klasse während eines Tests mir etwas zurief, weil die anderen Schüler ihr Kreuzchen richtig bei einem Mädchen, einem Jungen oder einem Hund machten, während ich alles schwarz übermalte. In der ersten Klasse entdeckte ich auch die Augenkontrolle; mit meinen Blicken konnte ich die Lehrerin zu einer Größe von zweieinhalb Zentimetern reduzieren, sie weit hinten am Horizont gestikulieren und artikulieren lassen. In der sechsten Klasse verlor ich diese Fähigkeit aus Mangel an Übung; der Lehrer war ein großzügiger Mann. »Seht euch die alten Adressen eurer Familie an und denkt mal darüber nach, wie ihr umgezogen seid«, forderte er uns auf. Ich sah mir die Decknamen meiner Eltern und ihre Geburtstage an, Varianten, die mir bekannt waren. Doch als ich Vaters Berufe las, rief ich aus: »He, der war ja gar kein Bauer, der war ja . . .« Er war Glücksspieler gewesen. Meine Kehle schnitt mir das Wort ab – Schweigen vor dem verständnisvollsten aller Lehrer. Es gab Geheimnisse, die man niemals vor den Geistern aussprechen durfte, Geheimnisse, deren Aufdeckung bewirken konnte, daß man uns nach China zurückschickte.

Manchmal haßte ich die Geister dafür, daß sie uns nicht reden ließen; manchmal haßte ich die Chinesen wegen ihrer Geheimniskrämerei. »Nur nichts sagen!« ermahnten uns meine Eltern, obwohl wir gar nichts hätten sagen können, auch wenn wir es gewollt hätten, weil wir nämlich gar nichts wußten. Gibt es wirklich geheime Gerichtsverfahren mit unseren eigenen Richtern und Strafen? Zeigen in Chinatown wirklich Flaggen an, daß in der San Francisco Bay blinde Passagiere eingetroffen sind, wie ihre Namen und mit welchem Schiff sie gekommen sind? »Mutter, ich habe gehört, wie ein paar Kinder sagten, daß es solche Flaggen gibt. Stimmt das? Welche Farbe haben sie? Auf welchen Häusern werden sie aufgezogen?«

»Nein. Nein, solche Flaggen gibt es nicht. Das sind nur Geschichten, die erzählt werden. Du glaubst auch immer alles, was erzählt wird.«

»Ich werde es niemandem weitersagen, Mutter! Das verspreche ich dir. Auf welchen Häusern sind die Flaggen? Wer zieht sie auf? Die Wohlfahrtsorganisationen?«

»Ich weiß es nicht. Vielleicht die Dorfbewohner von San Francisco; unsere Dorfbewohner tun so was nicht.«

»Was tun denn unsere Dorfbewohner?«

Sie wollte es uns Kindern nicht sagen, weil wir unter Geistern geboren waren, von Geistern unterrichtet wurden und auch selbst halbe Geister waren. Sie bezeichneten uns als eine Art Geist. Geister sind laut und voller Luft; sie reden bei den Mahlzeiten. Sie reden über alles.

»Lassen wir Signaldrachen steigen? Das wäre doch eine gute Idee, nicht wahr? Wir könnten sie vom Schulbalkon aufsteigen lassen.« Statt auf billige Art und Weise Libellen am Schwanz aufzuziehen, könnten wir teure Drachen steigen lassen, der ganze Himmel voll prächtiger chinesischer Farben, um die Geisteraugen abzulenken, während die Neuankömmlinge an Land schleichen. Nur nichts verraten! »Niemals etwas verraten!«

Gelegentlich gab es ein Gerücht, die Einwanderungsbehörde der Vereinigten Staaten habe in der Chinatown von San Francisco oder Sacramento ein Büro aufgemacht, um illegale Einwanderer und blinde Passagiere, überhaupt alle, die mit gefälschten Papieren hier waren, aufzufordern, in die Stadt zu kommen und sich registrieren zu lassen. Die Einwanderer diskutierten eifrig, ob sie sich stellen sollten oder nicht. »Wir sollten es tun«, sagte wohl jemand. »Dann hätten wir die echte Staatsbürgerschaft.«

»Sei nicht dumm!« entgegnete jemand anders. »Das ist eine Falle. Wenn du hingehst und sagst, du willst deine Papiere in Ordnung bringen, werden sie dich deportieren.«

»Nein, werden sie nicht! Sie versprechen, daß niemand

ins Gefängnis kommt oder deportiert wird. Man bekommt die Staatsbürgerschaft als Belohnung dafür, daß man sich stellt, daß man so ehrlich ist.«

»Und das glaubst du? So-und-so hat das auch geglaubt, und dann wurde er deportiert. Seine Kinder haben sie auch deportiert.«

»Wohin sollen sie uns denn schicken? Nach Hongkong? Nach Taiwan? Ich bin noch nie in Hongkong oder Taiwan gewesen. In die Volksrepublik? Wohin?« Seit der Revolution gehören wir nirgendwo mehr hin. Das alte China ist verschwunden, während wir fort waren.

»Nichts verraten«, rieten uns meine Eltern. »Geht nicht nach San Francisco, solange sie da sind.«

Belügt die Amerikaner. Sagt ihnen, ihr seid während des Erdbebens von San Francisco geboren. Sagt ihnen, euer Geburtsschein und eure Eltern sind damals verbrannt. Meldet keine Verbrechen; sagt ihnen, bei uns gibt es weder Verbrechen noch Armut. Gebt jedesmal, wenn ihr verhaftet werdet, einen anderen Namen an; die Geister werden euch nicht wiedererkennen. Bezahlt den neuen Einwanderern fünfundzwanzig Cent pro Stunde und erklärt, bei uns gäbe es keine Arbeitslosigkeit. Und sagt ihnen natürlich, wir seien gegen den Kommunismus. Geister besitzen ohnehin kein Gedächtnis und können schlecht sehen.

Schon die guten Dinge sind unaussprechlich, wie also sollte ich da nach häßlichen fragen? Aus der Zusammensetzung der Speisen, die meine Mutter auftischte, mußten wir Kinder die Festtage erraten. Sie erfüllte uns weder mit Erwartung, noch erklärte sie uns etwas. Man erinnerte sich lediglich, vor einem Jahr vielleicht Mönchsspeisen gegessen zu haben, oder daß es Fleisch gegeben hatte, dann war es ein Fleischfeiertag; oder man hatte Mondplätzchen gegessen oder lange Nudeln für ein langes Leben (ein Wortspiel). Vor dem unzerteilten Huhn mit der aufgeschlitzten, zur Decke gerichteten Kehle deckte sie soundso viele Stäbchenpaare abwechselnd mit Weinbechern auf, die aber nicht alle für uns bestimmt waren, denn ihre Zahl stimmte nicht mit der Zahl der Familienmitglieder überein, und außerdem waren sie viel zu eng gelegt, so daß keiner von uns Platz am Tisch gehabt hätte. Um vor diesen Gedecken zu sitzen, hätte man nur fünf Zentimeter breit sein dürfen, dünn wie ein Lineal. Mutter goß Seagram's 7 in die Schalen und füllte ihn nach einer Weile in die Flasche zurück. Ohne jemals zu erklären, warum. Wie soll man als Chinese die Tradition fortsetzen? Man wird nicht einmal aufmerksam gemacht, sie mogeln heimlich eine Zeremonie dazwischen und räumen den Tisch ab, ehe den Kindern etwas aufgefallen ist. Wenn man fragt, werden die Erwachsenen böse, weichen aus und verbieten einem den Mund. Man wird nicht davor gewarnt, ein weißes Band im Haar zu tragen, man fängt sich einfach eine Ohrfeige ein und bekommt den ganzen Tag schiefe Blicke zugeworfen. Man bekommt eine Ohrfeige, wenn man mit einem Besen herumfuchtelt, Eßstäbchen fallen läßt oder mit ihnen auf der Tischplatte trommelt. Man bekommt eine Ohrfeige, wenn man sich an bestimmten Tagen die Haare wäscht oder jemanden mit einem Lineal anstupst oder über einen Bruder hinwegtritt, ob es nun während der Regel ist oder nicht. Man errät, wofür die Ohrfeige gewesen ist, und tut es nicht wieder – falls man richtig geraten hat. Ich jedoch glaube, wenn man nicht richtig geraten hat, ist es auch nicht weiter schlimm. Dann wächst man auf, ohne von Geistern und Göttern belästigt zu werden. »Götter, die man meidet, können einem nicht schaden.« Ich kann nicht begreifen, wie sie fünftausend Jahre lang eine kontinuierliche Kultur haben bewahren können. Vielleicht aber haben sie es gar nicht getan; vielleicht denken sie alle sich nur etwas aus. Wenn wir uns darauf verlassen müßten, daß man uns etwas erklärt, hätten wir keine Religion, keine Babys, keine Menstruation (Sex ist natürlich unaussprechlich), keinen Tod.

Ich dachte immer, der Unterschied zwischen geistiger Gesundheit und Geisteskrankheit sei reden und nicht reden. Geisteskranke seien jene, die sich nicht auszudrücken vermögen. Es gab eine Menge verrückter Mädchen und Frauen. Vielleicht waren die einzigen geistig gesunden Menschen in China geblieben, um die neue, geistig gesunde Gesellschaft aufzubauen. Oder vielleicht war unser kleines Dorf in seiner Abgeschiedenheit ein wenig absonderlich geworden. Kein anderer Chinese, weder in Sacramento noch in San Francisco oder Hawaii, spricht so wie wir. In einem Umkreis von wenigen Blocks um unser Haus gab es ein halbes Dutzend verrückter Frauen und Mädchen, die alle zu Familien von Dorfbewohnern gehörten.

Da war eine Frau direkt nebenan, die einen Augenblick lang redselig war – und uns Kinder zum erstenmal ins Autokino einlud – und im nächsten in tiefes Schweigen verfiel. Dann sahen wir silbrige Hitzewellen von ihrem Körper aufsteigen; sie erstarrte vor unseren Augen. Sie jagte uns Angst ein, obwohl sie nichts sagte, nichts tat. Ihr Mann mußte sie mitten in der Vorstellung nach Hause fahren. Er warf den Kino-Lautsprecher aus dem Wagenfenster. Sie saß wie versteinert auf dem Vordersitz; er mußte ihr die Tür aufhalten und ihr hinaushelfen. Sie schlug die Tür zu. Nachdem sie hineingegangen waren, hörten wir im ganzen Haus Türen schlagen. Kinder hatten die beiden nicht, also waren es keine Kinder, die Türen schlugen. Am nächsten Tag war sie verschwunden; die Leute behaupteten, sie sei nach Napa oder Agnew gebracht worden. Wann immer eine Frau verschwand oder nach einiger Zeit wiederauftauchte, flüsterten sich die Leute zu: »Napa.« »Agnew.« Sie war früher schon einmal eingesperrt gewesen. Ihr Mann vermietete das Haus und ging ebenfalls fort. Als er das letzte Mal die Stadt verlassen hatte, war er allein gewesen. Er war nach China zurückgekehrt, wo er sie gekauft und geheiratet hatte. Jetzt, während sie im Irrenhaus war, ging er, wie die Leute sagten, in den Mittelwesten. Ein bis zwei Jahre vergingen. Er fuhr wieder nach Napa, um sie heimzuholen. Als Geschenk brachte er ihr ein Kind aus dem Mittelwesten mit, halb Chinese, halb Weißer. Die Leute behaupteten, es sei sein unehelicher Sohn. Sie war sehr glücklich, in ihrem fortgeschrittenen Alter noch einen Sohn großziehen zu können, obwohl ich sah, daß der Junge sie schlug, damit sie ihm Schokolade und Spielzeug gab. Sie war die Frau, die glücklich starb, während sie nach dem

Zubereiten des Abendessens auf den Verandastufen saß. Da gab es Crazy Mary, deren Angehörige zum Christentum übergetreten waren. Ihre Eltern hatten Mary, als sie nach Amerika auswanderten, als Kleinkind in China zurückgelassen. Als sie genug Geld verdient hatten, um sie nachzuholen, als sie Pferd und Gemüsewagen gegen einen Lastkraftwagen eintauschten, war sie fast zwanzig und geisteskrank. Ihre Eltern sagten oft: »Wir dachten, sie würde erwachsen, aber immer noch jung genug sein, um Englisch zu lernen und für uns zu dolmetschen.« Die anderen Kinder, in den Staaten geboren, waren normal und konnten dolmetschen. Ich war froh, daß ich neun Monate nach der Emigration meiner Mutter geboren war. Crazy Mary war ein großes dickes Mädchen mit einem großen schwarzen Muttermal im Gesicht, einem Glückszeichen. Das schwarze Muttermal zieht den, der es im Gesicht hat, mit seiner Kraft vorwärts; ein Muttermal am Hinterkopf zieht rückwärts. Sie wirkte fröhlich, zeigte aber auf Dinge, die nicht vorhanden waren. Ich sah sie nicht gern an; man wußte nie, was man zu sehen bekam, was für ein Krampf ihr Gesicht verzerren würde. Oder was man zu hören bekommen würde – Knurren, Lachen. Sie ließ den Kopf hängen wie ein Bulle, ihre Augen spähten unter dem Haarvorhang hervor. Ihr Gesicht war ein weißer verschwommener Fleck – weil sie sich soviel im Haus aufhielt und weil ich bemüht war, sie nicht direkt anzusehen. Oft hatte sie Reis im Gesicht und in den Haaren. Ihre Mutter schnitt ihr das Haar sauber um die Ohren herum, im Nacken hatte sie Stoppeln. Sie trug Pyjamas, eine grobe braune, schief geknöpfte Strickjacke und eine riesige Schürze, keine Arbeitsschürze, sondern ein Lätzchen. Da sie immer Slipper trug, konnte man ihre dicken, nackten Knöchel, ihre nackten Hacken und Sehnen sehen. Wenn man zu ihrer Familie ins Haus ging, mußte man aufpassen, denn sie kam zuweilen plötzlich, mit baumelnden Armen, um eine Ecke gestürzt. Sie brach aus dunklen Ecken hervor; Häuser mit verrückten Mädchen haben verschlossene Zimmer und zugezogene Vorhänge. Sie strömte einen Geruch aus, der nicht einmal unangenehm gewesen wäre, hätte er zu jemand anders gehört. Das ganze Haus roch nach ihr, nach Kampfer. Vielleicht verbanden sie ihr den Puls mit Kampfer, damit sie gesund wurde. Unsere Mutter pflegte uns mit Kampfer gefüllte Dörrpflaumen ans Handgelenk zu binden. Das brachte uns in größte Verlegenheit, wenn sich der Verband in der Schule löste und der Inhalt in Klumpen und Krümeln herausbröselte. Crazy Mary wurde nicht gesund, und auch sie wurde in ein Irrenhaus gesteckt. Entlassen wurde sie nie. Ihre Familie behauptete, es gefalle ihr dort.

Es gab einen Sumpf, zu dem uns meine Mutter mitnahm, um Orangenbeeren zu pflücken, die wir in Töpfen und Beuteln nach Hause trugen und in der Eiersuppe mitkochten. Es war kein wildes Moor, obwohl dort immer noch Binsen, Rohrkolben und Fuchsschwanz wuchsen, außerdem Dill und gelbe Kamille, dick und pelzig wie die Bienen. Es war vorgekommen, daß Leute den Tippelbrüderpfaden folgten, die hohen Stengel teilten und Leichen fanden – Landstreicher, chinesische Selbstmörder, Kinder. Rot-Drosseln, deren Flügel dieselbe Farbe aufwiesen wie die Beeren, hockten auf einer Holzbrücke, eigentlich einem Eisenbahnviadukt. Wenn ein Zug darüber hinwegkeuchte, die schwarze Dampfmaschine zum Bersten gefüllt wie der Boiler in der Wäscherei, stoben die Vögel auf wie an Halloween.

Aber wir waren nicht die einzigen, die in dem Sumpf Pflanzen sammelten; auch eine Hexe war häufig dort anzutreffen. Einer meiner Brüder taufte sie Pee-A-Nah, ein Wort, das keinerlei Bedeutung hat. Von allen verrückten Frauen war sie diejenige, die als der offizielle Dorfidiot galt. Wenn unsere Mutter bei uns war, verjagte sie die alte Hexe. Dann standen wir neben und hinter unserer Mutter, die zu ihr sagte: »Laß uns in Ruhe«, oder: »Guten Morgen«, und Pee-A-Nah ging davon. Wenn wir jedoch allein waren, jagte sie uns. »Pee-A-Nah!« schrien wir. Und stoben voller Entsetzen davon, die Tippelbrüderpfade entlang, über den Viadukt, durch die Straßen. Die Kinder behaupteten, sie sei eine Hexe, die zaubern könne, zu unaussprechlichen Dingen fähig, die uns kochen, zerstückeln und verwandeln würde, wenn sie uns einfinge. »Sie braucht dich bloß an der Schulter zu berühren, und du bist nicht mehr du selbst. Du bist vielleicht eine Glasscherbe, die auf dem Gehsteig liegt und die Menschen anblinkt und -blitzt.« Sie kam auf einem Besen zum Moor geritten, hatte sich die eine Wange rot, die andere weiß gepudert. Ihre Haare sträubten sich auf dem Kopf und standen an den Seiten in dürren Strähnen ab, schwarz, obwohl sie schon alt war. Sie trug einen spitzen Hut und mehrere Schichten von Capes, Schals und Strickjacken übereinander, allesamt wie ein Cape am Hals zugeknöpft, während die Ärmel lose hinterherflatterten. Sie kam nicht in den Sumpf, um nützliche Kräuter und Beeren zu sammeln, wie wir es taten, sondern um ganze Arme voll Rohrkolben, lange Gräser und Sumpfblumen zu pflücken. Manchmal trug sie den Besenstiel wie einen Flaggenstock. Im Herbst (im Herbst bot sie einen unbeschreiblichen Anblick) rannte sie ›schneller als die Schwalbe‹, während ihre Rohrkolben Samen verloren, weiße Wölkchen, die hinter ihr hertrieben, Wolken von Feen, die über ihrem Kopf tanzten. Sie verströmte Farben und ließ ihre Kleiderschichten flattern. Sie war eine wütende Hexe, keine fröhliche. Sie war böse; keine Fee, sondern ein Dämon. Sie lief schnell, so schnell wie ein Kind, obwohl sie eine verhutzelte Alte war, ein Vulkanausbruch, der aus den Büschen hervorbrach, zwischen Autos, zwischen Häusern hervorstürmte. Wir Kinder schworen uns, niemals nach Hause zu laufen, wenn sie hinter einem von uns her war. Ganz gleich, was sie uns antat, wir mußten die entgegengesetzte Richtung einschlagen. Wir wollten verhindern, daß sie erfuhr, wo wir wohnten. Wenn wir nicht schneller laufen und sie abschütteln konnten, würden wir einsam sterben. Einmal entdeckte sie meine Schwester in unserem Garten, öffnete das Törchen und scheuchte sie die Vordertreppe hinauf. Meine Schwester weinte und schrie, hämmerte an die Haustür. Unsere Mutter ließ sie schnell herein, machte ein angstvolles Gesicht, während sie an den Riegeln herumfingerte, damit Pee-A-Nah nicht hereinkonnte. Meine Schwester mußte aus ihrem Geschrei herausgesungen werden. Gut war nur, daß Pee-A-Nah ein kurzes Gedächtnis hatte, denn sie fand unser Haus nicht wieder. Manchmal, wenn Binsen, Röhricht oder Gräser sich bogen und wogten, fürchtete ich, daß sie es sei, die durch das Gestrüpp nahte. Eines Tages fiel uns auf, daß wir sie schon seit einiger Zeit nicht mehr gesehen hatten. Und da wir sie nie wiedersahen, vergaßen wir sie. Vermutlich hatte man auch sie ins Irrenhaus gesteckt.

Ich hatte mir aus einer Pfauenfeder eine Schreibfeder zurechtgeschnitten, als ich jedoch feststellte, daß sie sich bog wie eine einäugige Sumpfpflanze, hörte ich auf, damit zu schreiben.

Ich war der Meinung, jedes Haus müsse eine verrückte Frau oder ein verrücktes Mädchen beherbergen, jedes Dorf seine Dorfidiotin. Wer aber wäre das bei uns zu Hause? Vermutlich ich. Meine Schwester begann zwar erst ein Jahr nach mir mit Fremden zu sprechen, war aber ordentlich, während ich unordentlich, mein Haar wirr und staubig war. Mit meinen schmutzigen Händen zerbrach ich vieles. Außerdem hatte ich diese geheimnisvolle Krankheit gehabt. Und in meiner Phantasie gab es abenteuerlustige Personen, mit denen ich redete. Bei ihnen war ich frivol und lebhaft, eine Waise. Ich war weiß und hatte rotes Haar, ich ritt auf einem weißen Pferd. Einmal, als mir klar wurde, wie oft ich diese kostenlosen Filme sah, fragte ich meine Schwester, nur um zu sehen, ob es normal war, in Motoren Stimmen zu hören und an leeren Wänden Cowboyfilme ablaufen zu sehen.

»Äh«, fragte ich sie, um Lässigkeit bemüht, »stellst du dir vor, mit Leuten zu reden, die es in Wirklichkeit gar nicht gibt?«

»Ob ich *was* tue?« gab sie zurück.

»Ach, laß nur«, sagte ich hastig. »Laß nur. Es ist nichts.«

Meine Schwester, fast meine Zwillingsschwester, der Mensch, der mir auf der Welt am meisten glich, hatte gefragt: »*Was?*«

Ich hatte Vampir-Alpträume; jede Nacht wuchsen die Raffzähne länger, und meine Engelsflügel wurden spitz und schwarz. Ich jagte Menschen in den weiten Wäldern und überschattete sie mit meiner Schwärze. Tränen tropften mir aus den Augen, von den Fangzähnen aber tropfte das Blut, das Blut der Menschen, die ich doch lieben sollte.

Ich wollte nicht unsere Verrückte sein. Oft genug kamen die dicken, lauten Frauen zu uns ins Haus und schrien: »Also, wenn ihr die da verkaufen wollt – ich würde sie gern als Dienstmädchen nehmen.« Und dann lachten sie. Immer meinten sie dabei meine Schwester und nicht mich, denn ich ließ in ihrer Gegenwart Teller fallen. Ich bohrte beim Kochen und beim Servieren in der Nase. Meine Kleider waren zerknittert, obwohl wir eine Wäscherei besaßen. Ich wurde von Tag zu Tag wunderlicher. Ich begann zu hinken. Und die geheimnisvolle Krankheit, die ich gehabt hatte, konnte durchaus latent und ansteckend sein.

Wenn ich mich jedoch hier als unverkäuflich erwies, brauchten meine Eltern nur zu warten, bis wir in China waren, denn dort, wo alles möglich ist, würden sie uns loswerden können, sogar mich – verkäuflich, heiratsfähig. Während daher die Erwachsenen über die Briefe von Nachbarn weinten, die Kommunisten, Berserker geworden waren (»Sie führen komische Tänze auf; sie singen merkwürdige Lieder, nur einzelne Silben. Sie zwingen uns zu tanzen; sie zwingen uns zu singen«), war ich insgeheim froh darüber. Solange immer wieder Tanten verschwanden und Onkel unter unsäglichen Foltern starben, würden meine Eltern ihren Aufenthalt auf dem Goldberg verlängern. Wir konnten unser Überfahrtsgeld für ein Auto, für Sessel, für eine Stereoanlage verwenden. Niemand schrieb uns, daß Mao selbst schon als Kind mit einem älteren Mädchen verlobt worden war und daß er die Frauen aus den Gefängnissen befreite, in die sie gesteckt worden waren, weil sie die Kaufleute ablehnten, die ihre Eltern ihnen zum Ehemann ausgesucht hatten. Niemand sagte uns, daß die Revolution (die Befreiung) gegen Mädchensklaverei und Mord an weiblichen Säuglingen vorging (ein Fest fürs ganze Dorf, wenn's ein Junge ist). Junge Mädchen brauchten sich nicht mehr umzubringen, um nicht heiraten zu müssen. Mögen die Kommunisten das Haus am Geburtstag eines Mädchens illuminieren!

Ich sah unsere Eltern ein Sofa kaufen, dann einen Teppich, Gardinen, Stühle anstelle der Apfelsinen- und Apfelkisten, die, eine nach der anderen, jetzt zur Vorratslagerung benutzt wurden. Gut. Zu Beginn des zweiten kommunistischen Fünfjahresplans kauften unsere Eltern einen Wagen. Aber man sah, wie sich die Verwandten und Dorfbewohner immer größere Sorgen darüber machten, was man mit den Mädchen anfangen sollte. Wir hatten drei Kusinen zweiten Grades, keine Vettern; deren Urgroßvater war der alte Mann, der bei ihnen wohnte, wie der Flußpiratenonkel der alte Mann war, der bei uns wohnte. Wenn meine Schwestern und ich bei ihnen zu Hause aßen, saßen wir da – sechs Mädchen auf einmal. Der alte Mann riß die Augen auf, wenn er uns sah, und drehte sich im Kreis – umzingelt. Seine Halssehnen spannten sich. »Maden!« schrie er. »Maden! Wo sind meine Enkel? Ich will Enkel! Gebt mir Enkel! Maden!« Er deutete auf jede einzelne von uns. »Made! Made! Made! Made! Made! Made!« Dann stürzte er sich auf das Essen und schlang es herunter. »Eßt, Maden!« sagte er. »Seht, wie die Maden kauen!«

»Das macht er bei jeder Mahlzeit«, berichteten uns die Kusinen auf englisch.

»Ja«, antworteten wir. »Unser alter Mann haßt uns auch. Was für Arschlöcher!«

Dritter Großonkel bekam schließlich doch noch einen Jungen, seinen einzigen Urenkel. Die Eltern des Jungen und der Alte kauften ihm Spielzeug, kauften ihm alles: neue Windeln, neue Plastikhöschen, keine selbstgenähten Windeln, keine Brötchenbeutel. Sie veranstalteten für ihn eine Monatsparty, zu der sie alle Emigranten-Dorfbewohner einluden; den Mädchen hatten sie absichtlich keine Partys gegeben, damit niemand merke, daß es schon wieder ein Mädchen war. Ihr Bruder bekam Spielzeugautos, die so groß waren, daß man sich hineinsetzen konnte. Als er älter wurde, bekam er ein Fahrrad und ließ die Mädchen mit seinem alten Dreirad und dem Lastwagen spielen.

Meine Mutter schenkte seinen Schwestern eine Schreibmaschine. »Sie können Stenotypistinnen werden«, sagte ihr Vater immer wieder, aber eine Schreibmaschine kaufte er ihnen nicht.

»Was für ein Arschloch!« murmelte ich, wie mein Vater »Hundekotze« murmelte, wenn die Kunden über fehlende Socken meckerten.

Vielleicht hatte meine Mutter gefürchtet, ich könne derartige Dinge laut aussprechen, und hatte deshalb meine Zunge gestutzt. Jetzt wurden wieder eifrig Pläne geschmiedet, wie man mich zurechtbiegen, meine Stimme verbessern könne. Die Frau des wohlhabendsten Dorfbewohners kam eines Tages in die Wäscherei, um sich meine Stimme anzuhören. »Mit der da muß etwas geschehen«, erklärte sie meiner Mutter. »Sie hat eine häßliche Stimme. Sie quakt wie eine gequetschte Ente.« Dann sah sie mich unnötig intensiv an; Chinesen brauchen Kinder nicht direkt anzusprechen. »Du hast das, was wir als Quetsch-Enten-Stimme bezeichnen«, sagte sie. Diese Frau war eine amerikanische Namensgeberin, eine tüchtige Namensgeberin, obwohl es sich um amerikanische Namen handelte; meine Eltern gaben chinesische Namen. Und sie hatte recht: Wenn man die Ente drückte, die am Ostfenster zum Trocknen aufgehängt war, kam ein Ton heraus, der genauso klang wie meine Stimme. Sie war eine so mächtige Frau, daß wir Einwanderer und Nachkommen von Einwanderern ihrer Familie alle auf ewig zu Dank verpflichtet waren dafür, daß sie uns hergeholt und uns Arbeit besorgt hatte. Und nun hatte sie meiner Stimme einen Namen gegeben.

»Nein«, quakte ich. »Nein, habe ich nicht.«

»Widersprich nicht!« schalt meine Mutter. Vielleicht war diese Frau so mächtig, daß sie uns zurückschicken konnte.

Ich begab mich in den vorderen Teil der Wäscherei und arbeitete so wild, daß ich unhöflicherweise keine Notiz davon nahm, als sie ging.

»Ihr müßt diese Stimme verbessern«, hatte sie meiner Mutter geraten, »sonst werdet ihr sie niemals verheiraten können. Selbst die törichten Halbgeister werden sie nicht nehmen.« So entdeckte ich den nächsten Plan, uns loszuwerden: Man wollte uns verheiraten, ohne zu warten, bis wir in China waren. Der Bauernverstand der Dorfbewohner zielte auf Heirat. Als wir spät am Abend von der Wäscherei nach Hause gingen, hätten sie hinter verschlossenen Türen schlafen müssen, statt eine hell erleuchtete Wohlfahrtsorganisation so zu umlagern, daß sie sich bis auf die Straße hinaus drängelten. Wir standen auf Zehenspitzen, einer auf die Schulter des anderen gestützt, und sahen durch die offene Tür im Scheinwerferlicht hochgewachsene Sänger, glitzernd von Glasperlen. Eine Oper aus San Francisco! Eine Oper aus Hongkong! Gewöhnlich verstand ich den Text der Opern nicht, ob wegen unseres oder ihres eigenartigen Dialekts, weiß ich nicht, aber eine Zeile, von einer Frauenstimme hoch und klar wie Eis in die Nachtluft hinausgesungen, verstand ich doch. Sie stand auf einem Stuhl und sang: »Dann schlag mich, schlag mich.« Die Menge lachte, bis den Leuten die Tränen über die Wangen liefen, während die Zymbeln dröhnten – das Kupferlachen des Drachen – und die Trommeln wie Feuerwerkskörper knallten. »Sie spielt die Rolle einer neuen Schwiegertochter«, erklärte uns meine Mutter. »Dann schlag mich, schlag mich«, sang sie immer wieder. Es muß ein Kehrreim gewesen sein; jedesmal, wenn sie ihn sang, brachen die Zuhörer in Lachen aus. Männer lachten; Frauen lachten. Sie amüsierten sich königlich.

»Die Chinesen beschmierten schlechte Schwiegertöchter mit Honig und banden sie nackt auf Ameisennester«, erzählte mein Vater. »Ein Mann darf seine Frau umbringen, wenn sie ihm nicht gehorcht. Das hat Konfuzius gesagt.« Konfuzius, der rationale Denker.

Die Sängerin, fand ich, klang so, wie ich redete, und dennoch seufzten alle: »O wie schön! Wie wunderschön!«, als sie ganz hoch sang.

Auf dem Heimweg schüttelten die lauten Frauen die alten Köpfe und sangen ein Volkslied, über das sie brüllend lachten:

Heirate einen Hahn, folge einem Hahn.
Heirate einen Hund, folge einem Hund.
Verheiratet mit einem Knüppel, verheiratet
  mit einem Stößel,
 Sei ihm treu. Folge ihm.
Daß junge Männer Anzeigen in den lokalen Blättern aufgaben, um eine Ehefrau zu finden, erfuhr ich, als meine Eltern darauf zu antworten begannen. Plötzlich tauchte eine Reihe neuer Angestellter in der Wäscherei auf; sie arbeiteten jeweils eine Woche bei uns, dann verschwanden sie wieder. Sie aßen bei uns. Sie sprachen mit meinen Eltern Chinesisch. Mit uns sprachen sie nicht. Wir mußten sie ›Älterer Bruder‹ nennen, obwohl sie nicht mit uns verwandt waren. Es waren allesamt komisch aussehende FOB's – Fresh-off-the-Boat's oder Frisch-vom-Schiff, wie die chino-amerikanischen Kinder in der Schule die jungen Einwanderer nannten. FOB's tragen graue Hochwasserhosen und weiße Hemden mit aufgekrempelten Ärmeln. Ihr Blick ist unstet und ihr Mund schlaff statt männlich-straff. Sie rasieren sich die Koteletten. Die Mädchen sagten, *sie* würden sich niemals mit einem FOB sehen lassen. Meine Mutter nahm einen von der Wäscherei mit nach Hause, und ich sah, wie er unsere Fotografien betrachtete. »Die hier«, sagte er und griff nach dem Foto meiner Schwester.

»Nein, nein«, wehrte meine Mutter ab. »Die hier«, mein Foto. »Die Älteste zuerst.« Gut. Ich war ein Hindernis. Ich würde meine Schwester und gleichzeitig mich selbst schützen. Während meine Eltern plaudernd mit dem FOB am Küchentisch saßen, ließ ich zwei Teller fallen. Ich holte meinen Spazierstock und hinkte durchs Zimmer. Ich zog einen schiefen Mund, verschränkte die Finger in meinem Haarknoten. Ich bekleckerte den FOB mit Suppe, als ich ihm die Schale reichte. »Aber sie kann nähen«, hörte ich meine Mutter sagen. »Und fegen.« Ich ließ Staubwirbel um den Stuhl des FOB aufstieben – großes Unglück, denn im Besen wohnen Geister. Ich zog meine Schuhe ohne Schnürsenkel an und latschte darin umher wie ein Säufergeist. Von da an trug ich bei Partys jedesmal diese Schuhe, wenn die Mütter zusammenkamen, um vom Heiraten zu reden. Der FOB und meine Eltern beachteten mich nicht, Halbgeister sind unsichtbar, doch als er ging, schrie meine Mutter mich an wegen meiner Quetsch-Enten-Stimme, der schlechten Laune, der Faulheit, der Ungeschicklichkeit, der Dummheit, die von zuviel Lesen kommt. Die Besuche der jungen Männer hörten auf; nicht einer kam wieder. »Könntest du nicht wenigstens aufhören, dir ständig die Nase zu reiben?« schalt sie. »Alle Dorffrauen reden über deine Nase. Sie mögen bei uns kein Gebäck essen, weil sie fürchten, du könntest den Teig geknetet haben.« Aber jetzt konnte ich nicht mehr damit aufhören, selbst wenn ich es gewollt hätte, und so entstand an meinem Nasenrücken eine Falte. Meine Eltern wollten jedoch nicht aufgeben. »Auch wenn du es nicht sehen kannst«, erklärte mir meine Mutter, »bist du mit dem Mann, den du heiraten wirst, durch einen roten Faden am Knöchel verbunden. Er ist bereits geboren und hängt am anderen Ende dieses Fadens.«

In der chinesischen Schule gab es einen geistig zurückgebliebenen Jungen, der mir überall nachlief, vielleicht, weil er fand, daß wir zusammenpaßten. Er hatte ein großflächiges Gesicht, und er knurrte. Sein Lachen kam so tief aus dem unförmigen Körper, daß er verwirrt die Miene verzog, weil er nicht wußte, was das für Laute waren, die da aus seinem Mund herausdrangen, Lachen oder Weinen. Er bellte unglücklich. Er besuchte nicht den Unterricht, trieb sich statt dessen auf dem Schulhof herum. Wir argwöhnten, daß er gar kein Junge mehr war, sondern bereits erwachsen. Er trug beutelige Khakihosen wie ein Mann. Er schleppte ganze Tüten voll Spielzeug für bestimmte Kinder heran. Ganz gleich, was man sich wünschte, er besorgte es – nagelneue Spielsachen, so viele, wie man es sich in seiner Armut nur ausmalen konnte, alle die Spielsachen, die man nicht bekommen hatte, als man noch jünger war. Wir fertigten Listen an, diskutierten und verglichen sie. Die Kinder, die nicht in seiner Gunst standen, gaben denen, die er mochte, ihre Listen. »Woher hast du das Spielzeug?« fragte ich ihn. »Ich ... habe ... Läden«, stieß er hervor, jedes Wort betonend. Am Tag nach der Bestellung, in der Pause, bekamen wir unsere Malbücher, Malkästen, Modellierkästen ausgehändigt. Doch manchmal jagte er uns auch – die dicken Arme seitlich ausgestreckt, die dicken Wurstfinger öffnend und schließend, steifbeinig wie das Frankenstein-Monster, wie die Mumie, die den Fuß nachzieht, knurrend, lach-weinend. Dann stoben wir davon, folgten der alten Regel, liefen immer von unserem Haus fort.

Plötzlich jedoch wußte er, wo wir unseren Laden hatten. Er fand uns; vielleicht war er uns bei seinen Wanderungen gefolgt. Er begann in unserer Wäscherei zu sitzen. Viele Ladenbesitzer luden die Kunden zum Sitzen in ihren Geschäften ein, aber wir hatten keine Sitzplätze, weil es zu heiß in der Wäscherei war und weil sie außerhalb der Chinatown lag. Er schwitzte, er keuchte, die Stoppeln an seinem dicken Hals, seinem dicken Kinn hoben und senkten sich. Er saß auf zwei großen Kartons, die er mitgebracht und aufeinandergestellt hatte. Er begrüßte meine Mutter und meinen Vater und ließ sich dann, vorsichtig den schweren Kopf im Gleichgewicht haltend, langsam auf den Kartons nieder. Meine Eltern duldeten es. Sie jagten ihn nicht davon, noch machten sie eine Bemerkung darüber, daß er so wunderlich war. Ich bestellte keine Spielsachen mehr. Ich hinkte nicht mehr; meine Eltern wären nur auf den Gedanken gekommen, dieser Trottel wäre eine gute Partie für mich.

Ich lernte fleißig, bekam lauter Einser, doch niemand schien zu bemerken, daß ich klug war und mich nichts mit diesem Monster, dieser Mißgeburt, verband. In der Schule gab es Verabredungen und Tanzereien, aber nicht für brave Chinesenmädchen. »Du solltest auf deine gesellschaftlichen Kontakte ebenso großen Wert legen wie auf deine geistige Fortbildung«, rieten mir die amerikanischen Lehrer, die mich beiseite nahmen.

Ich erzählte niemandem von dem Unglückseligen. Und die anderen redeten auch nicht von ihm; kein Wort über die Wäschereiangestellten, die auftauchten und wieder verschwanden; kein Wort über den Sitzer. Vielleicht war das alles nur Einbildung, und andere Leute hegten keinerlei krumme Gedanken im Hinblick auf Heirat. Am besten sprach ich also auch nicht darüber. Sie bloß nicht erst auf Ideen bringen! Schweigen.

Ich bügelte Wäsche – Körbe voll Unterwäsche für Riesen, lange Unterhosen selbst im Sommer, T-shirts, Sweatshirts. Wäschereien haben es mit Männerwäsche zu tun, mit der Wäsche von Junggesellen. Mein Rücken schmerzte, weil er dem Monster zugekehrt war, das Spielsachen verschenkte. Seine plumpe Gestalt strahlte Bazillen aus, die meinen Intelligenzquotienten beeinträchtigen würden. Wie ein Blutegel sog er IQ-Punkte aus meinem Hinterkopf. Ich verlegte meine Arbeitsschicht so, daß meine Brüder am Nachmittag arbeiteten, wenn er gewöhnlich hereingewatschelt kam, aber er merkte was und begann abends zu kommen, während der kühlen Schicht. Dann übernahm ich wieder den Nachmittag oder den frühen Vormittag an Wochenenden und im Sommer, nur um ihm auszuweichen. Ich behielt meine Schwester bei mir, beschützte sie, ohne ihr zu erklären, warum. Wenn sie es nicht gemerkt hatte, durfte ich sie nicht ängstigen. »Komm, wir putzen heute vormittag das Haus«, schlug ich vor. Unsere andere Schwester war noch ein Baby, und den Brüdern drohte keine Gefahr. Aber die Person kam unsere Straße entlang; sein dickes Gesicht lächelte durch die Buchstaben der Schaufensterscheibe, und wenn er mich arbeiten sah, schob er sich herein. Bei Nacht glaubte ich, seine Füße ums Haus schlurfen zu hören, knirschende Schritte auf dem Kies. Ich richtete mich auf, hörte unseren Wachhund durch den Garten streichen, die lange Kette nach sich ziehend, und auch das bereitete mir Unbehagen. Wegen der Kette mußte ich unbedingt etwas unternehmen, ihr Gewicht hatte ihm das Halsfell abgescheuert. Wenn aber der Hund umherstrich, warum bellte er dann nicht? Vielleicht zähmte ihn da draußen jemand mit rohem Fleisch.

Jeden Tag trank der unförmige Kloß einmal aus dem Wasserspeicher und ging einmal ins Badezimmer, stolperte mit seinen großen Schuhen polternd zwischen den Pressen hindurch nach hinten. Dann versuchten meine Eltern zu erraten, was er wohl in seinen Schachteln habe. Ob sie Spielsachen enthielten? Geld? Sobald die Wasserspülung rauschte, hörten sie auf, davon zu reden. Eines Tages jedoch blieb er besonders lange im Klo, oder er ging spazieren und ließ die Schachteln zurück. »Kommt, wir machen sie auf«, schlug meine Mutter vor und schritt gleich zur Tat. Ich blickte ihr über die Schulter. Die beiden Kartons waren bis obenhin voll Pornographie – Nacktzeitschriften, Nacktpostkarten und Nacktfotos.

Man hätte meinen sollen, sie hätten ihn auf der Stelle hinausgeworfen, doch meine Mutter sagte nur: »Du liebe Güte! Zu dumm, um von Frauen etwas wissen zu wollen, ist er also nicht.« Die alten Frauen hörte ich sagen, er sei zwar dumm, aber steinreich.

Vielleicht, weil ich diejenige war, der man die Zunge losgeschnitten hatte, legte ich mir in Gedanken eine Liste von über zweihundert Punkten an, die ich meiner Mutter anvertrauen wollte, damit sie die Wahrheit über mich erfuhr, und um den Schmerz in meiner Kehle zu lindern. Als ich angefangen hatte zu zählen, waren es erst sechsunddreißig Punkte gewesen: daß ich um ein eigenes weißes Pferd gebetet hatte – weiß, diese schlechte, die Trauerfarbe – und daß das Gebet den Gott der schwarz-weißen Nonnen auf mich aufmerksam gemacht hatte, jener Nonnen, die uns im Park ›heilige Karten‹ aufdrängten. Daß ich mir wünschte, das Pferd möge die Filme in meinem Kopf wahrmachen. Daß ich ein Mädchen gepiesackt und zum Weinen gebracht hatte. Daß ich Geld aus der Kasse gestohlen und für alle, die ich kannte, Süßigkeiten gekauft hatte, nicht nur für meine Geschwister, sondern auch für fremde und Geisterkinder. Daß ich es gewesen war, die aus Wut im Garten Zwiebeln ausgerupft hatte. Daß ich kopfüber von der Kommode gesprungen war, nicht aus Versehen, sondern weil ich fliegen wollte. Dann waren da meine Balgereien in der chinesischen Schule gewesen. Und die Nonnen, die uns immer im Park gegenüber der chinesischen Schule anhielten und uns erklärten, wenn wir uns nicht taufen ließen, würden wir auf ewig in einer Hölle wie der der neun Taoistischen Höllen schmoren. Und der Mann mit den obszönen Anrufen, der uns immer zu Hause anrief, wenn die Erwachsenen in der Wäscherei waren. Und die mexikanischen und Filipino-Mädchen in der Schule, die zur ›Beichte‹ gingen, und daß ich sie um ihre weißen Kleider und die Gelegenheit beneidete, an jedem Samstag sogar jene Gedanken auszusprechen, die sündhaft waren. Wenn ich meiner Mutter nur diese Liste zur Kenntnis bringen könnte, würde sie – und die Welt – mehr so werden wie ich, und ich würde niemals wieder allein sein. Ich wollte mir einen Zeitpunkt aussuchen, da meine Mutter allein war, und ihr pro Tag einen Punkt beichten; dann würde ich in weniger als einem Jahr fertig sein. Wenn das Beichten zu quälend und sie zu böse wurde, wollte ich ihr wie die katholischen Schülerinnen einmal pro Woche fünf Punkte mitteilen und würde trotzdem in einem Jahr, vielleicht sogar in zehn Monaten fertig sein. Die ruhigste Zeit für meine Mutter waren die Abende, wenn sie die weißen Hemden stärkte. Dann war die Wäscherei sauber, der graue Holzfußboden mit Wasser und nassem Sägemehl gesprengt und gefegt. Sie würde an der Stärkewanne die Hemden auswringen und nicht mehr hin und her laufen. Mein Vater und meine Geschwister würden ebenfalls ihre Arbeit tun, stopfen, falten, packen. Von der Stärke würde Dampf aufsteigen, endlich würde die Luft abkühlen. Ja, das war die richtige Zeit, der richtige Ort für die Beichte.

Und ich wollte sie noch einmal fragen, warum die Frauen in unserer Familie am linken kleinen Zeh einen gespaltenen Nagel haben. Jedesmal, wenn wir unsere Eltern danach fragten, warfen sie einander verlegene Blicke zu. Ich glaube, einen von ihnen habe ich sagen hören: »Sie ist nicht verschont geblieben.« Und so dachte ich mir denn aus, daß wir von einer Ahnherrin abstammen, die sich den Zeh verletzte und stürzte, als sie vor einem Mann davonlief, der sie vergewaltigen wollte. Ich wollte meine Mutter fragen, ob ich richtig geraten hatte.

Ich kauerte mich zwischen die Wand und den Weidenkorb mit den Hemden. Ich hatte beschlossen, mit dem ersten Punkt anzufangen – als ich an der weißen Hausmauer eine Spinne zerdrückte: das erste Lebewesen, das ich getötet hatte. Laut und vernehmlich sagte ich: »Ich habe eine Spinne getötet«, und es passierte gar nichts; sie schlug mich nicht, sie schleuderte mir keine heiße Stärke ins Gesicht. In meinen Ohren klang es ebenfalls nach nichts. Wie seltsam, nachdem mir so starke Todesgefühle durch die Hand bis in den Körper geschossen waren, daß ich überzeugt war, sterben zu müssen. Also mußte ich natürlich fortfahren und ihr erklären, wie wichtig es gewesen war. »Ich bin jeden Tag wieder hingegangen und habe mir den Fleck an der Hauswand angeschaut«, sagte ich. »Es war unser altes Haus, in dem wir wohnten, bis ich fünf war. Jeden Tag habe ich mir die Wand angesehen. Den Fleck betrachtet.« Erleichtert, weil sie nichts sagte, sondern fortfuhr, Stärke aus den Hemden zu wringen, ging ich mit einem ziemlich guten Gefühl davon. Nur noch zweihundertundsechs Punkte. Am nächsten Tag war ich besonders vorsichtig, damit ich nichts tat, damit mir nichts zustieß, was die Zahl wieder auf zweihundertundsieben ansteigen ließ. Ich wollte jetzt ein paar geringfügigere Sünden beichten und mich dann langsam vorarbeiten zu dem Geständnis, daß ich das stumme Mädchen an den Haaren gezogen und daß ich das Jahr Kranksein so sehr genossen hatte. Wenn es so mühelos weiterging, konnte ich vielleicht mehrere Punkte auf einmal loswerden, vielleicht einen leichten und einen schweren. Ich konnte chronologisch vorgehen, ich konnte aber auch von leicht zu schwer oder von schwer zu leicht wechseln, je nach meiner augenblicklichen Stimmung. Am zweiten Abend erzählte ich, daß ich einem Geistermädchen angedeutet hatte, ich hätte so gern eine eigene Puppe – so lange, bis sie mir einen Kopf und einen Körper gab, die ich zusammenkleben konnte; daß sie sie mir nicht aus Großzügigkeit geschenkt hatte, sondern auf meinen Wink mit dem Zaunpfahl hin. Am fünften Abend jedoch (zur Belohnung hatte ich zwei übersprungen) beschloß ich, es sei an der Zeit, einen wirklich schwerwiegenden Punkt anzuschneiden und ihr von dem weißen Pferd zu erzählen. Und plötzlich kam die Entenstimme heraus, die ich bei meiner Familie sonst niemals benutzte. »Wie nennt man das, Mutter« – die Entenstimme im Gespräch mit meiner eigenen Mutter! –, »wenn man den Weisen etwas ins Ohr flüstert – nein, es sind nicht Weise, eher Buddhas, aber nicht richtige Menschen wie die Buddhas (sie haben schon immer im Himmel gewohnt und sich niemals, wie Buddhas, in Menschen verwandelt) –, und du flüsterst ihnen etwas ins Ohr, dem obersten von ihnen, und bittest um etwas? Sie sind wie Zauberer. Wie nennst du das, wenn du mit dem obersten Zauberer sprichst?«

»›Mit-dem-obersten-Zauberer-sprechen‹, glaube ich.«

»Das habe ich getan. Ja. Genau. Das habe ich getan. Ich habe mit dem obersten Zauberer gesprochen und mir ein weißes Pferd gewünscht.«

So. Nun war es heraus.

»Hm«, machte sie und fuhr fort, Kragen und Manschetten zu stärken. Ich hatte gesprochen, und sie hatte getan, als hätte sie nichts gehört.

Vielleicht hatte sie mich nicht verstanden. Ich mußte deutlicher werden. Das war mir unangenehm. »Ich habe da drinnen, im Wäschereischlafzimmer, auf dem Bett gekniet und die Arme emporgestreckt, wie ich es in einem Comic-Heft gesehen habe« – eines Nachts hatte ich Ungeheuer durch die Küche kommen hören und dem Gott in den Filmen, dem, den die Mexikaner und Filipinos haben, wie in ›God Bless America‹, versprochen, nie wieder Comic-Hefte zu lesen, wenn er mich nur dieses eine Mal retten würde; ich hatte dieses Versprechen gebrochen, und das mußte ich nun auch meiner Mutter erzählen –, »und habe in dieser lächerlichen Pose um ein Pferd gebeten.«

»Hm«, machte sie und nickte, ohne mit dem Eintauchen und Auswringen aufzuhören.

An meinen beiden freien Abenden hatte ich auch auf dem Fußboden gehockt, aber kein Wort gesagt.

»Mutter«, flüsterte und quakte ich.

»Ich kann dieses Flüstern nicht mehr ertragen!« Sie sah mich an und hielt mit dem Stärken inne. »Sinnloses Geplapper jeden Abend. Hör endlich auf damit! Troll dich und tu etwas! Dieses Geflüster, ohne jeden Sinn. Verrückt. Ich habe keine Lust, mir deine Albernheiten anzuhören.«

Und so mußte ich aufhören, irgendwie aber doch erleichtert. Ich hielt den Mund, fühlte jedoch, wie etwas Lebendiges an meiner Kehle zerrte, Biß um Biß, tief innen. Bald würden es dreihundert Punkte sein, und dann war es zu spät, alles zu beichten, bevor meine Mutter alt wurde und starb.

Ich hatte sie vermutlich mitten in ihrer eigenen stillen Stunde gestört, wenn der Boiler und die Pressen abgestellt waren und die kühle Nacht in Gestalt von Faltern und Grillen gegen die Fenster flog. Nur sehr wenige Kunden kamen herein. Beim Stärken der Hemden ließ meine Mutter vermutlich ihre Gedanken wandern. Das würde erklären, warum sie so weit weg war und mir nicht zuhören wollte. »Laß mich in Ruhe«, sagte sie.

Der Klotz, der ungeschlachte Sitzer, brachte nun eine dritte Schachtel mit, auf die er seine Füße stellte. Er tätschelte seine Schachteln. Er hockte da, wartend, geduckt, auf seinem Schmutzhaufen. Meine Kehle schmerzte ständig, die Stimmbänder waren so gespannt, daß sie zu reißen drohten. Eines Abends, als es in der Wäscherei soviel zu tun gab, daß die ganze Familie, eng um den kleinen, runden Tisch gedrängt, ihr Essen dort einnahm, riß meine Kehle plötzlich auf. Ich erhob mich, redete, sprudelte Wörter hervor. Ich sah meiner Mutter und meinem Vater direkt ins Gesicht und schrie: »Ich verlange, daß ihr diesem Klotz, diesem Gorilla da draußen sagt, er soll sich davonmachen und uns nie wieder belästigen. Ich weiß, was ihr vorhabt. Ihr denkt euch, er ist reich, und wir sind arm. Ihr denkt euch, ihr könnt uns an Freaks verschachern. Ich rate dir gut, Mutter – tu das nicht. Morgen will ich weder ihn noch seine dreckigen Schachteln hier sehen. Wenn ich ihn noch einmal hier erblicke, gehe ich fort. Ich werde sowieso fortgehen. Ich gehe. Habt ihr mich verstanden? Ich bin vielleicht häßlich und ungeschickt, aber eines bin ich nicht: Ich bin nicht beschränkt. Mein Verstand ist vollkommen in Ordnung. Wißt ihr, was die Lehrergeister von mir sagen? Sie sagen, daß ich intelligent bin, daß ich Stipendien erhalten kann. Ich kann aufs College gehen. Ich habe bereits den Antrag gestellt. Ich bin intelligent. Ich kann alles mögliche. Ich weiß, wie man gute Noten bekommt, und sie sagen mir, wenn ich wollte, könnte ich Naturwissenschaften oder Mathematik studieren. Ich kann mein Geld selbst verdienen und für mich selbst sorgen. Ihr braucht mir also keinen Aufpasser zu verschaffen, der zu dämlich ist, um zu erkennen, was für ein schlechtes Geschäft er macht. Ich bin so intelligent, daß ich fünfzehn Seiten schreiben kann, wenn man mir sagt, ich soll zehn schreiben. Ich kann Geistersachen sogar besser tun als die Geister selbst. Nicht alle finden, daß ich eine Null bin. Ich werde niemals Sklavin oder Ehefrau werden. Auch wenn ich dumm bin, komisch rede und krank werde, lasse ich mich von euch nicht zur Sklavin oder Ehefrau machen. Ich verschwinde von hier. Ich halte das Leben hier nicht mehr aus. Es ist eure Schuld, daß ich so komisch rede. Im Kindergarten habe ich nur versagt, weil ihr mir kein Englisch beigebracht habt und weil ihr meinen Intelligenzquotienten gleich Null ließet. Ich habe meine Intelligenz von alleine entwickelt. Alle sagen, daß ich jetzt intelligent bin. In der Schule geht alles der Reihe nach. Sie lesen Geschichten vor und lehren uns, Essays daraus zu machen. Ich brauche niemanden, der mir vormacht, wie man englische Wörter ausspricht. Ich kann das inzwischen allein. Ich werde Stipendien bekommen, und dann gehe ich fort. Und im College schließe ich Freundschaft mit den Menschen, die mir gefallen. Es ist mir egal, ob ihr Ururgroßvater an Tbc gestorben ist. Es ist mir egal, ob sie vor viertausend Jahren in China unsere Feinde gewesen sind. Seht also zu, daß dieser Affe da verschwindet. Ich gehe aufs College. Und ich werde nicht mehr die chinesische Schule besuchen. Ich werde mich in der amerikanischen Schule um ein Amt bewerben, und ich werde vielen Clubs beitreten. Ich werde so viele Ämter übernehmen und Clubs beitreten, daß ich aufs College gehen kann. Und die chinesische Schule kann ich ohnehin nicht ausstehen; die Kinder dort sind Rowdies und gemein, sie prügeln sich den ganzen Abend. Und ich will mir auch nicht mehr eure Geschichten anhören; sie sind unlogisch. Sie verwirren mich. Ihr lügt mit diesen Geschichten. Ihr erzählt mir eine Geschichte, aber dann sagt ihr nie: ›Dies ist eine wahre Geschichte‹ oder: ›Dies ist nichts als eine Geschichte.‹ Ich kann sie nicht unterscheiden. Ich kenne nicht mal eure richtigen Namen. Ich kann nicht unterscheiden, was wirklich ist und was ihr euch ausdenkt. Ha! Ihr könnt mich nicht am Reden hindern. Du hast versucht, mir die Zunge loszuschneiden, aber es hat nichts genützt.« So stieß ich die schwierigsten zehn oder zwölf Punkte auf meiner Liste alle in einem einzigen, wilden Ausbruch heraus.

Meine Mutter, eine Meisterrednerin, schrie natürlich zur gleichen Zeit zurück. »Ich habe sie losgetrennt, damit du besser reden kannst, nicht schlechter, du Idiot! Du bist immer noch dumm. Du kannst nicht zuhören. Ich habe nie behauptet, daß ich dich verheiraten will. Habe ich das jemals gesagt? Habe ich jemals davon gesprochen? Diese Zeitungsannoncenmänner waren für deine Schwester bestimmt, nicht für dich. Wer würde dich schon wollen? Wer hat gesagt, wir könnten dich verkaufen? Wir können keine Menschen verkaufen. Kannst du denn keinen Spaß verstehen? Du kannst ja nicht mal einen Scherz vom wirklichen Leben unterscheiden. Also bist du gar nicht so intelligent. Du kannst nicht mal richtig von falsch unterscheiden.«

»Ich werde niemals heiraten, niemals!«

»Wer würde dich schon heiraten wollen? Laut. Quakt wie eine Ente. Ungehorsam. Unordentlich. Und mit dem College, da weiß ich Bescheid. Wieso glaubst du, du wärst die erste, die ans College gedacht hat? Ich war Doktor. Ich habe die Doktorschule besucht. Ich sehe nicht ein, warum du Mathematikerin werden mußt. Ich sehe nicht ein, warum du nicht auch Doktor werden kannst wie ich.«

»Weil ich Fieber und Delirium nicht ausstehen kann und

keine Lust habe, mir anzuhören, was die Leute reden, wenn sie aus der Narkose aufwachen. Aber ich habe auch nicht gesagt, daß ich Mathematikerin werden will. Das haben die Geister gesagt. Ich will Holzfäller und Zeitungsreporter werden.« Nun konnte ich ihr auch gleich ein paar andere Punkte auf meiner Liste auftischen. »Tagsüber werde ich Bäume fällen und abends über das Holz schreiben.«

»Ich sehe nicht ein, warum du unbedingt aufs College gehen mußt, um einen dieser Berufe zu ergreifen. Alle schicken ihre Töchter zur Stenotypistinnenschule. ›Wenn du Amerikanerin werden willst, lerne Maschineschreiben.‹ Warum gehst du nicht auch zur Stenotypistinnenschule? Die Kusinen und Dorfmädchen gehen alle dorthin.«

»Und laßt meine Schwester in Ruhe! Wenn ihr das mit den Annoncen noch ein einziges Mal versucht, nehme ich sie mit.« Meine Beichtliste war durcheinandergeraten. Als ich sie laut zu Gehör brachte, merkte ich, daß einige Punkte bereits zehn Jahre zurücklagen und ich sie längst hinter mir gelassen hatte. Aber sie strömten dennoch aus mir heraus, mit dieser Stimme wie in der chinesischen Oper. Ich konnte die Trommeln, die Zymbeln, die Gongs und die Hörner heraushören.

»*Du* solltest deine kleinen Schwestern in Ruhe lassen«, entgegnete meine Mutter. »Du stiftest sie immer zu allen möglichen Dingen an. Zweimal mußte ich deinetwegen schon die Polizei rufen.« Sie schrie jetzt Dinge heraus, die *ich* ihr hatte sagen wollen – daß ich meine Geschwister mitgenommen hatte, um fremder Leute Häuser zu untersuchen, Häuser von Geisterkindern, von Feuer geschwärzte Spukhäuser. Wir erforschten ein Mexikanerhaus und das Haus einer rothaarigen Familie, niemals aber das Haus der Zigeuner; das Zigeunerhaus hatte ich nur in meinen Traumfilmen von innen gesehen. Wir erkundeten die Sumpflöcher, wo wir Lager von Landstreichern entdeckten. Offenbar war meine Mutter uns gefolgt.

»Du bist so anormal geworden! Ich habe deine Zunge losgeschnitten, damit du liebenswürdige Dinge sagen kannst. Du grüßt ja nicht mal die Dorfbewohner.«

»Sie grüßen mich ja auch nicht.«
»Sie brauchen Kindern den Gruß nicht zu erwidern. Wenn du selbst alt sein wirst, werden die Leute dich grüßen.«
»Wenn ich aufs College gehe, spielt es keine Rolle, daß ich unliebenswürdig bin. Und es spielt keine Rolle, ob man häßlich ist; man kann trotzdem sein Pensum beherrschen.«
»Ich habe nicht gesagt, daß du häßlich bist.«
»Du sagst es ununterbrochen.«
»Aber so was muß man sagen. Chinesen müssen so was sagen. Wir sagen immer lieber das Gegenteil.«
Mir dieses Geständnis zu machen schien sie zu schmerzen – ein weiterer Schuldpunkt auf meiner Liste, den ich meiner Mutter beichten mußte. Und plötzlich wurde ich ganz verwirrt und fühlte mich einsam, weil ich ihr meine Liste beichtete und diese während der Beichte länger wurde. Kein Zuhörer über mir. Kein Zuhörer außer mir selbst.
»Ho Chi Kuei!« schrie sie. »Ho Chi Kuei! Dann geh doch! Hinaus mit dir, du Ho Chi Kuei. Hinaus! Ich wußte, daß du dich schlecht entwickeln würdest. Ho Chi Kuei.« Meine Geschwister hatten den Tisch verlassen, mein Vater sah mich nicht mehr an, ignorierte mich.
Seid vorsichtig mit dem, was ihr sagt! Es wird wahr. Es wird wahr. Ich mußte mein Zuhause verlassen, um die Welt logisch betrachten zu können, Logik ist die richtige Art des Sehens. Ich fing an zu glauben, daß Rätsel zum Erklären da sind. Ich genoß die Einfachheit. Meinem Mund entströmt Beton und deckt die Wälder mit Autostraßen und Gehsteigen zu. Gebt mir Plastik, Tabellen, Fertigmahlzeiten, nicht komplizierter als Erbsen mit Karotten. Richtet Scheinwerfer in die dunklen Ecken: keine Geister.
Ich habe ›Ho Chi Kuei‹ nachgeschlagen; so rufen uns die Einwanderer: Ho-Chi-Geister. »Nun, Ho Chi Kuei«, sagen sie, »was habt ihr euch heute wieder Verrücktes ausgedacht?« »Typisch Ho Chi Kuei«, sagen sie, ganz gleich, was wir getan haben. Es war komplizierter (und darum schlimmer) als ›Hunde‹, wie sie – meistens zu den Jungen – liebevoll sagen. Für Mädchen verwenden sie ›Schwein‹

oder ›Stinkschwein‹, und dann auch nur in bösem Ton. Der Flußpiratengroßonkel nannte selbst meinen mittleren Bruder Ho Chi Kuei, obwohl er ihn am liebsten zu haben schien. Der Dritte Großonkel, der mit den Maden, schrie den Jungen sogar an: »Ho Chi Kuei!« Ich kenne keinen Chinesen, den ich danach fragen könnte, ohne gescholten oder geneckt zu werden, deswegen habe ich in Büchern nachgeschlagen. Bisher habe ich folgende Übersetzungen für ›ho‹ und/oder ›chi‹ gefunden: ›Tausendfüßler‹, ›Raupe‹, ›Bastardkarpfen‹, ›zirpendes Insekt‹, ›Brustbeerenbaum‹, ›gescheckte Bachstelze‹, ›Getreidesieb‹, ›Sargopfer‹, ›Wasserlilie‹, ›gutes Braten‹, ›Nichtesser‹, ›Kehrblech-und-Handfeger‹ (aber das ist ein Synonym für ›Ehefrau‹). Oder vielleicht habe ich die Schreibweise romanisiert, und es heißt in Wirklichkeit *Hao* Chi Kuei, was dann bedeuten würde, daß sie uns ›Gute-Basis-Geister‹ nennen. Die Einwanderer könnten meinen, daß wir auf dem Goldberg geboren sind und daher Vorteile haben. Manchmal verspotten sie uns, weil wir es so leicht gehabt haben, und manchmal sind sie erfreut darüber. Außerdem nennen sie uns ›Chu Sing‹ oder ›Bambusknoten‹. Bambusknoten lassen kein Wasser durch.

Ich schlage gern belastende, beschämende Ausdrücke nach und sage dann: »Ach, ist das alles?« Die simple Erklärung macht es leichter, nach Hause zu gehen, nachdem man Vater und Mutter angeschrien hat. Es vertreibt die Furcht und macht es möglich, eines Tages China zu besuchen, wo man, wie ich jetzt weiß, keineswegs Mädchen verkauft oder einander ohne Grund tötet.

Jetzt sind die Farben matter und seltener; die Gerüche sind antiseptisch. Wenn ich jetzt in ein Kellerfenster spähe, wo die Dorfbewohner behaupten, ein Mädchen tanzen zu sehen wie einen Flaschenkobold, sehe ich nicht mehr einen Geist in einem Gewand aus Licht, sondern ein stimmloses Mädchen, das tanzt, wenn es glaubt, niemand sehe ihm zu. Am Tag, nachdem ich auf den zurückgebliebenen Mann, den Klotz, geschimpft hatte, verschwand er. Ich habe ihn nie wiedergesehen und auch nicht gehört, was aus ihm geworden ist. Vielleicht habe ich ihn mir ausgedacht, und was ich damals hatte, war nicht Chinesen-Sicht, sondern Kinder-Sicht, die sich schließlich auch ohne diese Aufregung gelegt hätte. Der Schmerz in der Kehle kehrt jedoch immer noch wieder, wenn ich nicht ausspreche, was ich denke, ob ich nun meine Stellung verliere oder bei einer Party Taktlosigkeiten von mir gebe. Ich habe aufgehört, bei Bewerbungen die Sparte ›zweisprachig‹ anzukreuzen, denn ich konnte keinen der Dialekte verstehen, die der Personalchef der China Airlines sprach, und er verstand mich ebensowenig. Eines Tages würde ich gern das Dorf Neue Gesellschaft besuchen und feststellen, wie weit ich wandern kann, ohne daß die Leute anders sprechen als ich. Immer noch versuche ich auszusortieren, was einfach meine Kindheit, einfach meine Phantasie, einfach meine Familie, einfach das Dorf, einfach das Kino, einfach das Leben ist.

Bald möchte ich nach China reisen und herausfinden, wer nun lügt: die Kommunisten, die behaupten, sie hätten Nahrung und Arbeit genug für alle, oder die Verwandten, die uns schreiben, sie hätten nicht mal genug Geld, um Salz zu kaufen. Meine Mutter schickt das Geld, das sie für die Arbeit auf den Tomatenfeldern bekommt, nach Hongkong. Die Verwandten dort können es an die verbliebenen Tanten und ihre Kinder schicken und, nach einer guten Ernte, an die Kinder und Enkel der beiden Kleinen Frauen meines Großvaters. »Jede Frau auf dem Tomatenfeld schickt Geld nach Hause«, sagt meine Mutter. »Nach chinesischen Dörfern, nach mexikanischen Dörfern, nach philippinischen Dörfern und jetzt auch nach vietnamesischen Dörfern, wo auch Chinesisch gesprochen wird. Die Frauen kommen zur Arbeit, ob sie nun krank sind oder gesund. ›Ich darf nicht sterben‹, sagen sie, ›ich unterstütze fünfzig.‹ Oder: ›Ich unterstütze hundert.‹«

Was ich eines Tages erben werde, ist ein grünes Adreßbuch voller Namen. Ich werde den Verwandten Geld schikken, und sie werden mir Geschichten über ihren Hunger schreiben. Meine Mutter hat die Briefe des jüngsten Enkels von ihres Vaters Dritter Frau zerrissen. Er bat sie um fünfzig Dollar für ein Fahrrad. Er meinte, ein Fahrrad werde sein Leben verändern. Wenn er ein Fahrrad hätte, könne er seine Frau und seine Kinder ernähren. »Wir würden selber hungern müssen«, sagt meine Mutter. »Sie begreifen nicht, daß wir ja selber auch essen müssen.« Ich habe einiges Geld verdient; jetzt ist wohl die Reihe an mir. Ich würde gern nach China reisen, all diese Leute besuchen und herausfinden, welche Geschichte gelogen ist und welche nicht. Ist meine Großmutter wirklich neunundneunzig geworden? Oder haben sie uns all diese Jahre lang irregeführt, damit wir Geld schickten? Tragen die Babys wirklich eine Mao-Plakette wie einen Blutstropfen an ihren Strampelhosen? Wenn wir Überseechinesen Geld schicken, verteilen es die Verwandten zu gleichen Teilen unter die Kommune? Oder bezahlen sie wirklich zwei Prozent Steuern und behalten den Rest für sich? Es wäre gut, wenn die Kommunisten für sich selbst sorgen könnten; dann könnte ich mir einen Farbfernseher anschaffen.

Hier eine Geschichte, die meine Mutter mir erzählte – nicht, als ich noch jung war, sondern kürzlich, als ich ihr gestand, daß ich auch eine Geschichtenerzählerin geworden bin. Der Anfang stammt von ihr, der Schluß von mir.

Meine Großmutter in China liebte das Theater (von dem ich mit meinem geringen Wortschatz doch nichts verstehen würde, meint meine Mutter). Als die Schauspieler ins Dorf kamen und ihre Bühne aufbauten, kaufte meine Großmutter viel Platz ganz vorn. Sie kaufte Platz für unsere gesamte Familie und ein Bett; sie wollte Tag und Nacht dort verbringen, keine Aufführung versäumen.

Es bestand die Gefahr, daß die während der Vorstellungen verlassenen Häuser von Banditen geplündert wurden. Die Banditen folgten den Schauspielern von Ort zu Ort.

»Aber, Großmutter«, klagte die Familie, »die Banditen werden die Tische stehlen, während wir fort sind.« Die Stühle wurden zu den Vorstellungen mitgenommen.

»Ich wünsche, daß ihr alle mit ins Theater geht«, tobte meine Großmutter. »Sklavinnen, alle! Ich will mir das

Stück nicht allein ansehen. Wie soll ich ganz allein lachen? Soll ich vielleicht ganz allein klatschen, wie? Ich wünsche euch alle dort zu sehen. Auch die Säuglinge, einfach alle!«

»Die Räuber werden unsere Vorräte plündern.«

»Laßt sie. Kocht die Vorräte und nehmt sie mit ins Theater. Wenn ihr euch wegen der Banditen nicht auf das Stück konzentrieren könnt, laßt alle Türen offenstehen. Laßt alle Fenster offenstehen. Laßt das ganze Haus weit offen. Ich befehle, daß die Türen offengelassen werden. Wir werden unbesorgt ins Theater gehen.«

Sie ließen also die Türen offen, und meine ganze Familie ging ins Theater. Und tatsächlich, in jener Nacht schlugen die Banditen zu – nicht im Haus, sondern im Theater! »Banditen, ah!« kreischten die Zuschauer. »Banditen, ah!« kreischten die Schauspieler. Meine Familie stob in alle Richtungen auseinander, meine Großmutter und meine Mutter umklammerten einander und sprangen in einen Graben. Dort blieben sie hocken, denn meine Großmutter konnte auf ihren bandagierten Füßen nicht weit laufen. Sie sahen, wie ein Bandit meine jüngste Tante Liebliche Orchidee mit einem Strick einfing und sie davonschleppen wollte. Unvermittelt jedoch ließ er sie laufen. »Eine hübschere«, sagte er und griff sich eine andere. Bei Tagesanbruch, als meine Großmutter und meine Mutter nach Hause kamen, war die ganze Familie daheim und in Sicherheit, für meine Großmutter ein Beweis, daß unsere Familie vor Schaden geschützt war, solange sie nur ins Theater ging. Von da an gingen sie oft ins Theater.

Ich stelle mir immer gern vor, daß sie bei einigen dieser Vorstellungen die Lieder von Ts'ai Yen hörten, einer im Jahre 175 geborenen Dichterin. Sie war die Tochter von Ts'ai Yung, einem für seine Bibliothek berühmten Gelehrten. Als sie zwanzig Jahre alt war, wurde sie bei einem Überfall der Südlichen Hsiung-nu von einem Häuptling entführt. Er setzte sie hinter sich aufs Pferd, während der Stamm wie gehetzt von einer Oase zur anderen jagte, und sie legte die Arme um seine Hüften, damit sie nicht herunterfiel. Als sie schwanger war, fing er als Geschenk für sie eine Stute ein. Genau wie alle gefangenen Soldaten bis zu Mao, dessen Soldaten Freiwillige waren, kämpfte Ts'ai Yen ziellos, wenn der Kampf in einiger Entfernung stattfand, hieb dafür aber jeden nieder, der sich ihr im Toben des Nahkampfes in den Weg stellte. Der Stamm kämpfte zu Pferde, überfiel in geschlossener Formation Dörfer und Zeltlager. Sie entband auf dem Erdboden; die Barbarenfrauen, so hieß es, konnten sogar im Sattel gebären. Während der zwölf Jahre ihres Aufenthaltes bei den Barbaren bekam sie zwei Kinder. Ihre Kinder sprachen nicht Chinesisch. Sie sprach nur Chinesisch mit ihnen, wenn ihr Vater nicht im Zelt war, aber sie imitierten sie mit einem sinnlosen Singsang von Worten und lachten dabei.

Die Barbaren waren primitiv. Sie sammelten ungenießbares Schilfrohr, wenn sie an einem Flußufer kampierten, und trockneten es in der Sonne. Zum Trocknen banden sie die Schilfrohre an ihre Fahnenstangen, an die Mähnen und Schweife ihrer Pferde. Dann schnitten sie Kerben und Löcher hinein. In die kürzeren Schilfrohre steckten sie Federn und Pfeilschäfte; so erhielten sie Kerbpfeifen. Während der Schlacht pfiffen die Pfeile, ein hohes, wirbelndes Pfeifen, das plötzlich erstarb, wenn die Pfeile ihr Ziel trafen. Selbst wenn die Barbaren das Ziel verfehlten, erschreckten sie ihre Feinde dennoch, weil sie die Luft mit Todesklängen füllten, die, wie Ts'ai Yen geglaubt hatte, ihre einzige Musik waren, bis sie eines Nachts Musik vibrieren und aufsteigen hörte wie Wüstenwind. Als sie vors Zelt trat, sah sie Hunderte von Barbaren im Sand sitzen, der Sand wie Gold unter dem Mond. Sie hatten die Ellbogen angehoben und bliesen Flöte. Wieder und wieder reckten sie sich, tasteten nach einem hohen Ton, den sie dann schließlich fanden und festhielten – ein Eiszapfen in der Wüste. Diese Musik wühlte Ts'ai Yen auf; ihre Schärfe, ihre Kälte verursachte ihr Schmerzen. Sie beunruhigte sie so sehr, daß sie sich nicht auf ihre eigenen Gedanken konzentrieren konnte. Nacht um Nacht füllten diese Lieder die Wüste, ganz gleich, wie viele Dünen weit sie wanderte. Sie versteckte sich in ihrem Zelt, konnte wegen der Musik aber nicht schlafen. Und dann hörten die Barbaren in Ts'ai Yens Zelt, das abseits von den anderen stand, eine Frauenstimme singen wie für ein Baby, in einem Ton, so hoch und rein, daß er zum Klang der Flöten paßte. Ts'ai Yen sang von China und ihrer Familie dort. Ihre Worte schienen chinesisch zu sein, doch die Barbaren verstanden die Trauer und den Zorn, die darin lagen. Manchmal glaubten sie, Barbarensätze über ewiges Umherziehen zu vernehmen. Ihre Kinder lachten nicht, sondern sangen schließlich mit, als sie das Zelt verließ, um sich im Kreis der Barbaren an den Lagerfeuern niederzulassen.

Nach zwölf Jahren unter den Südlichen Hsiung-nu wurde Ts'ai Yen freigekauft und mit Tung Ssu verheiratet, damit ihr Vater Han-Nachkommen bekam. Ihre Lieder von den Wüsteneien nahm sie mit, und eines der drei, die uns überliefert wurden, heißt ›Achtzehn Stanzen für eine Barbaren-Rohrflöte‹, ein Lied, das die Chinesen zur Begleitung ihrer eigenen Instrumente singen. Es hat sich gut übertragen lassen.